魔豆

玫瑰色鬼室友

vol. 5

血緣重聚

林賾流——著

哈尼正太郎——插畫

My Dear Ghost Roommate

玫瑰色鬼室友

vol.5

血緣重聚

目錄

第一章　追求者　05
第二章　愛心挑戰　33
第三章　白眼的傷痕　61
第四章　醒醒吧！你有妹妹　85
第五章　神海集團　113

第六章　江湖術士……143
第七章　深處等待之物……171
第八章　匍匐污穢者……201
第九章　乾坤一擲……227
第十章　英雄亦凡人……253
第十一章　撲朔迷離……285
尾聲……327

Chapter 01 / 追求者

窩在土地廟裡，外頭正下著薄薄的小雨，有種變成寄居蟹的感覺。

有陣子我始終處於李心玲事件餘波盪漾中，人生就像火車頭失控，後面拖著的惡鬼和壞蛋愈來愈多。這次調查牽涉太多人命，隱隱約約又透出幕後黑手與邪術的影子，好不容易釐清好友高中時代的恩怨情仇，許洛薇本人跳樓死因卻再度曖昧不明，更糟的是異形型態還進化了。

我一直有股直覺，倘若讓那隻貓科怪獸異形長成完全體，人類的許洛薇就再也回不來了。查過網路，我發現翼貓傳說非常古老，而且意外地常見，從中世紀阿拉伯人的航海異聞到現代偶爾可見的突變天使貓都持續留下某種異獸存在的證據，埃及的人面獅身獸也很有名，甚至還查到很多虎爺雕像都有著翅膀。

蹲在土地公廟神桌下，我捏著抹布將虎爺雕像擦得亮晶晶，不由得趴下來望著逗趣可愛的獸首問：「有翅膀的貓咪算什麼品種？」

可惜這間土地廟虎爺沒長翅膀，先前我都沒發現兩者間的相似性，虎爺形象說不定和許洛薇變身的怪物有某種關聯。既然我和許洛薇總是來土地公廟後面的小水溝取用淨水，合理推測這間土地廟必定有神明駐守，想當然耳，有眞的土地公就會有眞的虎爺囉！

土地公是非常普及的原始信仰，坐騎是老虎這點說不定也意味著某些因果關係，神仙菩薩似乎都喜歡收服作亂妖怪當坐騎，老虎，或者說長得像老虎的妖獸在古代很常見？神明不是那麼好溝通，就算你看得見祂，祂也不見得想理你，我羨慕刑玉陽有一隻「能看見眾生」的廣域靈眼，但他只會找機會趕走許洛薇，認爲活人和死人不該天天住在一起，我必須靠自己找出線索。

「下次我帶許洛薇和小花來，你幫我看看他們好不好可以嗎？」小花三天兩頭被許洛薇附身，雖然牠看起來就是隻普通愛睡覺的貓咪，我還是擔心這種生活對一隻小動物造成負擔。

虎爺張開的嘴巴像是在對我微笑，反正除了神奇淨水，我和許洛薇甚至殺手學弟都沒在土地公廟發現其他顯靈跡象，儼然一間再普通不過的地方小廟。巷口鄰居的雜貨店老太太是土地公廟的忠誠信徒，常幫她送祭品過來的我也在已故雜貨店老先生指引下找到能淨化許洛薇穢氣污染的淨水。

難道土地公廟只是裝飾？眞正猛的是這條小小的淨水溝？

我先回雜貨店向老太太如實報告打掃祭拜完畢，不良於行的老太太很高興，總是給我許多零食和農產品。前些日子得了一筆賠償金的我雖然得以解除燃眉之急，但那些錢被我分割列爲一段時間內的必需開銷預備金，導致我手邊還是沒有任何可隨意花費的小額零用錢，對於舉手之勞換來的小獎品永遠都能讓我樂翻天。

從前我只要煩惱油錢飯錢和摩托車修理費就好，現在緊急預備金主要是用來對付靈異事件中的臨時開銷，這邊估多少都不夠，我也只能盡量把貧瘠的數字劃高一點，緊急出動時的交通費和食宿醫療費到不得已時可容不得我慢慢省。

主將學長幫我代墊不少這方面費用，刑玉陽也給我許多餐劵，我覺得這樣不好，然而他們太了解我的經濟情況了，尤其是主將學長，現在把生活費擠出來還，他也不可能收，至少我得做好以後盡量自己應付這類花費的準備，還得替小花也存一筆。

最近我找了兩個打零工的機會，可惜都不超過一星期就結束了，無論如何，多幾張小朋友住進我的皮夾總是好事。

五月了，我漸漸適應殺手學弟的告白和後續追求，雖說不難應付，主要還是學弟願意讓我，我真不敢想像他火力全開的樣子，目前壓制好還不至於出問題。

刑玉陽要是知道蘇晴艾也有人追，搞不好會嚇死呢！

現在白目學長可沒空嘲笑我，最近一個禮拜「虛幻燈螢」正處於水深火熱的狀態，連客人都被影響不敢來，刑玉陽現在儼然是一只沸騰茶壺，隨時可能暴走，我不太想靠近他。

「蘇小艾！妳蹲在廚房後門拔草幹什麼？進來拖地！」

頭頂明明沒有烏雲，為何三天兩頭打雷呢？刑玉陽沒有大吼大叫，不過他就是有辦法用低柔的嗓音把話說得好像拿把菜刀架在我脖子上一樣。

「刑學長，我拿迷妹沒辦法，如果是痴漢我一定幫你揍他！」

「廢話！男的我就自己動手……」刑玉陽說到一半打住，把話吞下去。

「你不能打客人啦！」我涼涼地說。

最近比任何神棍惡鬼都要可怕的劫難是，刑玉陽被某個棘手的追求者盯上了，對方從開張待到打烊，不顧人家開店營業多麼辛苦，卯足勁兒纏著他說話，有意無意妨礙刑玉陽招呼其他女性客人，還特別想要觀賞他墨鏡下的神祕雙眼。

最後一點基本上是刑玉陽的大雷，他的左眼雖然不會動不動就變色，也不是每個人都能看見靈眼出現時的異樣，但現在他發動白眼的頻率比往昔高了許多，畢竟我的親友許洛薇、冤親債主、他和我惹到的惡鬼，或有關係的鬼魂，林林總總要注意的鬼怪還眞是不少。

「我聘妳四個小時，妳去給我當服務生，再這樣下去我都不用做生意了！」刑玉陽終於忍耐不下去決定破財消災。

「好滴！她攻擊我就防守，她纏你我就趁機招呼客人，醬子ＯＫ？」我不忘確認業務重點。

刑玉陽瞪我一眼。「廢話。」

「要是『黑蕾絲妹妹』太過分的話，我可以叫許洛薇用貓爪抓她嗎？」

刑玉陽天人交戰了一會兒，無奈道：「有可能被告，最好還是不要。」

我頹下肩膀。

許洛薇附身在小花身上，目前儼然是「虛幻燈螢」的店貓，黑蕾絲妹妹誤會小花是刑玉陽的愛貓，買了許多進口高級餐包和無穀乾糧來討好貓咪，吃人嘴軟的許洛薇看守吧檯就不是那麼給力了。

加拿大鹿肉鮭魚呢！連我都沒吃那麼好的。

許洛薇因此特別叮囑我：千萬別讓黑蕾絲妹妹知道小花是我們養的貓。

薇薇生前明明是貨眞價實的千金小姐，居然毫不猶豫說出如此掉價的話，都是因爲跟了我這個貧窮又沒用的活人室友，我一陣羞慚。我們只能勉強給小花買中等價位的乾糧，偶爾還有主將學長支援的高級乾乾，可惜小花不知是否三不五時被許洛薇附身的緣故，胃口奇大，每次看牠半個頭埋在飼料碗裡大快朵頤，飼料袋以奇幻的速度癟下來，我總是一身冷汗。

「好囉！工作工作。」我拍拍臉頰，揚起和藹可親的笑容，抓著掃把踏進店裡。

離吧檯最近的座位上毫不意外坐著一抹修長黑色身影，目測至少有一六五，手腳纖細又穿著束腰蕾絲洋裝，雪白的臉龐，長長的睫毛，看起來就像個活生生的洋娃娃。

我看看她，又看看許洛薇。

「看什麼看，有長眼睛都知道我胸部比較大。」許洛薇立刻從貓身中站起來對我挺了挺胸。

「妳在說啥啦！我是想問妳，這就是傳說中的『哥德蘿莉』嗎？」許洛薇的富二、三代朋友大多具備獨特興趣和強烈的個性，跑去法國偏僻鄉下開酒莊啦、挑戰用木帆船航行地中海之類，還有到東歐買古堡來住的例子，就是此一小眾愛好的頂尖消費者。

「大概是吧？不過會迷戀這種風格的大都是沒什麼錢的小女生，喜歡吸血鬼古堡管家蕾絲貴族等等。」許洛薇摸摸下巴。

「但她目前光是送小花的食物價值就已經超過好幾千了耶！」我說。

小花（內容物是許洛薇）靠喵星人的美色與魅力掙了這麼多食物，我感到與有榮焉，許洛薇也能自己養家活口了。

「就說我的朋友裡也有那種很有錢然後身體力行當童話公主的啊！」許洛薇聳肩。

「她過來了，等等再說。」我連忙低頭掃灰塵。

「喂，妳怎麼在這裡掃地，妳不是玉陽哥哥的學妹嗎？」黑蕾絲妹妹果然一臉疑惑地靠近我。

玉陽哥哥？這是哪個時代的稱呼？我一定要把這個叫法學起來，等危機解除後找一天主將學長在，刑玉陽不能當面揍我的時機好好糗糗他。

「因爲刑學長最近比較『忙』，剛剛決定叫我來打工呀！有給薪水的。」我故意望了望店裡零星的客人道。

其實黑蕾絲妹妹的造型和「虛幻燈螢」相得益彰，化妝雖然出離人間但也頗具魔性美，若她乖乖地喝咖啡倒不是啥大問題，偏偏她會非常「熱情」地找上每一個對店長有意思的女生搭話，連低調暗戀躲在角落吃提拉米蘇也會被揪出來刺兩下，原本死忠的國高中生都不敢來了，可見黑蕾絲妹妹有多麼不友善。

刑玉陽私底下的眞實氣場實在太恐怖，加上人又精明冷漠，那副精靈王子般的模樣能輕易擄獲學生妹崇拜，再加上「大家都是好孩子」的管理態度，將這群芳心暗許的小客人招呼得服服貼貼，喜歡他的人一多，大家難免有墨鏡店長是公共財的概念，告白的人一律有去無回後，目前只剩私下遞情書的例子。

那些情書，刑玉陽都統一扔進收納箱，放在我曾借宿的客房兼倉庫裡，他是沒丟掉或燒掉，但也從未拆閱。

然而，夜路走多了總是會碰到鬼，故意搗蛋的壞孩子出現了，外加財力雄厚，背景看來很硬，黑衣人開賓士接送，分明是得罪不起的狠角色。

刑玉陽雖然不假辭色，卻也拿黑蕾絲妹妹沒辦法，畢竟他除了要吃飯還要還當初裝修內外店面的貸款。刑玉陽脾氣再怎麼不好，他對客人的愛護與認眞工作這點卻最讓我敬佩，所以我更看不過去黑蕾絲妹妹的騷擾行爲。

「嗯～」黑蕾絲妹妹意味深長地打量我。

我當然不怕她誤會蘇晴艾和刑玉陽之間有什麼，她第一天來店裡我也在場，直接被當成空氣，再說刑玉陽的人際關係也是她和店裡客人對話的重點，有些比較被動不敢回絕的熟客便老老實實把我的事情說出去了，不過那也是其他小妹妹過來聊天時我隨口報備的表面情報而已。

有趣的是，黑蕾絲妹妹顯然不敢找成熟女性客人麻煩，更是沒必要，只針對那些對她的戀愛之路具有威脅性的族群。

「妳幾歲了呀？」

奇怪，妳都知道我是刑玉陽學妹了不知我幾歲？我大概知道接下來要發生什麼了，畢竟她用這一招趕跑了好幾個客人。

「二十四歲。」我叫她黑蕾絲妹妹，因爲她就算化哥德蘿莉濃妝，年齡猜到頂也不會超過十九，心智年齡有沒有幼稚園畢業再說。我們迄今還是不知她的眞名和眞實身分，刑玉陽問過她一次，黑蕾絲妹妹卻說他得答應當她戀人才願意告訴他個人資料。

眞讓人身心俱疲。

「人家才十五，可以叫妳阿姨嗎？」她甜甜地笑。

「可以啊！」我也笑得人畜無害，暗暗驚訝她比我預估得更年幼，瞧這身高都超過我半顆頭了，現在小孩子營養眞好。

無意間掃過她一馬平川的胸部，好吧，說十五歲我信了。

黑蕾絲妹妹發覺我的視線落點，立刻不悅地遮了遮胸，又覺得欲蓋彌彰放下手。

我旁邊的許洛薇笑得很開心。

「我才剛要長大呢！阿姨！」

說我眞的沒生氣會不會太矯情？如果一個嬌縱的六歲小女孩喊我阿姨，我自認名符其實，現在就是這種感覺。

阿姨就阿姨了，不過……

「刑學長大我三歲，妳是不是要改口叫他叔叔？」我偷瞄一眼忙著泡咖啡的店主。

一晃眼刑玉陽和主將學長都要奔三了，眞是歲月不饒人。

黑蕾絲妹妹微微張嘴說不出話來，感謝她讓我有現金收入，其實我態度還是挺和煦的，只要不惡劣到動手，蘇小艾就看在新台幣份上隨便妳了。

「爲什麼妳每天都來『虛幻燈螢』？」

「我來消耗餐券呀！」

「可是他說餐券沒對外販售。」黑蕾絲妹妹氣撲撲地說。

「因爲我平常會來店裡幫忙，加上學妹有優待吧？」我微笑。

「他到底有沒有女朋友？」

重頭戲來了，這是黑蕾絲妹妹沒將我列爲假想敵的原因，她認爲刑玉陽已經有交往對象了，但不可能是在下柔道社暴力一株草蘇晴艾。

「我對學長的感情世界不清楚，沒辦法回答妳囉！」我從東掃到西，從裡掃到外，不著痕跡把她引到屋簷下。

「妳騙人！畢業那麼久還天天見面的學妹怎麼可能不知道？」

她倒是不敢再叫我阿姨了，否則等於承認刑玉陽是叔叔輩。小孩子就是小孩子，我可是和外星種的許洛薇朝夕相處過，這點挑釁就崩潰怎能當玫瑰公主的管家。

「就是因爲熟，才知道他很注重隱私，我本來就不愛打聽那些五四三。」我趁機教育黑蕾絲妹妹，對她聽得進幾分勸告卻不抱希望。

「那他每天到底用吧檯下面的筆電和誰打字視訊？」黑蕾絲妹妹轉頭用力瞪了吧檯一眼，

彷彿有了加粗的黑眼線，眼睛就能夠發射激光炸熈刑玉陽的筆電。

我差點要笑出來了。還能有誰？當然是主將學長。主將學長說要安全監控就不會跟你開玩笑，結果刑玉陽和我一樣每天都得不定時向主將學長報備，他們一直很有話聊，不像我面對主將學長，除了柔道和母校以外的話題都很容易乾掉。

刑玉陽可能不知道自己面對黑蕾絲妹妹的一張萬年冰山臭臉，偶爾低頭看螢幕時變得有多麼溫和愉快，實在不能怪她誤會他和女朋友聊天。

「學長會用電腦訂貨或看新聞，和客人說話時才不會和社會脫節。」雖然我社交能力不好，但是應付奧客和白目追求者的功力那可不是蓋的。有許洛薇在，只能說本人訓練有素，等等，我剛剛應該提高一下時薪價碼才是。

黑衣少女跺了跺腳，又要轉身去追刑玉陽，我趕緊像她黏著刑玉陽一樣黏上去：「學長在忙哦！妳想找人聊天我陪妳，不然讓別的客人等太久不好。」

有了服務生身分，就能名正言順地參與營業工作，否則一個路人甲出手顯得很沒說服力，搞不好還會被誤會是同類相爭。好像那個誰誰說過，給我一根樹枝，我就能撐起地球。給蘇小艾一根樹枝，她就能趕走任何討厭的追求者。

我特地把話說得很大聲，店裡的客人都往這裡看，其實這幾天黑蕾絲妹妹吵吵鬧鬧的行徑已經引起公憤，只是成熟一點的客人不跟她計較，比較年輕的學生或臉皮薄的女生又鬥不過她，大夥兒有志一同減少出席率，結果苦到刑玉陽。

黑蕾絲妹妹甩不開我，更甩不開其他客人的注目禮，只得收斂行爲回到座位上坐好，「看什麼看？我的紅茶冷了，幫我換一壺！」

「好的，請稍候。」我的營業用笑容絕對不輸刑玉陽。

「這什麼茶葉，一點都……」

「刑學長親手泡的。」我插話。

「……和我平常喝的不一樣，特別有滋味。」黑蕾絲妹妹瞬間藏起那句顯然是「不夠高級」的評價。

「店裡的咖啡豆和茶葉都是刑學長向朋友進的貨，產地有國外也有我們本土小農種植的有機產品，您剛剛喝的是桃園蘆竹鄉的台茶二十號，價目單上有寫，我覺得還滿香甜的。」

紅茶不是刑玉陽的主打，但他的獨一款紅茶也不是隨便應付，對奶茶控的我自然是福音。

「哼！我聽見了。」

這一天，在我無孔不入的親切糾纏下，黑蕾絲妹妹提早離開，刑玉陽賺到了至少五個小時的正常營業時間，老闆眞難爲。

刑玉陽提早半小時打烊，看來他眞的累了。

「我今天要熬夜多做些點心備用，看來白天不能利用零碎時間了。」

我錯了，和主將學長同等級的強人怎麼可能這樣就認輸？

「那我要一起加班嗎？」我期盼地看著刑玉陽……的錢包。

居然只有基本時薪？雖然我也沒做什麼技術活，還是頗爲失望。

「不必，聘妳算是有發揮作用，但實際上我不敷成本。」他很誠實地說。

「噢，那我回去囉！」員工餐也吃到了，滿足！

「喵喵。」小花窩在我懷裡，許洛薇表示，刑玉陽的挫敗就是她的快樂。

「不，給我留下來抄經，我順便盯著妳。」

我苦著一張臉，心燈熄滅的我必須強化意志力，才不會動不動就被附身，刑玉陽開出來的訓練菜單就是跑步加抄經，自從我沒住在「虛幻燈螢」讓他保護，他當然無法再親自監督我的作息，只得讓我自主訓練。

人類意志力眞的很脆弱。

我邀許洛薇一起夜跑，情況變成我散步她跑步，舉步維艱的薇薇不爽了，內容調整成我揹她跑步，兩個女生邊跑邊聊不知不覺就放慢速度坐在路燈下聊個過癮。

自言自語的蘇晴艾又締造了讓路過機車加速的本地傳說。

抄經好一點，畢竟用鹽水寫在自家牆上可以兼作結界，我都抄金剛經，寫是寫得很起勁，只是老房子裡誘惑多，上個網一下子時間就過了，真是罪過罪過罪過。

「要抄哪一部？」

「妙法蓮華，自己選一品。」

我哭哭。要選有興趣抄的篇章不就得大致掃描過嗎？那本很厚耶！

「薇薇我翻書妳幫我選。」我需要閉上眼睛沉思片刻。

「嗄？妳怎麼可以這樣對待美麗的女鬼？人家會被佛經的金光燒得不要不要的，啊～我好虛弱，給我開一包鹿肉飼料還有來杯黃金曼特寧，要磨不要沖，小艾阿姨。」許洛薇趴在桌上表演垂死的紅天鵝。

「妳比我大半歲。」

「靠！當我沒說，那個死小孩下次來，姊姊一定要好好教訓她。」許洛薇拍桌震怒。

刑玉陽能從我的上下文和許洛薇的動作理解我們之間無厘頭對話內容，自從他確認我和許洛薇一天到晚都是這種相處模式後，萬分沉痛地說用白眼看我們完全是浪費體力加腦力。

我又沒逼他這麼做。

□

主將學長預告這次休假要下來幫刑玉陽處理黑蕾絲妹妹的問題。我問他還能怎麼辦？他說不上來，總之來看看我們也好。

這就是主將學長，我們永遠的支柱，還是髹漆貼金大龍柱的等級。

「學長你都不回老家，爸媽不會想你嗎？」我曾經這樣問主將學長。從神棍事件後，我發現主將學長南下的次數實在很頻繁，本來當警察已經很忙了，我還以爲他剩下的空閒會想回家陪陪二老。

豈料刑玉陽說主將學長平常有空就會南下，否則就是他自己北上，兩人會約時間練武以免反應生疏。刑玉陽是要顧店的人，還是主將學長放假來找他的次數比較多，武術高手經常自我鍛鍊保持水準的困難度，實在不輸正妹維持三圍。

主將學長從前回來不見得次次都去柔道社，所以我們才不知道他其實常回母校附近，說是來找朋友，時間其實只夠他找刑玉陽一個老友敘舊兼練手罷了。

「我爸媽只要想看我就會自己過來，還能順便沿路遊玩。」記得當時主將學長這樣回答。

我想他家應該很習慣武痴的學長想做什麼就做什麼去了，柔道社裡的學姊跟我八卦過，主將學長以前還想找高人拜師學藝，可惜人家看不上他。我聽到這裡不禁咋舌，是高到什麼程度居然不要主將學長這樣的苗子？柔道之神三船久藏嗎？

總之，主將學長依然用他的方法實踐柔道人生，不管是找能夠發揮柔道技能的警察工作也好，和志同道合的老友磨練技藝也好，更沒有放棄我們這些他一手帶出來的後輩。

我摸著小花毛茸茸的頭，忍不住期待主將學長下次露面。

沒想到還未等到主將學長放假，我卻先被一個和他頗有淵源的故人約出去見面。

主將學長的前女友，跆拳道國手學姊，本名唐筱眉。

本來我是想約在「虛幻燈螢」比較方便，又能幫刑玉陽做業績，豈料學姊一口回絕，哪兒都好就是不要「虛幻燈螢」。

感覺上她很忌憚刑玉陽？話說回來，前男友麻吉的確是種尷尬的存在，畢竟刑玉陽一定是站在主將學長那邊，連我都不是很能諒解筱眉學姊當初反對主將學長當警察，最後兩人對未來沒共識分手的事。

不過，她這種將主將學長視為普通男孩子，一起談戀愛，走不下去就分開的平常心也實在讓人敬佩，說不定這就是當初主將學長會喜歡她的理由。

最後按學姊的建議，約在鎮上一間她想重溫滋味的咖啡館。

「學姊好。」我照樣中氣十足地打招呼，同時偷偷觀察她。

「小艾，這麼多年沒見，妳還是沒變呢！」她笑著摸摸我的頭。

略顯瘦削的修長體型，綁著馬尾，脂粉未施氣色還是很好，經過光陰變化已無當初學生的青澀，我眼前站著的是一位成熟健美的女人。儘管運動員不以容貌取勝，筱眉學姊若在外表沒有一定的自信，也無法捍衛主將學長的女友寶座那麼多年，跆拳界「漂亮草莓」不是喊假的。

筱眉學姊和主將學長同年，以跆拳道國手來說已經不年輕了，因爲戰績輝煌還是相當受到器重，下屆奧運對她來說是背水一戰，再未奪牌可能會引退另謀出路。柔道社對傑出校友的追蹤評論讓我得以對筱眉學姊的現況有所認識。

我和筱眉學姊可以說挺熟的，這種熟又和透過社團認識的系外學姊熟法不太一樣，我對她相當敬畏，也一直記得她透過電話陪我度過上大學後第一個寒假，與時不時關心男友小學妹的恩惠，從此我就變成她監視主將學長是否出軌的社團內部眼線，她最大的假想敵還是和我最要好的腐女敏君學姊。

簡單一句話，要是有雌性動物企圖誘惑主將學長，她出手驅趕的魄力眞不是蓋的，就連兩人當初一起養的狗也指定要是公的，貓這種動物太媚了，不分雌雄都讓她沒好感。爲了在筱眉學姊眼皮下瞞過許洛薇對主將學長不詭的企圖，我可謂嘔心泣血，筱眉學姊還問過我是不是喜歡女生，從此對我更加放心……

「嘿啊，還是老樣子。」我和主將學長重逢是他找我去調查神棍，那麼學姊會不會是想找我幫忙抓色狼？

筱眉學姊看著價目表五官沉鬱不發一語，看來沒有寒暄的興趣，我隱約猜到她生活不太如意，這種感覺我感同身受，於是沒有多問，也跟著看價目表，不過我只點得起最便宜的奶茶。

「聽說鎮邦這一年常常回去你們那邊，妳現在和他很熟？」筱眉學姊驀然開口問。

聽說？應該是找柔道社打聽過了，我晚點得去核對一下說法。筱眉學姊的語氣不知爲何讓我有種頭皮發麻的感覺。

「我是被主將學長找去幫他好朋友的忙，當時很久沒和主將學長聯絡了，他第一次打電話來時我還認不出是誰，後來也和另一位學長熟起來了。」我連忙打哈哈。

「刑玉陽嗎？」筱眉學姊冷哼一聲。

「學姊這次找我有什麼事呢？」我有預感回去得把正在賺高級罐頭的許洛薇拉出來當軍師了。

「是……鎮邦的事。妳知道之前我和他分手了吧？」

「嗯嗯，好像分手兩年了。」

「快三年了。」她糾正。

「哦。」我不知要怎麼接。

好在筱眉學姊知道我不擅長感情話題，自動說下去：「我想知道，鎮邦他現在還是單身嗎？」

直白有力，不愧是國手學姊。

「我不清楚耶，平常不會去問學長這些隱私話題。而且也是這一年才和主將學長比較有往來，之前他一畢業就沒見過了。」我老實地搖頭。

「妳就是這樣子，才讓我放心。」她的臉上多出一點笑意。「那以妳的看法，他還是單身嗎？」

一想到要評論主將學長的感情狀態，我就渾身不自在。「可能吧？他那麼忙，也沒聽他說過有女朋友的事。」

「妳這樣說我就有信心了，他不是那種會偷偷摸摸交女朋友的人。」

我也這麼覺得，才擔心主將學長一直單身沒人照顧不太好。

「小艾，我們是老朋友了，我也不瞞著妳，我想重新和他在一起，希望妳能幫我的忙。」

筱眉學姊提出要求。

我面有難色的樣子一定讓她不高興了，筱眉學姊的氣勢頓時變得有點凌厲。

「學姊，我不喜歡插手別人的感情。」

「我懂了，妳和刑玉陽一樣都在怪我當初對他提分手的事，也難怪，柔道社都站在鎮邦那邊。」

這就是我討厭和熟人感情問題沾邊的原因，上次不愼關心了一下失戀的殺手學弟，結果被他眞情告白，搞得我現在一個頭兩個大，根本沒辦法像從前愉快地一起玩耍了。

「我沒有這個意思……」其實還眞的有。筱眉學姊同樣有著武術高手過人的觀察力，但我死不承認，她也很成熟地沒揭穿我。「妳爲何不直接聯絡主將學長呢？他的電話號碼應該沒變，我印象中的學姊不是扭扭捏捏的人。」

筱眉學姊可是很囂張地倒追主將學長，最後意外得手時幾乎全校女生都想殺了她的勇者哩！她會請我幫這種忙感覺很奇怪。

筱眉學姊皺了下眉，「妳說話直接這點很像鎭邦。」

啊，被主將學長傳染了嗎？無論如何，我總覺得對主將學長的前女友不能太敷衍，畢竟那也是他曾經選擇的特別的人。

「我只是認爲學姊對主將學長有不同的意義，你們的事情旁人不了解，再說外人也容易愈幫愈忙，如果主將學長對妳仍然很重要，妳親自告訴他不是更好？」我試著站在主將學長的立場將心比心。

「這麼說，妳是支持我了？」筱眉學姊不肯放棄地問。

微妙地，我心裡對她的話湧起一股抗拒感。趕緊晃掉那股莫名其妙的嫌惡，主將學長的幸福是我們的分內責任，必要時發動柔道社全部力量幫他追老婆都不爲過，前提是那個女孩眞的適合主將學長。

「我支持能讓主將學長快樂的人，學姊妳……是嗎？主將學長就是主將學長，我們都覺得現在的他很好，而且他最近才和我說過，還是對比奧運沒興趣喔！」

筱眉學姊臉龐掠過一絲尷尬，搞不好武術類的教練團情報互通有無後派她來當說客？

「回答妳之前的問題，我也想直接找他，只是當初他說過祝福我一切順利，但是不要再聯絡了，道不同不相爲謀。」

果然是充滿主將學長風格的告別。

「那樣的話，主將學長的意思已經很明白了，對不起我不能幫妳。」我客氣地說。

「小艾，我後悔了！當時我們都太倔強。他是對的，奧運金牌沒那麼好拿，不但辛苦又寂寞，還要面對一堆討厭的代言工作和勾心鬥角的隊員，現在我很想支持他當一個好警察。」筱眉學姊衝口而出。

「……」

我忽然想到，主將學長會不會是太孤單了才會把心力都放到我和刑玉陽身上？和筱眉學姊分手，獨自努力受訓成爲警察，出社會後的主將學長似乎沒有認識其他足以交心廝混的對象。

以主將學長的實力在派出所恐怕鋒芒畢露，就算同僚信賴長官疼愛，眾人心底難免有隔閡，畢竟主將學長太過鶴立雞群了。

「學姊，我可以問個問題嗎？」

「妳問。」

「爲什麼這時候才想回頭找主將學長？」

雖然主將學長任何時刻被女人撲上去都不稀奇，但旁人認爲優秀的人，不見得適合當戀愛對象，當事者女朋友撐不下去也沒啥好意外。許洛薇曾分析過，主將學長就是這種適合保養眼睛的類型。其實不需要玫瑰公主的分析我也看得出來，依照過往主將學長對柔道社的熱愛程度，筱眉學姊能分到多少主將學長個人時間和注意力呢？以前我不知道刑玉陽和主將學長的關係，算上他和童年好友的切磋習慣，還剩多少時間約會很難說，更別說學姊自己也是跆拳新星，大忙人一個。

筱眉學姊表情寂寥。

「我過了很久才發現，這個世界上會讓我害怕不變強就可能被拋棄的男人，原來只有鎮邦而已，無論多小的事情，他從來不對我說謊，除了教練，鎮邦是最了解我進步和弱點的人。」

妳現在才知道嗎？我真想這樣吐槽。

「當初我只是希望能和他並駕齊驅，爭取相同的榮耀，他爲什麼不明白？就算他不稀罕世界冠軍，爲何偏偏要選一個聚少離多又危險的工作，我實在沒辦法忍受這種情況。」

「主將學長當初逼我去比賽時，我也拒絕他了，我有自己的事要做。我認爲學姊沒錯，只是你們生涯規劃不適合。」我居然在這時候冒出和主將學長同病相憐的感嘆！

筱眉學姊搖搖頭。

「當時我明白兩人不適合，然而，卻是到現在才羨慕起他的決定。呵呵，一份平凡的工作其實挺好，我都不知道自己到底是愛跆拳還是愛獎牌了。」

「學長不會那麼沒眼光喜歡只愛獎牌的女生。」我安慰她。

「我似乎明白鎮邦欣賞妳的原因了，有你們這群同伴在，玩柔道總是很快樂。學妹，如果妳願意，可以幫我帶一句話和信物給鎮邦嗎？還是太勉強的話，就當我沒說過。」

筱眉學姊這麼倔強的人，如果不是真的遇上困難，哪會向我這種人求助？一想到戴佳琬的前車之鑑，我背脊寒了寒。

一念之間，筱眉學姊和主將學長的命運可能被我改變，我沒資格替主將學長決定，再說，要是日後筱眉學姊過得不好，主將學長一定不會開心。

「只是傳個話沒問題。」我有點畏縮地說。

「謝謝妳，小艾。」她拿出四枚紙摺愛心。「希望妳幫我告訴鎮邦，下次奧運不管有沒有得名，我都決定引退，以他為榜樣老老實實找份工作，我現在有空時已經在看教甄的書了。」

筱眉學姊的話令我動容。

「我會告訴他的。這是以前他寫給妳的情書嗎？花紋好特別……」我順口接著話題。那麼珍惜地摺成愛心保存當然是情書，已經泛黃的信看起來很像日曆紙，主將學長不像是會寫情書的人，因為是這樣才彌足珍貴吧？

她咖啡喝到一半停頓的動作有點突兀。

「其實……是我和鎮邦之間『愛的記錄』。」筱眉學姊不知想到什麼，沉沉地盯著我說。

「嗯嗯。你們一起出去旅行的回憶嗎？」我繼續心不在焉地應和，注意力已經轉移到該怎麼向主將學長提起這件事。

「是一起沒錯，只是都在旅館房間裡。我那個時候好奇鎮邦的極限在哪就挑戰他，坦白說有點後悔，行程都白排了，最後找不到答案，只是假用完還有我累垮了。」她按著嘴角對傻掉的我神祕笑了笑。「那個男人真是怪物。」

這個時候只能微笑了。

我收起那四枚好像會燒起來的日曆紙愛心，現在算天降大任還是飛來橫禍？

主將學長永遠繫得緊緊的黑帶瞬間鬆掉的感覺，實在好驚悚啊！

Chapter 02 / 愛心挑戰

意外得知尊敬前輩的情色小祕密該怎麼辦？

最佳答案：裝作不知道。

「小艾，妳今天晚上怎麼一直跑廁所？都第十三次了，烙賽嗎？」許洛薇打著呵欠說。

「要妳管？妳又不需要上廁所，滾去看電視啦！」我隔著門板吼了一聲。

「看來是拉得很嚴重哦？噗噗，可以減肥棒棒的唷！」許洛薇欠扁的聲音飄向我的房間。

她還是沒放棄在視訊連線裡捕捉主將學長的腹肌，我現在非常想讓許洛薇上身，魂魄來個睡眠模式逃避現實，但又怕她不肯乖乖躲在筆電鏡頭外看漫畫，私自對主將學長說出令我後悔莫及的問題發言；主將學長敏感到走在路上不小心就能揪出通緝犯、吸毒犯和違反槍械管制條例的混混黑道，光是眼神不對被他看見就完了。

去年許洛薇為了紀念附身成功，用我的手機自拍了一系列內容物與本人不符的記錄照，被醒來的我秒刪乾淨，只能說，這隻紅衣變態會害我身敗名裂。

許洛薇目前在老房子裡過得可滋潤了，沒事還嫌附我的身麻煩，需要實體時用貓掌已堪應付各種需求，此外，小型隔空移物在強大的偷懶慾望下也被她練起來，果然人類潛能就算死了也不可限量。

活到二十四歲，無論是男女或男男的十八禁話題，還是腦殘兒童的床上囧事，柔道社與許洛薇都給我相當充分的洗禮，照理說，真的沒必要大驚小怪。

裝作不知道……廢話！當然要裝作不知道！問題是我做不到！死定了！

浴室鏡子裡那張臉比平常要紅，兩顆骨碌碌轉著的眼睛怎麼看都是作賊心虛！我蘇晴艾著名忠良誠懇的眼神已經被馬桶沖走一去不回，從前總是能像唱國歌那般專心瞻仰的主將容顏，如今強烈不忍直視。

主將學長採取聊天啦咧模式的安全監控卻是雪上加霜，每天都被迫看見他的臉，聽著他的聲音，依然是那張不怒而威的帥氣五官，隨時都能宣布武林大會開始的磁性嗓音，低調但無所不在的肌肉線條，我的腦海卻不受控制充滿一句迴響。

——啊靠！是色魔嗎？

「雪特！」我對自己的臉連續潑水。人家當時是正常交往的男女關係，蘇晴艾妳怎麼能冒出如此猥瑣的想法？

這個污穢的學妹已經不配站在主將學長面前了。

或者更誠實一點說，我現在完全不想看到主將學長。這樣不對，他一直很照顧我，我卻自私地將他偶像化。穿著柔道服的主將學長是那麼美好，許多時候他的一言一行都照亮我的黑暗內心，宛若一座堅強的燈塔，我實在不想把雜質混進對主將學長的景仰裡。

客觀評估主將學長應該有蒐集七顆愛心的實力，但我不想要知道這種事情啊！

「欸欸欸，腹肌黑帶在盯著妳這邊嘆氣耶！」許洛薇又飄下來在浴室外興奮地說。

「妳管人家嘆不嘆氣？」我毛骨悚然了。

□

我決定把運送愛心的重責大任交給主將學長的換帖死黨刑玉陽，反正他們都是男生，不說出眞相的話，十個人裡有十個會覺得那四枚紙愛心是情書。現在問題在於，刑玉陽很可能認爲我雞婆多管閒事，更對筱眉學姊挽回的行動不以爲然。

我自己都覺得很雞婆，可是，唉，孤單忙碌的主將學長和喪氣後悔的筱眉學姊實在讓人看不下去，原本是那樣閃閃發亮的兩個人。

「刑學長，你可不可以幫我一個小小的忙？」爲了達成目的，我特地天沒亮就來「虛幻燈螢」加入刑玉陽的清晨練跑，去了半條命後才敢趁早餐時間問他。

「蘇小艾，今天說要來幫我趕跑那個跟蹤狂的不是妳嗎？」一邊扒著稀飯醬瓜荷包蛋的刑玉陽瞇眼看我。

他在提防我了，好可怕的警覺性。

「欸，我臨時才發現請你幫忙更好，和主將學長有關，我想拜託你幫我轉交一點小東西。」我發現自己在餐桌下搓手指，連忙把手放到桌面上貌似隨意擱著。

「鎮邦今天就會來了，是什麼東西要我轉交？」

「這個……昨天筱眉學姊約我喝咖啡，你還記得她嗎？」好吧，從刑玉陽的臭臉判斷，他顯然不可能忘記主將學長破天荒交往過的女朋友。

伸頭是一刀，縮頭也是一刀，既然都提起這個該死的話題了，我可不想無功而返。

「刑學長，筱眉學姊請我轉交一些東西給主將學長，其實你更適合幫我拿給他。」我笨手笨腳從手提袋裡拿出信封，放在桌上推向刑玉陽。

「這是什麼？」刑玉陽並未無禮地倒出來看，指尖壓著信封袋問我。

「呃……某種紀念品？」我額角冒冷汗了。

「來路不明的東西別丟給我。」

「信封我做的，不然你倒出來看吧！反正筱眉學姊當初交給我時也沒有包裝。」我又添了一碗稀飯埋頭苦幹。

事關童年玩伴，他不可能隨便帶過，我現在只能依靠和刑玉陽的友情。

刑玉陽將碗盤推到旁邊，毫不客氣捏開信封口一倒，拿起四枚紙愛心在手上攤成扇面。

「這是什麼？」除了刑玉陽的聲音，還有許洛薇的聲音，後面夾雜了一堆亂七八糟的單方面鬼叫諸如「原來妳昨天一個人出門回來就怪怪的是因爲這樣？」「爲什麼不告訴我！不夠意思！」「現在還來得及，快把愛心退回去！」但現在我實在沒空搭理許洛薇。

「大概是類似情書的東西？」我挾了好幾次還是挾不起最後那塊脆瓜。

「說實話。」刑玉陽沉聲。

「是……主將學長天上人間的記錄！」我牙一咬，一個人揹負祕密還不如拖更多人下水。

啪嗒一聲，手指一鬆，紙愛心掉到桌上，刑玉陽有點呆住。

我說得那麼隱晦他居然馬上就聽懂了，男生在這方面都這麼敏感嗎？

花貓不由分說跳上餐桌，用前爪扒開盤子，將紙愛心抓到肉球下壓著。

「一、二、三、四，四天？眞的假的？」紅衣女鬼驚訝到都破音了。

平常把腹肌黑帶和興奮劑劃上等號的許洛薇，難得提到主將學長時出現警戒畏縮的反應，別說看重男性持久力了，她根本想移除開機功能，只要腹肌看起來摸起來夠猛就好了。

「蘇小艾！妳打聽這種事情幹什麼？」刑玉陽怒吼。

「人家並不想知道好嗎？筱眉學姊忽然說出來，我又不是聾子！」我也有點委屈。

「四天……」許洛薇仍然痴呆地喃喃自語。

刑玉陽忽然閉口不言，目露精光望著我。

超級讓人不安的！

「總之，刑學長你們都是男生，私底下聊色什麼的很正常，順便替我轉交應該還好吧？」我小心地放軟音調問。

「我和他不會聊個人隱私！」

刑玉陽高潔的回答讓我替自己以及許洛薇感到羞愧，紅衣女鬼歷代男朋友的黃色隱私還得存檔在我這邊，否則她一個不小心就忘光光了，根據許洛薇的說法那好歹也算她的光榮戰績，以前她還很嚴肅地問我出現幻覺要不要看醫生。

能用肉眼看見男友下半身打馬賽克的幻覺，證明人類精神力有多麼強大。

「可是我們都會呀！」我下意識應了一句。

「『我們』是什麼意思？」刑玉陽已經顧不得早餐沒吃完，氣急敗壞質問。

「就柔道社的人嘛！」

「你們練柔道的到底是怎麼回事？」

說來話長，其實社團內道德風氣的淪陷，和主將學長也脫離不了關係。我剛進柔道社時，大家都是紳士淑女，主將學長更是嚴禁一切性別歧視用語，簡直比女權主義者還女權，連擦邊都不行，違者重罰——我和很多同伴都懷疑過主將學長只是想找個藉口操我們體能。

剛開始女生當然很喜歡這種嚴肅清爽的規矩，就連男生們也揚起武士般的自豪……好景不常，當你被魔鬼社長苦毒久了，趁主將學長不在時盡情踩線發洩就成了社團小確幸，互相掩護更能激發革命情感，黃色話題聊歸聊，實際有參與到的女生通常只有我和敏君學姊，在新人女孩子面前學長們名聲還是要顧一下。

我呢一臉淡定當作聽故事，順道認識了不少ＡＶ女優，不知是否錯覺，那時的敏君學姊眼神總是帶著淡淡悲憫。

「有時候壓力太大，聽大家打打嘴砲講幹話發洩也滿好玩的。」

刑玉陽的表情好複雜，主將學長都不知道的事情，他這個好朋友當然更不懂了。

「主將學長一直努力貫徹男女平等的武道，其實我們這樣也算有平等啦！」雖然是大家一起變得低級。都是許洛薇平常話題太垃圾，害我融入得很自然。

食色性也，我卻缺乏類似生物衝動，旁觀別人的習性也算長見識，就是卡在主將學長這份神聖屬性傷害我扛不起。

「我早就知道鎮邦的社團很怪。」刑玉陽看起來還是不想接受現實。

「眞的還好啦！他們又不會開社團女生下流玩笑，只是在換衣服的時候互相調查分『左派』、『右派』而已，男生自己玩自己這樣子還算很有風度。」

「妳閉嘴！」他抓起花貓奪回紙愛心同時打斷我。

「這些精彩內容小艾妳以前怎麼都沒跟我說！」許洛薇脫離貓身，趴在我旁邊的桌面上無比扼腕。

「薇薇，我和刑學長說話妳先別搗亂，這很重要。」我要快點把正在燃燒的山芋丟出去。

許洛薇嘟著嘴走到咖啡機旁，不過我知道她還是能將我們的對話聽得一清二楚。

「刑學長，我解釋柔道社的生態是要告訴你，如果不是主將學長太嚴肅，大家也不會愈壓迫愈叛逆，主將學長這種日本武士個性萬一知道自己的記錄被學妹發現一定會很尷尬！特殊紀念品當然還是要身爲同性的好朋友轉交比較自然吧？」聽起來很正當，我眞是圓場的天才！

「這批紙愛心怎麼到我手裡難道不用解釋嗎？」

「話不是這麼說，不是我當面交給主將學長就有差，你可以假裝自己不知道紙愛心的意思，主將學長裝沒事，對大家都好。」我聳聳肩攤手說。

「蘇小艾，妳乾脆裝傻轉交就好，何必多此一舉？」

我深吸一口氣，從刑玉陽手中拿過愛心，仰頭看著他。

「刑學長，你覺得我現在這樣瞞得過主將學長嗎？」

「妳手在發抖，笑得像隻中邪的哈姆太郎。」刑玉陽額角黑線。

我立刻將紙愛心丟回去。

「拜託了，刑學長，我真的沒辦法。」

「怎麼？見識到鎮邦的另一面就受不了了？」刑玉陽銳利地戳破。

「主將學長數字傲人我不意外，只是覺得這不是我該知道的事情，就像我也不想知道爸媽用什麼姿勢製造我一樣！」我摀臉。

「靠夭啦！這什麼鬼數字，女生超過一小時就不太舒服了，會變乾而且紅腫很痛耶！再磨擦下去就受傷了，我看腹肌黑帶是自嗨吧？」大概是這個話題太具魔性，許洛薇面壁沉思了一會兒就跑回來插嘴，明明是隻沒摸過球棒的菜鳥說得像親身體會一樣。

我不得不在刑玉陽面前另開戰場。

「學姊是說都在旅館裡又沒說一直做，而且熱身運動有很多種，我猜他們還是聊天吃飯睡覺休息比較多，像我們練柔道時也有分暖身對摔休息觀戰跟緩和運動，不過能一直膩在一起我覺得很厲害。」反正我永遠不會懂那種朝夕相處耳鬢廝磨極端親密卻不厭倦的感覺，不過主將學長的面子我還是要替他顧好。

「喔，」許洛薇露出兩難的表情，「如果不用一直做就能想玩就玩帝王腹肌，那好像挺划算。」

「學姊自己就有腹肌，我猜她不會在意這個。」

「所以我叫妳也去練腹肌嘛！」許洛薇從來沒想過反求諸己。

話題又偏了，回過神來刑玉陽已經洗好所有碗盤，我還沒吃飽！

「刑學長，可不可以幫我……」我總得要個保證。

刑玉陽站在我的椅子旁邊，右手拿著紙愛心，左手按著桌面，居高臨下看著我，讓我聯想到小花看著蟑螂的樣子。

「我討厭唐筱眉，她太現實，老是搞無謂的心機。」

我第一次聽到刑玉陽直接負面評論一個女生，還以為他總是清高到懶得理會雌性生物。

「而且她會用武術威脅一般人，鎮邦一直不知情，幸好沒鬧出傷害事件，很難確定私底下到底有沒有鎮邦的追求者眞的受傷，這種行爲在我看來不可饒恕。」

我懂他的意思，畢竟我也是信奉主將學長的紀律走過來。

「以前在學校我也有聽過這種傳聞，筱眉學姊個性激烈，又追到那麼受歡迎的主將學長，針對她的中傷很多，大部分都是誇張捏造，所以我也不敢肯定威脅是不是眞的。」我抓抓頭傻笑。

「大概是眞的。『虛幻燈螢』草創時，她跟著鎭邦來我的店裡不少次，有兩次獨自來將我店裡常客叫出去談話，據我所知都是鎭邦的愛慕者，那兩個客人之後再也沒出現。」刑玉陽神色凝重道。

會知道主將學長和刑玉陽是好友，還追星追到「虛幻燈螢」來，顯然是相當積極的愛慕者了，槍打出頭鳥的道理。

「那是不能幫忙的意思嗎？」我的前途充滿黑暗。

「蘇小艾，妳爲何希望他們兩個復合？」刑玉陽問。

「筱眉學姊以前照顧過我，再說我也不能替主將學長決定見不見她，總之我覺得瞞著主將學長不好。」我老實說出自己的感受。

如果筱眉學姊最後沒刺那記回馬槍補充紙愛心的意義，我本來能輕鬆充當一回郵差。

刑玉陽將紙愛心放在我面前。

「想管閒事就自己去。」

「這樣很不夠義氣欸！學長！我都把祕密告訴你了！」

「沒關係！小艾我們不要理白目，這是調戲腹肌黑帶的好機會！上啊！」許洛薇完全燃起不良興致了。

刑玉陽還想說些什麼，一陣電鈴聲打斷對話，我抬頭看時鐘，離營業時間還有兩個小時，難道是黑蕾絲妹妹？

他穿過庭院去應門，我探頭探腦跟在後面，眞怕又是看到黑蕾絲妹妹那充滿獨佔慾的扭曲臉孔，沒想到是個不認識的漂亮女孩子。

訪客外表貌似清純大學生，不過標準正妹本來就看不出年齡，如果說黑蕾絲妹妹是黑暗人偶風的造型，對方氣質外表就像典型的西洋骨董娃娃，身材目測約一六〇，嬌小卻不矮小，頭身比例完美，五官白皙稚嫩，還留著一頭蓬鬆鬈曲的褐色長髮。從刑玉陽愣然的反應判斷，我猜那女生和刑玉陽是年紀差不多的舊識，坦白說，他倆站在一起非常配。

「陽陽，好久不見。」美女先是朝刑玉陽小心翼翼地喚了一聲，語調中可見濃濃的懷念，目光掃到我時愣住。「這位是？」

「我學妹。」刑玉陽用三個字打發，連介紹我的名字都省了。

「嗯，學妹妳好。」她柔柔地打招呼，連聲音都那麼夢幻好聽，想想我家的玫瑰公主，眞是人比人氣死人。

紅衣女鬼正趴在地上抓著草皮狂笑，旁邊頓時出現《大法師》的詭異畫面。「陽陽？噢！

是陽陽嗎？噗噗噗嗚嘻嘻嘻……」

雖然美女看不見許洛薇的惡劣模樣，我還是覺得很丟臉。

「妳要回家做自己的事，還是上樓做功課？」刑玉陽問我。

「當然是回……」許洛薇用雙手雙腳纏住我一陣鬼哭神嚎，表示死守在此看八卦的強烈決心。被她煩不過，我只好同意繼續抄經虐待手腕。「回樓上做功課，反正主將學長等等也會來這邊。」

接著我灰溜溜地撤退了，心裡充滿山雨欲來風滿樓的預感，想到棘手的紙愛心，又是悲從中來。

□

主將學長的前女友，刑玉陽的前女友，一天之內冒出兩個神奇的角色，接下來有好戲看了。

「反正和我沒什麼關係。」我放下鉛筆伸伸懶腰，拿起剛抄好的經文打量。

許洛薇不知爲何很激動，還特地變小潛伏偷聽那兩人說話，實在很沒品，萬一被刑玉陽抓到只能算她活該。

噢，我的紅衣室友回來了。

「小艾小艾，那個女生果然是刑玉陽的前女友！好像叫憶欣啥的！白目高職時交往對象，畢業分手。兩個人剛剛談完，她回去了。」許洛薇興奮地揮舞著蒼白的小手。

「那又怎樣？刑玉陽長這麼大交幾個女朋友很正常吧？」

「小艾妳這樣很沒勁耶！聽說那個女生要結婚了，來送喜帖給白目，他也有今天哈哈哈哈……」紅衣女鬼扠腰大笑，為啥那麼開心？

「刑玉陽應該是很有風度地祝福對方了，我猜得對嗎？」上樓前我觀察過刑玉陽看著那位美女的眼神沒怎麼變，就像平常泡咖啡時一樣。

「妳怎麼知道？」

「他那個大忙人我想不會糾結過去的事，目前麻煩就夠多了。」刑玉陽總是一副萬年禁慾的模樣，就算交過女朋友，我懷疑還是女生一頭熱的狀況比較多。

「不過女方似乎餘情未了的樣子，嘖嘖嘖，這樣子有點危險啊！」許洛薇爬到桌面盤腿坐著，抱胸搖搖頭。

「大概是看到刑玉陽現在自己開店過得不錯後悔了吧？好歹他現在也能說是一個小老

闆。」雖然是從進貨到關門什麼都要自己頂上的一人店長，但刑玉陽眞的布置出一個非常符合女性夢幻期待的營業空間，我想，這和他紀念早逝母親的心情多少有些關聯。

「刑玉陽說他要工作，不打算去參加婚禮。但那女生好像很堅持他一定得去，我看她還會再來。」許洛薇報告。

損失一天營業額外加噴掉交通費與三千塊禮金，又不是親戚朋友的婚禮，是我也不會去。要我被紅色炸彈轟炸，起碼得有許洛薇這個程度的交情才行。

「這次還好沒和黑蕾絲妹妹強碰，不然鬧起來就慘了。平常店裡的客人，那個哥德蘿莉就戰成那樣，這位前女友可是指揮官等級。」我說。

「嗯，她眞的滿正的，刑玉陽也很挑嘴啊！」許洛薇歪著嘴巴邪笑。

玫瑰公主有個好處就是會客觀評估同性長相，大概因爲她自己就是大美女，不需要小鼻子小眼睛地貶低別人，她說對方是正妹就是眞的正，就像她也從來沒昧著良心誇獎我漂亮。

「不過他們沒說到當年是怎麼分手的，有人劈腿嗎？」紅衣女鬼托腮喃喃自語。

「大概是個性不合或擔心男方不可靠之類，記得刑玉陽那時還在找地方開店，高職畢業沒馬上確定下一間學校，乍看是有點讓人捏把冷汗。反正我猜不太可能是劈腿，刑玉陽的性子妳又不是不知道，如果是女生劈腿她應該沒臉來找刑玉陽送喜帖。」我順口給了個分析。

「好像這樣是最有可能的。」說到個性不合和平分手，許洛薇可有經驗了，當然她的過硬背景讓分手想不和平也不行，有趣的是玫瑰公主刷掉的男友在她的姊妹淘中相當搶手，白馬總是立刻被識貨的女騎士牽走，也能說是某種皆大歡喜。

「算算他們交往也是將近十年前的事情，刑玉陽的老婆是『虛幻燈螢』嘛！」想想我也沒說錯，身為不屑認祖歸宗的私生子，刑玉陽從富豪親生父親那邊弄到一塊地後選擇恩斷義絕，大學四年期間費盡苦心籌備開業，連主將學長邀他練柔道都沒空，更別說交新女友了。

我非常懂扛貸款天天工作賺錢懶得談戀愛的心情，更別說還有白眼的問題。

再怎麼說還是個水晶雕成的帥哥，從戴佳琬到黑蕾絲妹妹，刑玉陽總是免不了女難，要是一般人還能躲起來，開店維生卻是跑得了和尚跑不了廟。

「小艾妳在想什麼，笑得讓人心裡發毛。」許洛薇抱著胸口摩挲手臂。

「除非想靠臉吃飯，否則平民身為帥哥美女也不見得是好事。」我對許洛薇說。

「不會啊！可以美化市容。」許洛薇一點都不考慮別人的心情。

「總之我們今天的聚會目的是要幫刑玉陽解決黑蕾絲妹妹騷擾，妳也得給我提出有用的方案，現在不是看好戲的時候，萬一刑玉陽又像上次一樣累垮了，被惡鬼找到可趁之機，我們也會有麻煩。」我很現實地教育女鬼室友。

「我有認眞在想啦！」許洛薇用兩根食指在太陽穴繞著圈圈。

接到主將學長快抵達的來電通知，刑玉陽開始整理環境提早關店，我們都不想浪費黑蕾絲妹妹難得銷聲匿跡的一天，拜她所賜，店裡沒什麼客人，說關就關毫無壓力，別說刑玉陽，我都火大了。

雖然我很樂意幫刑玉陽銷毀即期食品，但肇因崇拜者騷擾才賣不出去的囤積食物教我怎麼吃得下口？那都是店長的血汗勞動，爲了守護來「虛幻燈螢」蹭殘次即期品的幸福，蘇小艾豁出去了！

迎接主將學長入內後，我立刻將庭院大門上鎖，稍微覺得有點安心。

一個未成年小女孩搞得我們雞飛狗跳，眞是始料未及。

刑玉陽留下一張桌子沒收，泡了咖啡擺上點心，這是我們開會的老習慣了。

主將學長今天穿著一件修身款的米色立領騎士外套，整個人非常亮眼，我默默萌發某個想法。

「針對黑蕾絲妹妹的騷擾問題，希望今天能夠決定有效的解決方案。」由於刑玉陽這次是被害者，他閉著嘴巴臉色陰沉大概覺得很糗不想說話，我挺身而出主持會議。

「昨天聽妳說過對方才十五歲，應該是國中生，平常日在校外遊蕩，這情況不該通報鄰近學校和婦幼警察來處理嗎？」主將學長職業反射道。

之前我們都不敢確定黑蕾絲妹妹的年齡，照理說未成年讓公權力介入應該不難，我卻隱隱覺得事情沒有這麼簡單。公權力遇到特權人士經常轉彎，問題是總共能轉幾個彎？若對方的背景是九彎十八拐那種，我們就得非常小心了。

我長期失業，主將學長只是派出所小警察，刑玉陽開咖啡館送往迎來，大家都是平民老百姓，弄個不好學長們的職業生涯會受影響。

「報告學長，我已經拿著黑蕾絲妹妹的照片去縣內國中詢問過，他們那邊最近沒有連續蹺課的十五歲女生，派出所也說黑蕾絲妹妹濃妝看不出眞正長相，加上沒有本名很難查。」白天時間很多的我閒著也是沒事，就用關心未成年人在外遊蕩的理由跑了跑本地學校與派出所，可惜功效不大。

「說不定是外地人？」

「我想應該是，黑蕾絲妹妹的談吐感覺比較像都會居民，又坐黑頭車又帶保鑣。」許洛薇家就沒那麼戲劇性，他們家的車不說我還看不出是經典名車。黑蕾絲妹妹那種唯我獨尊的氣質的確是需要一點背景才養得出來，然而鄉下小孩出身的我對都市人一向比較敏感。

「就算租車請人演戲也要花錢，再說光她身上的衣服質料剪裁就眞的是專業訂製，一套好幾萬跑不掉。」我說。

「保鑣是眞的。」刑玉陽道。

實戰傾向的合氣道高手都這麼說，只能承認黑蕾絲妹妹背景不凡，畢竟都聘得起一男一女兩名眞保鑣的人總不會還租車省錢，這樣多沒面子。

「有車牌號碼嗎？」主將學長問。

「那個男保鑣故意擋著不讓人看，一開始我和刑學長沒有很在意，但黑蕾絲妹妹變本加厲後，我想辦法偷看到了。」黑蕾絲妹妹一直刻意隱瞞身分這點也很讓人起疑，如果她眞的未成年，我們只能盡量就現有資料調查出她的身分，再通知家長認領。

「還不是靠我附在小花身上才看到。」許洛薇得意地說出車牌號碼，我又複述了一次號碼讓主將學長抄錄。

「倘若那個小女生今天有出現，我就上去當面問問情況。」主將學長說。

「爲了其他客人和店內用餐氣氛，我打算正式拒絕她入店消費。」刑玉陽下了個破釜沉舟的決定。

我也覺得這麼做比較好，遇到奧客只能靠店長硬起來。「但禁止她來不見得有用，要是又引發其他騷動怎麼辦？」

「起碼有理由報警，讓警察去查那個小女生的來歷，雖然一樣會鬧得大家不愉快。在這之前，我比較希望對方能知難而退。」刑玉陽無奈地說。

若非黑蕾絲妹妹步步進逼，刑玉陽似乎也不想對他的客人做到這麼絕，這是他開店營業的原則，要說刑玉陽不知許多客人衝著他外表來捧場是騙人的，但他也盡力提供良心餐點服務，將容貌當成母親給予的禮物，能夠保持愉快的消費循環才是優先目標。

「所以刑學長的解決辦法就是報警處理請監護人帶回去？」我在筆記本上記錄發言人重點。

「難道妳有更好的辦法嗎？話說在前頭，找假女友這個提議可以省了。」刑玉陽料敵機先道。

「你確定不考慮？敏君學姊很專業！說不定帥哥還能免費呢！」柔道社的內腿高手敏君學姊前陣子才幫我接下假裝男同性戀女朋友的燙手山芋，據說領時薪幹得風生水起。

「不、考、慮。」

「敏君還是算了，她人格有點問題。」主將學長沉吟道。

「學長你剛剛很淡定地說出了極度嚴苛的評語耶。」我抓著臉頰。

「我擔心她只會添亂，再說阿刑也不喜歡這種做法，換一個。」初代柔道社社長這樣評論他的初代社員，證明經驗法則的重要。

我在心底大呼可惜，若說有誰能輕鬆應付黑蕾絲妹妹，對女保鑣還手也不怕造成社會輿論，綜觀我們身邊人脈中就只有無下限的敏君學姊了。

「沒關係，我還有B方案。」

我請主將學長起身，將他的椅子挪到刑玉陽旁邊，抓著主將學長的手蓋到刑玉陽的手上，趁他們一頭霧水時飛快閃到桌子對面拍了張照，學長們沒看鏡頭而是盯著彼此有點疑惑的樣子讓這張照片的效果更好了。

「學妹，這是什麼意思？」主將學長抓起刑玉陽的手問我，「是指要阿刑對那小女生虛以委蛇嗎？」

主將學長以為是情境模擬，原本和好友想到同一塊兒的刑玉陽率先反應過來，惡狠狠地抽回手瞪著我。「蘇小艾，妳活得不耐煩了？」

我眨巴著眼睛，忽然覺得此刻自己有點危險，弄個不好繞店跑十圈和一百個伏地挺身的超值酷刑禮包就等著我了。

「學長，仔細想想你們兩個默契這麼好，刑學長有你在身邊根本就不需要去找假女友，靠你cover就夠了。重點是，要讓小女生知難而退只有使出這招，證明刑學長絕對不可能和她在一起。另外女生比較容易對同志戀情樂見其成囉！」我不敢再說下去了，主將學長的表情好恐怖。

「蘇小艾，妳到底怎會想到這個餿主意？」刑玉陽像是要把我的脊椎打斷一樣說完，拖著椅子腳離開主將學長三步遠，坐在一起被拍牽手照片是有那麼見不得人？

「我覺得女生通常都會建議這個辦法，會毛遂自薦當人假女友都是對當事者有意思想搞曖昧，不然正常異性朋友誰想把事情弄得那麼麻煩，不過一樣是男生或女生就還好啦！以前我和許洛薇被當成蕾絲邊也沒怎樣！人家這不就是經驗分享嗎？」我說完期盼地看著主將學長。

主將學長乾咳兩聲，對我搖搖頭，表示他不答應配合。

柔道社男生一天到晚開有顏色玩笑，甚至還坐大腿亂摸親親抱抱的，明明都是異男，偏偏總是能讓隱密大腐女敏君學姊欲仙欲死，我還以爲男生比較放得開哩！上次主將學長明明就當過戴姊姊的假男友，又不是不會演。

「我也不想用騙的。」刑玉陽強調。

「拜託，小艾那種陽春照片根本騙不到人，我覺得應該要錄一段一個上空一個襯衫不扣交纏接吻超過的影片，這樣才有說服力。」許洛薇擦擦口水說。

妳根本只是想看雙份腹肌而已！我差點在主將學長面前破功教訓許洛薇，只能羞恥地看著地板。

「可是現在狀況就是正常拒絕沒用呀！」我捧著咖啡杯對刑玉陽說。

「蘇小艾，妳有沒有想過，就算用妳的辦法趕走那個奇裝異服的小女生，其他客人會怎麼想？以後會不會有男性追求者來煩我？」必須在咖啡店裡維持公開形象的刑玉陽怒瞪過來。

「對喔！」好像會開啓某種麻煩循環。

「算了，本來就不期待妳的程度。手機拿來，我要刪掉照片。」不慎被小陰了一把的刑玉陽立刻想湮滅證據，真是個小氣的男人。

聽到他這句話，我立刻將手機塞進T恤領口。

刑玉陽不敢置信地睜圓眼睛。

「……」主將學長無言了。

「拍得很好看，學長這麼帥，給我留作紀念嘛！」我直覺這張照片能派上用場，總之先保留起來。

「這種沒誠意的屁話妳也說得出口？蘇小艾妳想拿那張照片幹什麼？再給我扯皮，就算用抖的我也要把妳的手機抖出來！」刑玉陽唰地一下站起，剛要朝我撲過來，主將學長及時扣住刑玉陽肩膀，瞬間沉下重心才沒被他拖倒，卻差點碰翻桌子，我則反射性壓住桌面拯救大家的咖啡，攔住出柙猛虎也不過如此。

「算了，一張普通合照罷了，學妹想要就給她吧！小艾有時候就是這樣瘋瘋的，別和她太計較。」主將學長打圓場。

今天才知道主將學長對女性柔道社員的評價，真是辛苦他了。

「蘇小艾，看在鎮邦的面子上，妳給我收好那張照片，不然休怪我不客氣了。」刑玉陽又用眼神刮了我好幾刀這樣說。

我冒著冷汗嘿嘿笑了幾聲，剛才刑玉陽好像是認真要動手的，他最近情緒真的很不好，好險我逃過一劫。「會啦會啦！學長，你看小花都被嚇跑了。」

我四處張望，沒看見小花的影子，雖說都是在刑玉陽的店裡，我還是會怕牠一個不注意溜到馬路上遇到危險，比如野狗和車輛之類，或找不到回家的路，有打晶片和掛項圈也不保證一定有用。小花已經被馴養快一年了，反應和當野貓時不能比，我無法肯定經常被附身會不會影響貓咪對現實的認知，所以許洛薇沒附身時，原則上我還是把小花當家貓養，不會讓牠自己在外面漫遊，這是我和許洛薇利用小花應負的責任。

我有點焦慮地暗示許洛薇快確定小花位置，許洛薇會意跟著追出室外。

「小花平常很乖，阿刑這裡牠也挺熟了，不用太擔心。」主將學長說。

學長你不懂，乖的是要騙腹肌和罐頭的許洛薇啊！小花說不定記住許洛薇平常用貓咪姿態亂逛的路線，從某扇開著的窗戶溜出去了。

不過主將學長說的沒錯，「虛幻燈螢」大致也能說是小花第二個家，庭院又夠大，放風一時半刻應該還好，誰教我和許洛薇都是第一次養貓，有時就像保護過度的父母。

我坐了回去，正事不能不顧。「刑學長，萬一你前女友和黑蕾絲妹妹在店裡強碰怎麼辦？」

「蘇小艾！」

「藍憶欣回來找你了？」

兩個學長同時出聲，我下意識躲到主將學長後面，還好剛剛有把椅子往後挪，留了足夠的空隙以便隨時落跑。

我沒指名道姓，主將學長卻馬上確定對方是誰，高職畢業分手到現在也是相當漫長的一段時間了，中間刑玉陽都沒交過其他女朋友嗎？

「根據莫非定律，這種事發生的機率很高嘛！」我越過主將學長肩膀對刑玉陽說。

「鎮邦，你的學妹可以借我打一下嗎？我保證只是輕輕地打一下……」刑玉陽轉著手腕說。

「我很認眞想幫你，學長你冷靜一點！」白目學長壞掉的樣子好恐怖！

青春期沒有結果的愛情，如今重逢依然夢幻可愛的女人，刑玉陽眞的不動搖嗎？當時刑玉陽的母親已經去世了，藍憶欣說不定正是他渴望的避風港，就算現在看上去雲淡風輕，無論他們因爲何種理由分手，發生在那個荷爾蒙狂飆的年紀，刑玉陽受到的打擊可想而知，光是猜測我就覺得難過。

許洛薇不該嘲笑刑玉陽，她的每任男朋友分手時都曾在我面前哭過，求我幫忙挽回，或者訴說他們和許洛薇之間巨大鴻溝的痛苦，許洛薇並非不難過，但顯然沒有前男友們難過，玫瑰公主天生少根筋，那些男友卻也沒能令她開竅，可惜我愛莫能助。

藍憶欣適合如今的刑玉陽嗎？這不是我能評判的事，然而她到現在還喜歡刑玉陽這個男人，我卻一點都不感到意外。

Chapter 03 /

白眼的傷痕

「當初是她自己要離開，現在出現在你面前又是什麼意思？」男人沉下聲音。

主將學長的反應和刑玉陽聽聞唐筱眉回頭求復合的反應一模一樣，看來他們都不太滿意好友的女朋友。

「只是來送喜帖而已。」刑玉陽避重就輕。

「學妹覺得憶欣會再來找你，那就不是普通的送喜帖。」主將學長一口咬定即將結婚的美女動機不單純。

「抱歉我插話，主將學長你怎麼會和刑學長的前女友好像很熟的樣子，你們不是不同學校嗎？」跟著刑玉陽混久了不經意就知道學長們的背景瑣事，有一點很有趣，刑玉陽讀的是高職，主將學長卻是公立高中，課業成績方面從小就是主將學長勝出，他會跑去讀體育系跌破很多人眼鏡。

此外，主將學長有個習慣，除非是熟人或武術同好，否則他很少直接叫對方名字，不是連名帶姓就是叫通用綽號，主將學長很會避嫌，主要是他本來就是個親疏非常分明的人。

「因爲藍憶欣是我高中同班同學，可以說是我介紹他們認識的，最後會變成這樣，我應該要負一部分責任。」主將學長自責地說。

好吧！這個八卦有點勁爆。

「跟你沒有一毛錢關係，少胡說了！只是交往不下去而已，而且那個時候你也不知道我和她私底下在交往。」

「爲什麼？刑學長怎麼沒告訴主將學長？」我感到很意外。

「這是個人隱私，還有當時她希望我不要將交往的事說出去，包括鎮邦也不能說，因爲她家教很嚴也不想被同學知道在談戀愛。當時我想女生都有些精神潔癖，加上我也不想被對方家長找麻煩就答應了。」

刑玉陽說，高三下學期他打算暫時不升學尋找其他出路，當時女友和他大吵一架，他才確定對方一直都很介意他是高職生，還是個讀餐飲的。

「畢業那天憶欣找我攤牌，希望我重考國立大學，我則讓她看了一個我的祕密，讓她自行決定去留，結果也不意外。」

「白眼嗎？」我問。

「是這個。」刑玉陽從皮夾裡拿出一張紙卡遞給我。

「身心障礙手冊？」看起來年代久遠，依頒發日期應該是他八歲時領的第一張舊證，他會隨身攜帶，或許是作爲紀念。

「白眼帶給我的影響很大，當時醫生診斷我有精神分裂和躁鬱症，而且還很嚴重，身心障礙手冊有補助，媽媽就去申請了，現在我早已停藥，不過每年會定期複診。小時候的確留下很多創傷，長大後依然有必要明確分清楚白眼看到的是幻覺還是眞的存在，有醫生幫忙把關我也比較放心，畢竟我目前不覺得自己有病。」

我從來沒想過刑玉陽居然是個精神病人，他頂多是起床氣很玄幻，其他時間自制力高得嚇人，當然，他看見的恐怖怪異眞實存在，但眞假對不信與看不見的人難道有意義？一個小孩子有口難言飽受驚嚇威脅會變得怎樣我也想像得出來。

但他現在算病患嗎？我發現自己回答不了這個問題，因爲他的精神武裝簡直就是銅牆鐵壁，刑玉陽知道自己問題出在哪裡，小心防備任何可能出問題的地方，比絕大多數正常人都更有警覺性，他甚至不排斥看心理醫生！不是爲了治療，而是預防！

「主將學長知道嗎？」

「跟白眼一起說的。」刑玉陽說到這裡時，主將學長握了握拳，好像氣他不早點告知。

「連童年死黨都不知道，不就等於你大多數時間都很正常嗎？」我問。

「我可以控制反應，不表示我沒有感覺，而且也是循序漸進才能達到現在的穩定程度，能容忍我的人沒妳想像的多。」刑玉陽淡淡地說。

他的回答讓我一時無法呼吸。

只是理智凌駕在瘋狂之上，傷害仍持續累積，所以刑玉陽在母親去世後就當機立斷自己建立一處庇護所，他不能也不會傻傻挨打，束手等待哪天被現實徹底壓垮。

「合氣道老師要我心情不好就去練習，鎭邦身邊和老師道館那邊很少出現惡意的非人，流汗的確很有用，而且老師長得比白眼看見的鬼東西還要可怕，也算有某種調節效果。」

「我不是故意瞞著鎭邦，妳可以說我和他相處時的確很正常，所以沒必要刻意表現得不正常。」刑玉陽雖然是對我說話，眼睛卻看著主將學長。

但他的正常卻是高度防禦狀態，或許只有刑玉陽的母親見過毫無防備或者脆弱的他。

刑玉陽曾說過，有陰陽眼的人，不是假裝看不見就沒危險，某些敵人會因爲你示弱或裝作缺乏防備的樣子，反而更殘忍地追獵攻擊；當超自然存在就在眼前，刑玉陽寧可採取自保行動，他認爲平常就保持怪人形象，行爲怪一點反而不會引人注目。

這是一條孤獨又漫長的道路。

從刑玉陽不科學的戰鬥力推測，他以前到現在一定是天天心情不好。

「私生子、精神病患、低學歷、窮到口袋響叮噹，連看電影都請不起，前途未卜，她沒有任何理由和我在一起。」刑玉陽輕聲說。

我心目中的刑玉陽是很優秀的傢伙，飛揚跋扈屌炸天，我不喜歡看見他這麼冷酷地細數過去失敗。

「不是還有臉嗎？」我衝口而出。

「蘇小艾妳敢說就不要躲在別人背後！」

眞想告訴刑玉陽他完全符合玫瑰公主的擇偶標準，不過白目學長一定不會認爲我在安慰他。

「總之，誰都沒有錯，憶欣値得交一個正常的男朋友，我當時只想平安活下去，坦白說一個人還比較方便，我本來就沒想過找女人一起生活，太麻煩了，而且對誰都不安全。」

「欸？那刑學長你和主將學長一樣都是被倒追的喔？」我想也是，他連自卑都沒空了，哪有心情風花雪月？再說擁有白眼這種麻煩天賦的人，不唯我獨尊些早就被異類玩死了。

「告訴妳這些早就結束的事情，是叫妳不要想太多，本來沒事也被妳攪出事來。」

「我沒有要做什麼啦！只是問學長你想怎麼處理，我可以幫忙。」

「不用妳插手。」

「別怪我沒提醒你，黑蕾絲妹妹嘴眞的很毒，半點都不考慮人情世故，她很會羞辱大人，又有保鑣撐腰，萬一出現修羅場，等警察來太慢了。」眞是好心被當驢肝肺，換成別人我還懶得出頭哩！

「說到警察，蘇小艾，妳不是有東西要交給鎮邦？」刑玉陽不懷好意地說。

一直旁聽我們對話的主將學長這時扣住我的手腕把我拉到旁邊，此舉害我暴露在刑玉陽的攻擊範圍內，非常沒安全感。

主將學長問：「要給我什麼？」

「刑學長，何必這樣互相傷害？」我眼眶濕潤了。

「誰教妳沒事要提起我的前女友，公平起見，怎不也說說鎮邦的？」

「怎麼回事？是筱眉嗎？」主將學長反應很快。

「欸，對，昨天筱眉學姊來找我……」我不斷對刑玉陽發射求救訊號，他卻交叉雙臂抱胸看好戲。

牙一咬，我豁出去了。

「她拜託我傳話，希望和你當面談談。」

主將學長定定望著我，沒說話。

「還有轉交一樣物品，事實上是四個。」我飛快將手伸入口袋，捏住那疊紙愛心，用畢生最快的速度塞進主將學長手中，咻的一聲縮回手。

要是每次對打搶手都有這速度和精準性，搞不好我也可以拿條黑帶了，唉！

他盯著手裡的紀念紙愛心，眉梢微微一揚。說實話，主將學長這個表情具有著少見的微妙感，畢竟能讓狀態萬年穩定的主將學長意外的事情並不多，身為柔道學妹的我過去一年來有幸提供他不少驚嚇，今天也帶著刺激物來攻擊前輩哈哈！我哭不出來只好背水一戰了！

在下不會把初代社長的傲人戰鬥記錄和社團分享的，相信我，這是學妹的忠義心。

「學長，不要問我，你自己去和學姊討論吧！」我先下手為強搶白道。

「我沒有要說什麼……」還好主將學長只是淡定地收好紙愛心。

呼。壓力解除。比一口氣清掉宿便還舒服！我已經想不起來之前怎會那麼緊張了，反正上台報告就是這麼回事。

刑玉陽顯得很失望，他到底期待主將學長會有啥反應？

男人對前女友到底怎麼想？回頭再請教社團學弟們好了，真是深奧的命題。

「喵哇——」落地窗外庭院圍牆處響起連續不斷、響亮得讓人起雞皮疙瘩的貓叫。

刑玉陽和我同時對看，許洛薇又出了啥狀況？

「小花和野貓打起來了？我去看看。」主將學長第一個動身。

「不，我去就好！」從小花狂叫的音調判斷，許洛薇分明是在叫我的名字。

主將學長沒有堅持，說不定他和刑玉陽還想討論前女友話題，我得把許洛薇連同小花逮回來。

「速去速回。」刑玉陽用眼神向我開了一槍，警告我不許發現敵人蹤跡就私自和許洛薇跑去追查。

我一口喝完剩下的咖啡，跑向貓叫聲響起的位置。

前後不超過五分鐘，我抱回一頭霧水的小花，許洛薇則跟在我旁邊比手畫腳，堅持她發現有隻烏鴉站在電線桿上監視「虛幻燈螢」，還有監視器範圍外的路邊停著黑蕾絲妹妹的座車。

我拍拍小花，安慰小花回家再讓牠玩個過癮，暫且先將花貓關進外出籠。既然敵人就在附近，我可不放心讓小花再跑出去，黑蕾絲妹妹以為小花是刑玉陽養的貓，跟蹤狂會對目標的寵物做出什麼事總是難以預料。

我把許洛薇的發現轉化為我抓貓時意外看見的敵方動靜向主將學長報告，至於許洛薇那大陣仗的反應不消說早就引起刑玉陽注意了。

「看來那小女生的保鑣還在監視這間店有哪些人出入。」主將學長說。

「哇靠！黑蕾絲妹妹到底多瘋刑玉陽。」這比網路小說還誇張。我說。

「或許她對阿刑的迷戀只是煙幕彈，做到這樣更像後面有人指使，但不知有何企圖？」主將學長想了想以後如此表示。

「……眞麻煩。」刑玉陽抱怨。

我也不希望日常生活陰謀繼續增加，這表示我們又要進入一級戰備狀態。

「但我不認爲黑蕾絲妹妹在演戲，她應該眞的很喜歡刑學長，但不是正常交個男朋友的喜歡，可能比較接近戴佳琬生前那種崇拜，你又被當成偶像了。」我舉手提出異議。

「妳確定？」刑玉陽語氣很輕蔑。

「許洛薇生前那麼紅，她的迷哥迷弟都是我在擋的，我遇過的沒有一千也有九百。」眞的不誇張，大學四年算一算差不多是這個數字。崇拜者會變著法子接近偶像示好，正牌追求者反而比較鎭定，但也不能排除少部分行徑誇張的例子。

仔細想想，黑蕾絲妹妹迄今表現不就是標準的追星族嗎？

「和鎭邦比起來怎麼樣？」刑玉陽認爲實驗要有對照組才公平。

「沒得比呀！男生比較主動，粉絲都很瘋狂，大概這種感覺吧？我應付不來的就打電話請許爸爸處理，反正就這樣。」我坦白地說。

許洛薇驕傲地翹高鼻子。

「那麼就是有人利用這一點派那孩子接近阿刑。」主將學長轉身問好友：「你心裡有數了沒？」

「完全沒有，我整天忙著做生意，想得罪人也得有時間好嗎？」刑玉陽這句話很中肯。

其實主將學長說的也是我們大家都有想過的事，畢竟一個十五歲的小女生帶著兩個保鑣上門糾纏刑玉陽怎麼想都不合常情，問題是自從我身邊多了許洛薇的外星案例之後，黑蕾絲妹妹這種類型反而只能說還好。

「還有烏鴉！小艾妳剛剛怎不馬上說，那隻烏鴉好噁心，一直在偷窺我們。」許洛薇旁觀我們一直沒講到她想表達的重點，於是出聲催促。

「對了，剛剛小花怎會叫得那麼大聲？」主將學長又問，他果然不會放過任何線索，哪怕再不起眼的小細節，說不定就是破案關鍵。

平常還得找藉口圓過許洛薇附身時小花的脫線舉止，這一次正巧打蛇隨棍上。「我趕過去時，小花正在對一隻烏鴉狂叫。」

「確定是烏鴉？這附近從來沒有烏鴉活動，或者妳看錯了，是紅嘴黑鵯？」刑玉陽目光掃過許洛薇對著我說。

他知道當我和薇薇一起在場，我的發言往往也代表了紅衣女鬼的意見。

「確定。就是因爲附近沒有，忽然出現才奇怪。上次的果園雙屍案，企圖綁架我和林梓芸去獻祭的夫婦也是被鳥啄死，我覺得這些鳥有點恐怖，而且很有靈性。」我說。

如果許洛薇說是烏鴉，我相信就是烏鴉沒錯，這不是瞎扯，許洛薇和小花共用身體後很熟悉這一帶的野生動植物情況，再者烏鴉是連我都會認的野鳥，雖然不常見，但也沒那麼罕見。

「上次你們說果園雙屍案的被害者夫婦企圖用邪術復活譚照瑛，她又是KTV大火中害死服務生的惡鬼，邪術源頭還沒找出來，但有人對葉世蔓的前男友下符讓他綁架妳，譚照瑛的父母從情境證據推敲也想找妳當祭品，敵人可能利用動物監視我們嗎？」主將學長問。

表面上，果園雙屍案照一般偵查程序走，但主將學長的情報來源——一個很迷靈異懸案的老刑警早就把和丁鎮邦人脈相關的數起事件都連起來，逼他非得有個說法。主將學長沒奈何，只好把刑玉陽替他整理的邪術理論報告上去，老刑警大呼過癮，要主將學長徹查能不能扯出更多邪術案件，還動用關係讓他的班表和請假更自由。

你說一個快退休的老刑警哪有這本領？但人家是職軍轉警察外加一門忠烈，兒子不是幹局長就是大隊長，老婆是檢察官，姪子有三顆梅花，更別說相關領域的同學、學長學弟妹一大票，下線就是夠硬。

主將學長當然沒時間專門去查邪術，他又不是CID，派出所平常就夠忙了，所以他說私人時間來幫我就不算違背老刑警的囑咐。

我回答主將學長的問題：「有可能，不過刑學長應該看得出來。」

事實上，學長你身邊就埋伏著一隻覬覦腹肌的色貓咪。

至今我仍不敢把許洛薇的存在告訴主將學長，即便和他討論靈異話題，也得躲躲閃閃，或將責任推到刑玉陽身上，難怪刑玉陽最近好像有點針對我，脾氣愈來愈大。

「我去找那些保鑣談談，順便再對一次車號，如果對方使用不同車輛也要一起查。」主將學長說做就做。

許洛薇會對一隻烏鴉特別緊張這一點不太尋常，她之前就算面對燒死鬼群與其他惡鬼也沒這樣動搖，我一定要查出那隻烏鴉的祕密。

趁主將學長暫離，我對許洛薇說：「薇薇，妳下次能附身鴿子嗎？」

「妳以爲附身是便利貼嗎？還不如買一台無人機讓我坐著追鳥！」許洛薇大肆抱怨。

「買不起。」許洛薇這句話又刺到我的痛點，家計已經亮紅燈很久了。

主將學長一樣很快回來，說監視者看到他走過去就開車溜了，他在附近找了找，沒看到可疑烏鴉的影子。

等等，目前我們的烏鴉證人只有許洛薇，她那雙鬼眼看到的內容始終和活人不一樣，那隻烏鴉搞不好並非眞的鳥類，我去年才在鄉下遇到蟾蜍妖怪和沒有形體的精怪。

「那我們這次開會的結論到底是什麼？」我總覺得事情變得更複雜了，卻缺乏有效解決辦法。

「手上能做還有該做的事先做好，以近待遠，以逸待勞，以飽待飢，非常時期不能再給對方製造空隙，盡量查出黑蕾絲妹妹的來歷，必要時阿刑你配合一點。」主將學長秀了一段《孫子兵法》後特別點名刑玉陽，讓他看情況出賣色相。

刑玉陽臭著臉沒說什麼，我則大力點頭同意「以飽待飢」那一句，現在的我出一趟遠門荷包就噴一次血，行動能力相對受限。

「目前最重要的是『虛幻燈螢』不能出事。」主將學長點出我們共同的想法。

「謝謝你們。」刑玉陽忽然正色說道。

習慣被他兇來兇去的我有點嚇到，連忙搖手：「大家互相啦！我欠學長你們這麼多，給我點機會幫忙唄！」

刑玉陽對已故母親的依戀是連我也看得出來的明顯執著，雖然他口中的回憶很溫馨，母子感情的確很好，但只要有點社會經驗的人就知道，刑玉陽絕對不可能是乖巧懂事不給母親惹麻煩的孩子，從刑媽媽必須替他找個「比鬼還恐怖」的合氣道老師就可略見一二。

他對母親的深愛也是理解到母親對他的無盡包容，如果刑玉陽無法忍受母親對他的鍛鍊和身爲私生子帶來的痛苦，或刑媽媽沒辦法接受兒子的特殊狀況，那就會是一樁社會悲劇了。

美麗而優雅，閒適又夢幻，這是刑玉陽想要帶給母親的理想生活，卻因母子生死兩隔永遠失去報答的機會，只能用這種形式彌補。因爲擁有白眼，刑玉陽確定鬼魂確實存在，說不定也懷抱著某天媽媽的靈魂回來探望自己的想法。若他在客人面前行爲失控，這間店的精神等同毀於一旦，因此我無論如何也要幫他擋這一回。

□

黑蕾絲妹妹這一消失就沉寂了三天，期間保鑣還是照三餐來監視，只要他們待在店外不妨礙營業，刑玉陽就沒意見，因爲我們也能派許洛薇站在旁邊反監視回去。

主將學長回去查了車號，發現是租來的賓士，租車者是保鑣之一，明顯刻意隱瞞來歷，這個發現使我們更堅定黑蕾絲妹妹背後有人策劃的看法。

許洛薇偷聽到保鑣的確定時將刑玉陽的活動報告給某人，雖然做好充分的反監聽準備，但對方外勤中很謹慎地沒洩露一絲口風，從不私下議論雇主，果然受過專業訓練。

「這樣的人才不便宜耶！爸媽本來也要給我請幾個保鑣，面試結果我都不喜歡。」純論臉皮和出身，許洛薇真的是金字塔尖端等級的千金小姐。

「爲什麼？保鑣應該就擁有妳最喜歡的腹肌了。」我今天也到「虛幻燈螢」來掩護刑玉陽，事態未明朗前只能和玫瑰公主閒嗑牙。

「是我爸媽買來的腹肌就沒意思啦！而且騷擾員工這種下流舉止會讓我的腹肌失去美味，還會被爸媽處罰。再說我認識的富二代沒人帶保鑣啦！除非要出入特殊場所。」許洛薇嫌棄地揮手。

許洛薇受到的道德教育其實眞的很不錯，感覺上玫瑰公主的父母就是有福報的人物，獨生女雖然態度囂張，我卻從來沒看過她用權勢壓人；不如這麼說，從小就深知金錢萬能的許洛薇，反而偏好追求錢買不到的稀有樂趣。

也就是那一萬零一種——美好的精神幸福。

「薇薇，那妳說神祕大人物迂迴接近刑玉陽可能是爲了什麼？」我問。

「我覺得最有可能是土地本身在刑玉陽接手前就有問題，對方看上這塊地打算設局逼白目讓出來。比如我們腳下可能是千年一遇的風水寶地或埋了不可告人的東西，像屍體啦珍貴文物之類。」許洛薇說。

「妳亂猜也不要猜這麼戲劇性好不好？又不是拍電影。」我瞬間還眞有點相信了。

「啊不然是看上開這間店的男人？」許洛薇哼笑一聲。

「搞不好是這樣哦！」

「那就好玩了，哈哈！」

我和許洛薇愈說愈開心，當然我沒忘記隨時偵測四周，以免被刑玉陽抓到小辮子。

正當我默默祈禱黑蕾絲妹妹就這樣繼續消失下去，天不從人願，她偏偏出現了。

陰鬱小惡魔系哥德蘿莉這次在店裡坐不到一小時就忍不住站起來走向刑玉陽，連我都能看出她身上那股狗急跳牆的焦慮情緒。

握著拖把，我偷偷湊近吧檯觀察情況。

刑玉陽與黑蕾絲妹妹交換了幾句鬼打牆的對話，大意是黑蕾絲妹妹希望與刑玉陽獨處，還要給他介紹待遇豐厚的重要工作，希望他能放下店裡的事單獨聊聊，刑玉陽當然是沒興趣。

黑蕾絲妹妹說話時相當敏感地看著四周，好像怕被人聽了去，即使我根本沒湊到能聽清楚對話的位置也被她用看小偷的眼神狠瞪了幾眼，許洛薇倒是興致勃勃地轉播全程對話。

「抱歉，我對目前的生活很滿意，沒打算轉業，況且這還是一個連名字都沒有、派未成年小女孩來店裡招攬的非法公司。」刑玉陽一邊擦乾杯盤，語氣冷淡地說。

「這真的不是詐騙，玉陽哥哥，拜託你相信我——」黑蕾絲妹妹想抓住刑玉陽的手臂，被他輕輕一閃撥開。

「不好意思，妳已經妨礙到本店營業，恕我日後無法招待妳和妳的同伴。如果妳是抱著其他目的找上我，最好老實說，只是有錢太無聊就快點回家吧！」刑玉陽果然受不了，下達逐客令。

有許洛薇當我的順風耳，我趁機招待客人並觀察站在屋外的保鑣。雖然我們很想知道黑蕾絲妹妹背後操縱者的動機，但不能傻傻直接問，得先施加一點壓力製造突破口，目前顯然黑蕾絲妹妹比我們更趕時間，卻無法就此放棄，正是逼她交代原因的好機會。

事實上，我猜她若正在進行某個任務，期限不是今天就是明天，搞不好早就過期了，前陣子消失是為了向上頭要求延長時間，現在是她的背水一戰。

「為什麼是這樣？」黑蕾絲妹妹沒想到刑玉陽超乎想像地難纏，仰頭抓狂似地叫了一聲。我飛快看向刑玉陽，接收到他的眼色，立刻進行疏散作業！幸好客人只有兩個，在我客氣地送上點心優惠券說店長有事要暫停營業後非常配合地打包離開，我直接送客人出大門，將「營業中」的牌子翻到休息那一面。

經過保鑣面前時，男保鑣忽然湊過來，貌似要阻止我進入店裡打擾那兩個人。我瞬間站姿微微前傾並舉起雙手，只要他敢碰到我，我保證會動手，就算打不贏也一樣。

被陌生人碰觸是我的雷點，在庇護所想對我展現權威控制，那就是不折不扣的宣戰行為。

那一瞬我的敵意高到破錶，男保鑣在距離我一步的地方退回去了，大概想起來自己畢竟是保鑣不是黑社會，我這才放下備戰姿勢僵著表情走進店裡。

「幹什麼？你們這是針對我嗎？」黑蕾絲妹妹指著我的鼻子問。

「是妳針對我們吧？人家好好地做生意，一直來亂是什麼意思？」既然店長發話暫停營業，又從此革除黑蕾絲妹妹的消費資格，我當然不客氣了。

她聽了我這番話，來來回回望著刑玉陽和我。「事情不應該是這樣。」

「不然是怎樣？妳從頭到尾都在給我們店裡製造麻煩啊！」我扠腰說。

遇上我的兇樣，黑蕾絲妹妹立刻看向屋外，似乎在考慮是否叫保鑣進來助陣。她不知道這間屋子裡最暴力的是刑玉陽，其次是許洛薇加小花的貓爪，最後才是主張和平防衛的蘇小艾。

她掙扎片刻還是沒有叫保鑣，卻用一種苦惱困惑的表情盯著我們，尤其是對著刑玉陽。

「有錢又神祕的女孩子忽然出現在店裡追求你，男生不是應該要困擾但口嫌體正直地關心認識我嗎？爲何你都不理我？小說都是這樣寫的！你們男生明明都喜歡這種劇情！」黑蕾絲妹妹控訴道。

「我不看沒營養的小說。」刑玉陽臉黑了一半。

「孩子，這種行爲在現實裡就叫作跟蹤狂。」許洛薇發言，我負責傳話。

「但是我很可愛呀！」黑蕾絲妹妹一點都不認爲跟蹤狂三個字有任何問題。

嗚哇！玫瑰公主遇到對手了。

「再鬧下去我要報警了。未成年少女一天到晚遊蕩，該負責任的是家長。」刑玉陽說這句話的語氣十分認眞。

少女一聽到報警就緊張了，我抱胸等著黑蕾絲妹妹和店長短兵相接會怎麼出招。

「我是爲了你好！拜託你，眞的是很重要的事，細節我得私下和你談！沒有時間了。」她焦急地說。

我和刑玉陽等的就是這一刻。

「就在這兒說吧！我不方便和未成年少女獨處，萬一吃上官司就麻煩了。」刑玉陽冷冷地說。

黑蕾絲妹妹恨恨地瞪著我。我聳聳肩，沒聽見刑玉陽都說不想獨處了？眼下只要我走開，對方便準備告訴刑玉陽一些事。進行到這裡，大多數人可能會選順水推舟配合聽聽看神祕哥德少女帶來的故事，但刑玉陽絕對不會選乍看簡單方便的道路。

首先，黑蕾絲妹妹只要尖叫一聲強姦，刑玉陽麻煩就大了，人言可畏，就算實際上沒發生什麼也能毀了「虛幻燈螢」的商譽；再者，由她主動說出的內容無論眞假都可能是陷阱，不如繼續施壓，黑蕾絲妹妹無意中流露出的反應更具觀察價值。

少女深吸一口氣，忽然冷靜下來。「其實最後不管說什麼你都不會答應的吧？但你很好奇我為何會來這裡，還有我到底是誰。」

我暗自嘖了一聲，這個小女生居然有點捉摸到刑玉陽的本性。

「總之在外人面前我是不會說的，」她指著我。「如果你答應和我約會一次，我就告訴你所有我知道的事，包括那些我被禁止告訴你的部分。」

黑蕾絲妹妹斜眼看了看屋外的保鑣，有如暗示那兩個保鑣監視的對象也包括她自己。

「我會把保鑣調開，時間地點由你決定，這樣你能相信我了嗎？」黑蕾絲妹妹抓著裙襬上的蕾絲低聲說，孩子氣地望著高眺長髮青年。

刑玉陽仍舊不回答，哥德蘿莉少女氣得跺腳離開，走出去時還重重甩上店門，發出好大一聲碰撞。

許洛薇很自動地跟上車，打算偷聽一段距離再回來，玫瑰公主絕不錯過可以賣刑玉陽人情的機會，更不用說她自己本來就八卦成性。

確定黑頭車開走了，我把門上歪了的乾燥花裝飾重新擺正，刑玉陽則彎腰撿起滾到桌底下的紙團。

「她剛剛是故意用甩門的噪音轉開保鑣注意丟紙團嗎？」前一分鐘還是跟蹤狂事件，忽然就變成間諜片。我感慨地想。

紙條上寫著一個手機號碼，不出所料，沒有任何姓名代號。

「似乎有點意思，如她所願，我先問問鎮邦哪天有假。」刑玉陽說完拿出手機發簡訊。

「妳幹嘛一直看我？」

「沒事，只是忽然覺得刑學長和主將學長感情眞好。」你的假就是我的假，哪一邊交女朋友時絕對會被女方恨死，所謂「麻吉兄弟」的存在。

「蘇小艾，妳敢給我想一些亂七八糟的事就死定了。」他橫著眉毛一瞪。

「哪有？」我又不是敏君學姊，ＹＹ認識的人一點也不有趣。眞要說，我還比較好奇那張牽手照可以幫我向敏君學姊換到多少零食。

如果我不打算被刑玉陽吊在樹上還是想想就好。

Chapter 04 / 醒醒吧！你有妹妹

收下紙愛心的主將學長一如往常，筱眉學姊透過電話找過我一次，我如實報告已完成轉交任務；刑玉陽的前女友則在店外徘徊了兩次被我撞見，既然刑玉陽不打算搭理她，我也就裝作沒看到，這幾天林林總總發生不少瑣事。

刑玉陽和黑蕾絲妹妹的約會之日就在今天。清晨五點，我躺在床上輾轉反側，乾脆起來洗漱然後到菜園工作。天氣漸熱，過了產季的高麗菜已經被我採收得差不多，我將剩下的廢菜葉堆到角落當綠肥，拿起鋤頭翻新畦，打算種小黃瓜；許洛薇則睡得正香。

我無法理解玫瑰公主明明是鬼爲何天還沒亮就在睡覺，寧可日正當中來追劇看小說。這算某種另類熬夜惡趣味嗎？

忙得正起勁時，門口有人叫我的名字，我放下鋤頭抹抹汗走過去。

一位氣質優雅的西裝中年紳士不知站在那邊注視我多久了，估計是看到滿意了才出聲呼喚，我則暗自慶幸還好沒被他逮到睡懶覺的掉漆表現。

「伯伯早安！」神出鬼沒的堂伯蘇靜池，蘇家的大BOSS，照理說不會輕易離開家鄉大本營，難道是出事了嗎？他出現的時間點實在過於微妙。

堂伯姿態一派悠然，完全不像大禍臨頭的樣子，我立刻丟棄這個猜測。

「請進，吃過早餐了嗎？」

「不了小艾，我只是順路經過來看看妳，馬上要離開。」蘇靜池婉拒入屋作客的邀約。

「怎麼會那麼剛好？伯伯你這次出來做什麼？」其實我就順口問問，並不期待他會回答。

「英國老朋友來台灣參加學術研討會，也邀請我去聽講，剛好我有事想對妳說，本來還要請妳回崁底村一趟，既然方向上順路，不如就早點過來妳這邊了。」他這樣說。

我被搞糊塗了，如果是冤親債主的話題，蘇家族長一通電話我無論如何都要趕回老家洗耳恭聽，畢竟是攸關性命的情報，需要當面談表示有一定的重要性，但如果眞的很重要怎不事先通知我一聲約時間見面？萬一我剛好不在老房子，堂伯不就撲空了？感覺這道謎有點不上不下。

蘇靜池從懷裡拿出一個小絨布袋交給我。

之前他送了我一頂毛線帽，要我拆開再把毛線整理好，使我充分理解到釐清「因果」有多麼麻煩痛苦，到現在我還沒搞定那堆毛線，雖然沒有很積極去解也是一個原因，主要是我不想太快通過堂伯的測驗，總覺得我還能在解毛線的過程中思考更多。

受限蘇家族長的保密義務，堂伯不能告訴我冤親債主的機密，比如說蘇福全這個惡毒祖先的個人細節，或蘇家歷代疑爲作祟死亡的例子，也不能直接庇護被趕出家族的我，只能變著方法給提示。

現在他又要送給我新的教誨了嗎？我期待地接過小絨布袋，輕輕掂了掂，體積小但有點沉，從包裝到手感都像是珠寶首飾之類。

我望著堂伯，見他沒有反對之意，當著他的面將小絨布袋的內容物倒在掌心，是一條保養得很好但色澤擦痕非常古舊的金項鍊，款式也只是簡單的小圓圈鍊在一起。

「這是什麼意思？」我只想到女兒要出嫁時，媽媽會把舊首飾傳給她，但以我的情況不管是傳家首飾還是婚姻都不可能發生，難道是堂伯好心將我父母典當出去的金飾贖回來給我嗎？

「線頭。」灰髮帥中年對我微微一笑，堂伯眞適合拍浪漫藝術電影。

金項鍊如一條冬眠小蛇躺在掌心，肌膚接觸冰涼金屬時，一股無以名狀的險惡厭惡讓我想立刻扔掉它，只能勉強靠理智壓抑衝動。

這條金項鍊起碼有一百五十年歷史，我也不曉得自己爲何會如此估算，彷彿它就掛在年代表上的某個點，告訴我最後一次被人佩戴的時間。首飾本身不起眼，又小又細的一條，絕非大戶人家奢侈飾品，更像是窮人縮衣節食保留下的傳家寶，如今在我手上散發著沉重的存在感。

「線頭？」我下意識重複著堂伯的提示，腦海中靈光一閃。「是『那條』金項鍊？」

纏著蘇家後代不放的老厲鬼蘇福全生前就是爲了一條祖傳金項鍊找回老家，擦槍走火和兄長蘇福旺撕破臉引發殺機，那條金項鍊最後自然是由蘇湘水繼承，依舊代代相傳。

關於蘇家古老的手足相殘悲劇，我原本只是透過爺爺的信件自述與夢中感應拼湊出大概經過，將傳說裡的證物拿在手上，我不禁心慌，正如堂伯所說，金項鍊的確是蘇家大苦因緣的線頭。

「項鍊應該不是給我的吧？要我幫忙保管的意思嗎？」堂伯之前也把爺爺的遺書交給我代爲保密收藏，此舉讓被趕出家族的我正式成了蘇家編制外戰鬥人員，和現任族長的堂伯有了某種狼狽爲奸的交情。

從此無論是我對冤親債主的威脅困擾，還是蘇靜池對蘇家冤孽宿命的改善工程有何想法，都有這條隱密雙向的聯繫可溝通。就算不考慮彼此親情，公事公辦上蘇家族長也應該要和冤親債主鎖定的目標保持機動通訊，我就像是氣象觀測站或前線雷達，在監視敵方動向上很好用。

還好有這個現實因素，我反而相信，堂伯若希望我能和冤親債主持續周旋，就必然會幫我撐下去，而我也能在有所貢獻的立場下接受他的幫助繼續戰鬥。

我不認爲堂伯有義務要救我，他是眞心想照顧我。找回兒時相處的記憶後，我也非常喜歡這個長輩，才更不能期待被堂伯拯救。蘇家根葉繁茂，蘇靜池對蘇晴艾來說卻是碩果僅存，不只有血緣還有感情的親人，要是連堂伯都被冤親債主害死，我會受不了的。

「是的，要請小艾妳代爲保管。」蘇靜池說。

「為什麼？」剛剛一閃而逝的嫌惡感，讓我認為這條金項鍊更接近詛咒物品。

「自從妳拒絕收下陳鈺老師的替身陶人，我就開始尋找其他能保護妳的東西，每任派下員都留下許多遺物，搜索起來非常龐雜，但所有遺物中還是以那個人的遺物最普通卻也最珍貴。」

「蘇湘水。」我不假思索回答。

灰髮中年紳士頷首。

這位祖先可不是神棍，蘇湘水上通天文下知地理，能驅逐疫鬼兼預知災難，又培養出一個實力派角頭神明溫千歲，山上隱居小屋的結界至今還是很夠力，我手上拿著他的遺物，不禁覺得有點爽。

「但我們對蘇湘水了解不多，只有他留下來的書札遺物，包括金項鍊。歷代派下員包括我一直以為這條金項鍊只是生性儉樸的湘水公送給妳高祖奶奶的小飾品。小艾，直到妳將二叔的遺書交給我，還提起妳作了相關的夢，我才赫然知道這是更早以前湘水公祖母的遺物，而且和冤親債主不是沒有關係。」蘇靜池緩緩道來。

我點點頭，滿臉敬畏。

「我猜想湘水公說不定會在這條被蘇福全惦記過的金項鍊下些法術後著，只是歷代無人發現項鍊有任何特別之處，妳是第一個道破它來歷的人。」堂伯的視線一瞬變得銳利。

「我我我我只是剛好夢到！都還不能肯定是不是眞的呢！」我立刻結巴了。

「時日久遠加上湘水公對族內祭祀規矩有些更動，很多細節隨他入土爲安後已不可考了。總而言之，我希望金項鍊能讓妳夢到更多；再者，說不定蘇湘水的遺物在對的人手上才能發揮作用。」

堂伯的態勢完全把我當靈媒看了。

「可是伯伯……如果說蘇福全那變態生前念念不忘想要這條金項鍊，項鍊不會把他招過來嗎？」我問。

「這條金項鍊在蘇家這麼多年，沒引發過任何靈異事件，況且目前冤親債主不就已經鎖定妳了？」蘇靜池答道。

「好像有道理。」

「小艾妳說過目前困擾的是冤親債主蟄伏不動，妳不知從何下手，那麼這條項鍊說不定可以刺激到蘇福全，無論是作爲誘餌還是武器，都能讓妳掌握更多主動權，如何發揮效果就看妳了。」堂伯看起來也有點遲疑，是因爲怕金項鍊爲我帶來壞事才悶不吭聲在老房子外徘徊嗎？

這就和接觸戴佳琬的錄音筆是相同道理，我拿到死者遺物，就有可能催動特殊的業力，讓生者與死者產生更多交集，當然倒楣的又是我。

但是堂伯說的沒錯，我還是希望主動進攻。目前困難的是把握敵方動向，許洛薇保持穩定的時間所剩不多——這是我的直覺，必須在我們還有反擊能力時盡快收拾那隻厲鬼，或將冤親債主砍爛一點爭取更多時間。

「我會努力的，謝謝伯伯！」是福不是禍，是禍躲不過，我坦率地向堂伯道謝。

這條金項鍊不一定是好東西，但至少是一個機會，而且是唯有蘇家族長有權力外借給我的珍稀物品。

堂伯欲言又止，最後久久地握著我的手。我有點想哭，忍住眼淚，希望看起來夠開朗。

此刻我想的是，要是我有能力解救堂伯的兩個雙胞胎該有多好？

借住在老房子的戴姊姊走出來打斷我目送蘇靜池離開的視線，順口問：「那位先生是誰？」

「我堂伯。」

「妳的堂伯這麼年輕？」

「年紀比我爸大，應該有五十歲了。」擁有這樣一個優秀堂伯莫名讓我很驕傲，可惜不能炫耀我還有一對超萌的雙胞胎堂弟。

「哇！」戴姊姊順著我的話尾發出一聲感歎。

她很快將注意力轉回我們今天的冒險任務，最近忙著找工作的戴姊姊對「虛幻燈螢」的風波只能旁聽，她說過今後終於可以下定決心準備國考，以前卡著跟蹤狂問題根本想都不要想，多虧我們拯救她的人生。

「我也來幫忙吧……」她一聽我和主將學長要去護航刑玉陽和黑蕾絲妹妹假約會，已經問了我好幾次想搭把手，每次都被我拒絕。

「佳茵姊妳下午不是有面試嗎？我等著看妳成功！」

「不要給我壓力啦！」不過戴姊姊倒是流露志在必得的決心。

□

我們選了個風和日麗的好日子，將刑玉陽與黑蕾絲妹妹的約會交易定在鎮上商店街，再過不久就是端午節，最近天氣吃冰剛好，白天有傳統市場可以逛，零食土產攤位和各種日常用品小物，加上不少傳統店鋪形成一塊熱鬧區域，完全適合國中生的行程。

刑玉陽店長圍裙一脫，也沒特別打扮，就這樣騎上野狼赴約，主將學長載著我尾隨在後，一抵達約會地點，刑玉陽立刻戴上一頂遮陽兼遮掩白眼的鐵灰色棒球帽。

由於我們都不相信黑蕾絲妹妹眞能甩掉保鑣，或者約會本身就是一場陷阱，跟在刑玉陽屁股後面見機行事還是很有必要的，於是我拿出幫戴姊姊抓跟蹤狂時的變裝造型，再度打扮成小男生。

本來又要和殺手學弟借衣服，主將學長堅決不許，然而殺手學弟的合身衣物我來穿還能說走寬鬆風，寬肩高大又強壯的主將學長衣服對我來說眞的太離譜了，最後折衷做法是我和主將學長進攻刑玉陽的衣櫃，勉強找到他不穿的舊衣，看起來還很新哩！可惜材質太天然當初洗滌不愼縮水了。

主將學長則換穿黑色帽兜外套，配上淺藍色鏡片的太陽眼鏡和黑色軍靴，登時判若兩人，若是讓他去當交警可能會造成交通堵塞。

「跟蹤就跟蹤，你們喬裝打扮幹什麼？」事前刑玉陽還這樣質疑。

「如果整件事是一場陰謀，除了黑蕾絲妹妹的保鑣以外，應該還有其他人在監視你，我們想趁機過濾看看附近，說不定能抓到幕後黑手，暫時別太快被看出是你的熟人比較好辦事。」我說。

這個動機很合理，刑玉陽只好不爽地接受現況。本來刑玉陽特意選在主將學長放假時間進行不情願的約會，就是讓主將學長也能加入這次行動。經過深思熟慮，我們一致認為比起黑蕾絲妹妹，目前正盯著刑玉陽的不明勢力問題更大，要是能逮到那麼一個相關人士，比起目前和黑蕾絲妹妹乾耗著不知有用多少。

黑蕾絲妹妹獨自站在一處轉角，見了刑玉陽來欣喜地揮手，身上裝扮也不那麼非主流，儘管還是一身黑，卻是素淨不少。刑玉陽站在她面前低聲說了句「走吧」，他們便慢慢逛起傳統市場。

許洛薇附在小花身上，利用貓科動物的安靜隱密穿梭在人群中。

一路上都是黑蕾絲妹妹嘰嘰喳喳不停血拚，每家店都逛得津津有味。還是很有紳士精神的刑玉陽幫提了一袋後警告她，不會再多幫忙提東西，一手拎著兩袋戰利品的黑蕾絲妹妹無論如何都不願意犧牲還空著的一隻手等待虛無飄渺的牽手機會，只好節制地用眼睛看。

在我看來，市場貨根本不合黑蕾絲妹妹的審美觀和消費水準，她會這麼熱衷的原因很簡單，就算只是個十元打火機，在今天購買也會是珍貴的約會紀念品。刑玉陽則從頭到尾都不動聲色地觀察著她，遠遠偷看的我都不禁覺得緊張。

跟監行動中我基本上是被主將學長帶著走，他會變換路線，並不是一直跟在目標後面，那樣太容易露餡，途中還買了炸牛蒡絲和紅豆餅給我吃。

小鎮畢竟是我們大學時代共同的回憶，主將學長如數家珍地告訴我哪些店還在，而哪些部分已物是人非。等到他又塞了杯珍奶到我手上，我已經快遺忘今天出門的目的。

美好時光總是過得特別快，我有點罪惡感地想，刑玉陽那邊應該度秒如年，但和主將學長一起出任務實在太開心了。

「阿刑那邊開始聊到正事了。」主將學長輕按著耳機對我示意。

刑玉陽身上裝著監聽器，可惜接收端是主將學長；幸好我有許洛薇，小花在這時回來，偷偷躲在主將學長背後的角落。

「好像有輛白色喜美在馬路邊跟蹤刑玉陽他們的樣子，不是黑蕾絲妹妹的保鑣，駕駛是不認識的人。」許洛薇也在這時向我報告——別說我只會使喚她，我發現現在的玫瑰公主對偵查、狩獵之類的行動特別來勁。她生前只是四體不勤的嬌滴滴千金，想冒險犯難唯有靠幻想，死後的許洛薇充滿解放感，甚至馬上就阻止我通知她的父母，我們也的確相依爲命締造許多創舉就是。

這時我們已經走出市場的步行區，來到馬路上，刑玉陽和黑蕾絲妹妹正參觀一家咖啡器材店，距離我們大概三十公尺，我一聽見這個消息立刻將主將學長拉進旁邊的麵包店，隔著玻璃櫥窗尋找那輛白色喜美，視線範圍內卻沒發現類似的車。

「怎麼了？」

「沒事，只是想找看看附近有沒有跟蹤者。」我不能直接向主將學長報告許洛薇帶來的消息。

「目前還沒發現類似的存在。」

主將學長過濾可疑人士的天分向來高得破錶，有可能是對方還沒進入雷達掃描範圍，許洛薇剛剛誤打誤撞闖到我們的路線死角才發現跟蹤者，對方沒跟入水洩不通的攤販區，正在等刑玉陽和黑蕾絲妹妹走出來。

我走到角落用氣音要許洛薇再去找找那輛白色喜美，雖然是白天，晝行經驗豐富的許洛薇爲了驅逐黑蕾絲妹妹咬牙上了。就算附著小花有隔離效果，被陽光曬對紅衣女鬼而言仍然很吃力。

接著我向監聽中並朝外看的主將學長請教：「刑學長和她在聊什麼？」

主將學長眉頭一皺。「她知道阿刑有靈能力，正在問那個世界的事。」

我悚然一驚，白眼是刑玉陽的祕密，知道的人屈指可數，再怎麼樣也輪不到一個素昧平生的十五歲少女，就像我們過去一直警戒的，業界覬覦「眞貨」的勢力找上門來了。

「刑學長怎麼回答？」

「要那小女生先交代找上他的目的，對方還是吞吞吐吐，看樣子是在拖延時間。」主將學長說。

「她該不會故意坑刑學長一次約會然後食言吧？要不然就是她要說的機密絕對會讓刑學長馬上發飆？」我猜測道。

「似乎是想找阿刑去幫一個大家族做事，阿刑順著那小女生的思路問待遇和工作內容，若是有危險那就不考慮，畢竟他開店是爲了安身立命，要是條件眞的能打動他，也不是不能考慮。」主將學長轉播重點。

「說好約會代價是情報，只是小孩子還想賴皮而已。」我又吸了一口珍珠奶茶。

「要是連這種小女生也搞不定，今天阿刑被騙出來浪費一天只能說活該。」主將學長冷酷地評論。

「學長，這年頭被當成蘿莉控超丟臉的，而且小孩子番起來很恐怖。」我舉手發言。

女人、小孩和老人對主將學長這類喜歡硬碰硬的戰士來說往往是最可怕的對手，刑玉陽不幸一次就中了兩種攻擊屬性。

「他要生存就得想辦法解決。」

主將學長執勤時想必遇過更多麻煩人物，這個男人完全淡定了。

最近也被年下學弟強勢告白的我，對刑玉陽的苦難反而心有戚戚焉。

「我可以聽他們在講什麼嗎？」我還是很好奇。

主將學長彎腰取下耳機遞給我，我則靠在他旁邊聽了起來，店員小姐居然沒上前關切我們鬼鬼祟祟的舉動，大概懷疑主將學長是便衣警察，對他傳遞了默默關懷的崇拜眼神，我們也的確進行調查任務中，雖然和公務沒有半毛錢關係。

「我好害怕，你知道我是誰後就不想和我說話了。」黑蕾絲妹妹的聲音。

孩子，目前妳單方面騷擾人家也沒有比較好啊！

「我不認識妳。」刑玉陽說。

彼方傳來一聲受到打擊的顫抖嘆息。

「但是我從八歲開始就喜歡你了，不對，應該說我愛你，我們命中註定要羈絆在一起。」

黑蕾絲妹妹的聲音聽起來帶著異樣自信。

一陣沉默，看來刑玉陽對這句石破天驚的發言也不知該說什麼才好了。

我趁機轉告主將學長：「黑蕾絲妹妹說她八歲時就喜歡刑學長，等等，那時刑學長剛上大學沒多久吧？」

「七年前『虛幻燈螢』都還未正式營業，那就不可能是客人了，我們的朋友裡也沒人已經有這麼大的孩子。」主將學長飛快縮小懷疑範圍。

「妳到底是誰？」刑玉陽問。

「我不會放棄的，就算你不答應那份工作，我也會努力讓你接受我的感情，這是兩碼子事。如果你喜歡待在那間咖啡店，我就主動去找你。」黑蕾絲妹妹啜泣。

刑玉陽再不做些補救，眼看就要被路人指指點點了。

「主將學長，你眞的不幫他嗎？」我將耳機還給他，實在不忍心繼續聽下去。

當然，我同情的對象是刑玉陽，少女漫畫情節出現在現實中只會帶來驚悚，更別說黑蕾絲妹妹不是簡單人物，來頭更是大有問題。

「這……阿刑會看情況處理，不行的話先離開也可以。」主將學長堅持不肯當眾出櫃，表情複雜地看著我。

接下來的發展，只能說主將學長對死黨的認識果然是專家級，絕不被動挨打的刑玉陽深呼吸後帶著覺悟語氣開口：「妳在這裡等一下。」

他叫黑蕾絲妹妹等一下是什麼意思？

十秒後正在吸最後一口珍珠奶茶的我知道答案了，刑玉陽的身影忽然掠過麵包店櫥窗外，接著他一個煞車再轉彎衝進店裡，揪住我的衣領往外拖。

我被拖到騎樓，往他奔來的方向疾走，嘴裡含著滿滿一口珍珠搞不清狀況，黑蕾絲妹妹跟在刑玉陽屁股後追過來，我聽見主將學長追上來的腳步聲了，目前有口難言的情況異常不妙，事到如今也不能把珍珠吐回吸管，我努力地嚼著。

刑玉陽到底想幹什麼？無論他想幹什麼，被他抓在手裡的我都是準共犯。

我用力扭了兩下，掙脫不能，他從後頸直接揪緊衣領控制我重心的手法實在太專業了，簡直就像抓小貓一樣。

雙方停在中間的鐘錶行前，黑蕾絲妹妹渾身散發怒氣，兇狠又不解地瞪著我，像是在罵我這個路人插什麼花？我趕緊趁機把Q彈得不可思議的珍珠嚥下去。

「妳不用再來了，我就喜歡像她這樣的——」刑玉陽把我遞向黑蕾絲妹妹，彷彿在展示驅邪法器。

「咳咳！」主將學長好像被口水嗆到了。

「咕嘟！」一顆完整的珍珠誤入氣管，我雙眼圓睜，瞬間好像看見牛頭馬面站在前方。冤親債主還沒殺死我，我就要先死在手搖飲料店老闆的得意之作上了。

「——這樣的漢草！耐操！好用！」刑玉陽往我背上重重一拍。

那顆該死的特大號珍珠順勢被我咳出去，啪嗒一聲滾到路邊，我連咳十來聲，餘悸猶存地擦擦嘴角，咳到都腳軟了，沒想到死亡近在身畔。

我滿眼金星地抬頭，卻發現黑蕾絲妹妹神情不變，用媲美MRI檢查似的目光掃描我全身，尤其是我剛剛彎腰狂咳用力時浮現肌肉線條的前臂和大腿，以及也算厚實的肩膀。

怎麼說呢？把黑蕾絲妹妹扛起來折返跑幾次的信心我還是有的。

哥德蘿莉少女流露出絕望的表情。

「我對那種骨瘦如柴連行李都提不動的衣架子沒興趣，更不要說動不動需要別人照顧的洋娃娃。」刑玉陽追加體型攻擊。

話說回來，大哥你的前女友不就是標準洋娃娃型美少女？我忍下這句吐槽，為了讓未成年跟蹤狂知難而退，此刻不宜製造廢話。

某種意義上，刑玉陽說的是真心話沒錯，他真的很討厭供養嬌滴滴公主，操體能時也不分男女，對戰鬥力的信仰簡直是祭司等級，日常生活就是訓練再訓練。

從小周遭環境對刑玉陽而言一直充滿未知危險，而我現在處境不遑多讓，基於認同和實用也追隨起刑玉陽的背影。對不起了，黑蕾絲妹妹，這是自目的生存之道。

黑蕾絲妹妹雙手垂在身側緊握，全身微微顫抖，透露出她的忍耐已經抵達極限。

少女猛然抓住刑玉陽的上衣，含淚高聲道：「I AM YOUR SISTER!!!」

刑玉陽愣了一秒。「Bull shit!!!」

「哇！刑學長罵髒話耶！」我退回主將學長身邊壓壓驚兼看好戲。

「他好像眞的嚇到了，阿刑就連見鬼時都很冷靜的。」主將學長拍拍我的頭說。

「那表示刑學長已經高速推理並相信黑蕾絲妹妹是說眞話才嚇到的吧？」我繼續和主將學長嘀咕。刑玉陽生父那邊的人的確可能性格傲慢帶保鑣出現動不動撒錢。

原來玉陽哥哥眞的是「哥哥」的意思啊！我的老天！

「發生什麼事了？你們怎麼堵在騎樓裡？」許洛薇剛好回來，一臉狀況外。

薇薇，妳錯過了年度八點檔大戲呢！

經過一段令人尷尬的沉默，我提議兩兩雙載回「虛幻燈螢」繼續談，途中大家可以趁機整理一下情緒。

由於刑玉陽說什麼都不想碰觸到黑蕾絲妹妹，直接找主將學長組隊，我只好接下載運黑蕾絲妹妹的責任。剛剛還有點害怕刑玉陽說要載我，進一步刺激黑蕾絲妹妹，幸好他危急之下本能選擇了最信賴的對象，再度確認主將學長還是刑玉陽心中的第一名讓我頗爲安心，誰教他剛剛發言那麼驚悚？

我將貓咪太空包反揹在胸前，確定許洛薇和小花都有好好待在背包裡，示意黑蕾絲妹妹上車，後者一副沒坐過機車後座的緊張貌，壓著裙襬做出拒絕的小動作。

「不想被扔下就快點，妳還欠刑學長解釋，裙子塞在腿下面就不怕走光了。」我無情地命令道。

黑蕾絲妹妹只好苦著臉配合。主將學長要我們先出發，到鎮外後再停路邊等他們，他去隔壁街買頂安全帽，以免違規被同行抓到送業績給人家。

沿途沒有保鑣在身邊的黑蕾絲妹妹不只氣勢減弱，面對成年人也有些手足無措，果然是被保護得很好的嬌嬌女。

我沒發現白色喜美跟在後頭，問黑蕾絲妹妹白色喜美的事，她卻說自家人馬沒人用那種車款，看上去她強烈想向刑玉陽輸誠，如果她說的是實話，那麼白色喜美的出現就值得玩味了。

一行人回到今日未營業的「虛幻燈螢」，許洛薇和我還一步三回頭地檢查有無跟蹤者。

當你的對手是喜歡從背後上身的惡鬼，草木皆兵是相當好的備戰訓練，連活人都逮不到要怎麼發現企圖謀殺我的冤親債主是否正尾隨不放？我深思熟慮後，理解到與其等對方上身再來痛苦掙脫，若能保持足夠的反應距離豈不更安全？我的高人祖先蘇湘水就是這麼做，刑玉陽也是對環境非常警戒，無法隨意近身的類型。

這種生活方式實在很累，但至今遇過不少惡鬼，讓我更確定一件事，鬼怪存心要害一個人的手段實在太多了，更有些是我寧死也不願遭遇的噁爛事。

抱持珍惜每一次作戰機會心態的我慎重地鎖上庭院大門，命令許洛薇強化巡邏，少不得又得用許多好處補償她錯過黑蕾絲妹妹吐實場面的精神損失。

許洛薇對黑蕾絲妹妹並非眞的感興趣，她熱中的是突發事件的刺激感以及和我一起出動，這也是我最擔心她的地方，除了腹肌以外，她對活人沒剩多少興趣和同情心，蘇晴艾的圈子勉強可說是例外。我帶許洛薇到柔道社團和「虛幻燈螢」，多少有著透過與人相處替她精神復健的用意，維持玫瑰公主身爲人類的感覺，偏偏我朋友很少，萬一有天我們不能繼續在一起，我有預感許洛薇會惡化成非常恐怖的怪物。

我賭上一切調查眞相就是爲了防止最壞的結果發生。

暫時還沒把對刑玉陽不利的驚天八卦告訴許洛薇，我得先聽聽黑蕾絲妹妹怎麼說。

刑玉陽命令黑蕾絲妹妹去卸妝洗臉，她被刑玉陽的低氣壓嚇到了，乖乖照辦。

素面朝天的黑蕾絲妹妹意外地像隻清純森林妖精，上斜的大眼睛，淡淡的眉毛，精緻的小鼻子和紅嘴唇，以及雪白的瓜子臉；之前我就覺得她和刑玉陽的修長纖細體型很像，原來眞的是遺傳的關係。

她和刑玉陽應該是同父異母，母親不同還有系出同源的漂亮，只能說刑媽媽當年果然是外貌協會。

當初和刑玉陽互相報告背景時，他曾說過生父是好色大富豪，最大的嗜好就是微服出巡遊龍戲鳳，遇到合心意的女人就喜歡留種，他上面已經有十幾個哥哥姊姊，再來幾個非婚生弟弟妹妹也不意外，這句話果然應驗了。

「妳叫什麼名字？」刑玉陽開始審問。

「朵朵。」她縮起雙腿不安地說。

「姓呢？」

「楊……」

「少來，那個人的原配沒有生小女兒。」刑玉陽自己也是從母姓。

「我姓錢。」少女咬牙吐實。

養樂多或錢多多？看來名字才是原罪，我不禁爲錢朵朵可憐的諧音掬一把同情之淚，忍住沒笑出來。

「就讀學校。」刑玉陽又問。

錢朵朵報了一間私立歐洲學校中學部名字，反正又是有錢人的貴族學校，和許洛薇那間收留紈褲的炻泉高中不同，眞的是爲放洋做準備。

「我會去確認，妳說的最好是眞名。」

「不要告訴我的老師啦！」錢朵朵立刻哀求。

聽說她似乎繞過家長，買通家庭醫生向學校請了很長的病假。

「妳從哪裡知道我的事？」

重頭戲終於要上演了。

「爸爸是神海集團總裁，我們這些私生子女每個月輪流有一次和他單獨用餐的機會，有人甚至會專門飛去國外或飛回台灣參加餐敘，就是爲了討好爸爸，將來隨便也能當個旗下公司總經理或執行副總，再不濟自己創業也不愁資金。」錢朵朵托腮說。

「那又怎樣？」這句話是我說的。

「我的意思是，玉陽哥哥和大家都不一樣，我就是喜歡他這一點，只有他對爸爸不屑一顧。」錢朵朵說到這裡又是含情脈脈地凝望刑玉陽。

我和主將學長不約而同冒出雞皮疙瘩，那可不是看血親的眼神，不但露骨還充滿情慾，難怪刑玉陽會被嚇到。

「坦白說，雖然刑阿姨沒有投靠爸爸，但爸爸也不可能完全對他的血脈置之不理，他還是有找人調查你們母子的下落，等刑阿姨回心轉意；可是刑阿姨眞的很帥氣硬是不回頭，爸爸最後也厭煩了，叫徵信社直接向親信回報建檔備查，不再關注你們母子。」錢朵朵注意著刑玉陽的臉色，小心翼翼地說。

現實中，還眞的有男人被戴綠帽，但因爲生下來的小孩子容貌太美麗繼續養的例子，何況眞的是自己的種。刑玉陽小時候的模樣絕對令人難以忽視，我要找機會向主將學長打聽一下，他以前怎麼和刑玉陽當青梅竹馬，一定很精彩。

我猜刑玉陽應該是大富豪外貌基因合成最成功的產物，難怪錢朵朵哪個異母兄長不愛獨鍾刑玉陽。刑玉陽單方面認爲自己已和生父斷絕關係，那個大富豪可能不這麼想。

雖然不明白男人對傳宗接代的執著，但我相信偏愛漂亮孩子是人之常情，這不是父子天性，更接近某種自戀佔有慾，錢朵朵提過所有私生子都能分一杯羹，表示這個大富豪根本是想當皇帝分封疆土，就算刑玉陽只是個閒散王爺也能證明他的龍種有多優秀。

「接到刑阿姨腎臟病去世的消息後，爸爸很難過，回頭調閱過去的監視報告，發現刑阿姨吃了很多苦才把玉陽哥哥養大，但他拉不下臉來找你，想著等你去找他求助再好好補償你。」錢朵朵說完環顧四周。「誰知三年後你才來向他討這塊地，還直接斷絕關係。」

「爸爸在你接管這塊地開始準備開店時，曾經帶我一起過來看你，可惜只是坐在車裡遠遠看著，我就是那時候對你一見鍾情，但爸爸不讓我過去和你說話。」

還真是少女漫畫般的展開。我中途打岔：「朵朵，妳和他有血緣關係，沒錯吧？」

「兄妹又怎樣？真愛不需要被無聊的世俗規範，血緣是我們之間羈絆的證據！」錢朵朵滿臉敵意對我嗆聲。

我分明看見刑玉陽那張俊臉上寫滿對異母妹妹只有妨礙營業的「真礙」。

「刑學長目前『虛幻燈螢』經營得好好的，他也不是愛慕名利的人，妳拿好處誘惑他應該沒用。」說刑玉陽淡薄名利就太假了，求生需要戰略資源，所以「虛幻燈螢」要打廣告，營業額得斤斤計較，刑玉陽在金錢和工作態度上向來很實際，但要他對討厭的人賣笑搖尾巴免談。

刑玉陽的私人時間除了睡覺看書就是練武，完全沒興趣當名人，主將學長也是一樣的人種，許洛薇要是高三那年沒有人格不變成玫瑰公主，搞不好現在還是宅中女帝，不是每個人都想紅。

但是他們會受歡迎，除了優異外貌絕對加分以外，還有那股我行我素的魅力，俗稱「個性」，往往吸引許多中二支持者。雖然我認爲從眾沒什麼不好，然而被玫瑰公主刷新世界觀也算難得的經驗。

「他一個人開店又撐得了多久？能當一輩子的事業嗎？連正式店員都請不起，忙到過勞不是生病就是受傷。玉陽哥哥有才能也有意志力，如果他肯到國外接受更專業的管理訓練，爸爸以前說過在鄉下開咖啡館還不如來接他集團裡的連鎖餐飲企業。」錢朵朵說。

「我和那男人已經沒關係了，回去告訴他，以後少來煩我。」刑玉陽哼了一聲，滿臉不耐。

目前看來派遣黑蕾絲妹妹的幕後黑手是刑玉陽生父，不能說的神祕勢力就是大富豪的神海集團，回頭我得問問許洛薇關於神海集團的八卦。

大富豪良心發現找刑玉陽回去接掌他的餐飲事業，眞相大白——最好是這樣，如果是想找繼承者候選人或彌補私生子，正常也是祕書出面，怎會輪到這個未成年的妹妹，鬼鬼祟祟逃學來騷擾刑玉陽又遲遲不敢交代來意？方才主將學長更監聽到錢朵朵一直打聽靈異之事，她眞正的目的不僅止於此。

「我還沒有說那件重要的事——」

「那就現在說。」刑玉陽以指尖敲了兩下桌面。

「這件事不能讓外人知道……」

「若沒猜錯，現在是神海集團有求於我。如果妳現在不能當著這兩個人的面說，以後也沒必要說了。」刑玉陽指著主將學長和我。

除了許洛薇，我還真沒有過被人推心置腹的經驗，尤其是來自心防超高的白目學長的認可，沒想過會這麼感動。

錢朵朵看看主將學長又看看我，咬著下唇，像是在評估我們兩個人的威脅性。

「爸爸想找你回去，不是讓你接掌餐飲企業，比那個更好，他想讓你當宗祠管理人，主持家族的祭祖典禮和日常拜拜，連神海集團的繼承者都必須聽你的意見，等於是全集團高階管理人首席顧問。」

聽起來怎麼和蘇家的派下員有點像？差別是刑玉陽沒辦法管祖產。

「從頭給我解釋清楚。」刑玉陽露出牙痛的表情。

Chapter 05 / 神海集團

「爸爸的事業近七、八年來不太順，他的大學老友是個作家，本名叫王子易，長年研究一些陰陽學說，爸爸一直贊助他，給過他一些輕鬆工作，其實花不了什麼錢啦！王先生有一些信徒，他提倡與其信奉虛無飄渺的神，不如求助自己的祖先庇佑更有用，爸爸很相信他，決定聽他的話修改祭祖方法，還蓋了一處三十公頃陵園和新宗祠，正打算把祖先都遷葬過去，想找一個真正看得見的人，最好是這個家族的子孫來監督過程，之後住在裡面天天祭祀聆聽祖先們的要求。」錢朵朵宛若背誦課文一樣說出準備已久的台詞。

眼看刑玉陽眉毛聳起就要發飆，錢朵朵趕緊補完重點：「要是供養祖先順利，還可以挑戰迎入有威力的家神，這時就需要可以看見『神』的眼睛。」

「我聽他放屁！」刑玉陽拍桌。

「又一個神棍。」主將學長搖頭不屑。

「感覺很智障。」我說。

「可是，眞的很靈驗爸爸才信了，他們是老朋友，玉陽哥哥你的眼睛是眞的看得見不是嗎？」錢朵朵指著刑玉陽的左眼。

「你們查了我小時候遇見的那個醫生？」刑玉陽小時候想治療白眼，反而被發現白眼異象的眼科醫師騷擾，搬了好幾次家才甩掉。

錢朵朵點頭。

「我看不見神。」刑玉陽睜眼說瞎話，諒那醫師也沒辦法打包票白眼的功能。

「王伯伯接觸過的祖先說你可以，至少爸爸信了。他也知道你可能不會答應，打算先把你帶回集團再慢慢說服。我不希望你受傷，才央求爸爸讓我跟你談看看。拜託，玉陽哥哥，你就配合吧！和那個人作對沒有好下場。」錢朵朵焦慮地說。

「叫他試試。」刑玉陽冷笑。

「就算你有朋友當警察也沒用，爸爸說他想壓就壓得下來。」

以為我們這邊沒有集團和「巴庫」嗎？真的要靠關係也可以想爆就爆出來。我陰暗地想。

「先和爸爸談談不行嗎？你主動一點，爸爸也不會太強硬。其他人都等著看好戲，只有我是站在你這邊。」錢朵朵說到那些同父異母的兄姊又是咬牙切齒。

「錢朵朵，我從來就和姓楊的男人與神海集團沒關係，他也不是我父親，至於我的眼睛愛看什麼就看什麼，妳可以走了。」刑玉陽說。

「……就是今天。」錢朵朵驀然說。

她說「就是今天」是什麼意思？我盯著錢朵朵焦躁的神情。難道是指任務期限？

連綿不斷的高亢貓叫伴隨男人痛呼聲響起，看來有入侵者遭到許洛薇的毒爪，一群凶神惡煞的黑衣人爬牆進入「虛幻燈螢」，生怕別人不知道他們是道上兄弟。

花貓並不戀戰，在牆頭一擊得逞後立刻宛若一陣風撤退到我腳邊，安靜蜷伏在桌下等待偷襲時機。闖入店裡的陌生人一共有十四個，其中三個手持鋁棒，其他人手上沒武器，可能是藏在身上或認爲不需要見血，畢竟他們有壓倒性人數優勢，加上老闆的小女兒還在現場，就是走恐嚇路線。

「你不希望朋友受傷吧？爸爸說今天一定要把你帶走，我只能請他們看在我的面子上別太過分。」錢朵朵揪著裙襬。

「鎮邦，你可以嗎？」刑玉陽目光掃過眾人。

「叫小艾讓開一點就好。」主將學長回道。

「今天的場地清潔費，我會全數向妳收。」刑玉陽對他妹妹說。

「憑你們兩個就想打贏所有人，瘋了嗎？」錢朵朵震驚。

還有我和許洛薇呢！我沒想過在兩位學長大顯身手時插進去干擾，但撿尾刀算我一個。

「不用打也行，你們現在就離開這間店，否則等我聯絡本地警方過來，全部上銬逮回去就不好看了。」主將學長拿出手機撥１１０，拇指還沒碰到螢幕，手機就被一名貌似帶頭的老大打到地上。

「少年郎很秋嘛！警察了不起？啊現在又沒有穿制服，手邊沒槍捏怎麼辦？恁北好怕怕哦！」黑西裝金項鍊的老大走向前輕佻地拍著主將學長的臉。

我心驚膽跳地看著這一幕，主將學長分明是釣魚誘對方先動手，但親眼看到有人捋老虎鬚的畫面還是充滿驚悚。

「砰！」

瞬間，挑釁的老大已經趴在桌上，左手被扭到背後哀號，主將學長喀喀兩聲俐落地上了手銬。

「幹！」其他混混見狀一擁而上，我順勢退到櫃檯，刑玉陽把他的合氣道木棍藏在櫃檯下，傳說中只要被他拿到手，連主將學長都得認輸的神器。

我拿著木棍，隨時準備傳給刑玉陽。

「先不用！」刑玉陽卡住其中一人關節轉身往後方欲偷襲的流氓一丟，錢朵朵尖叫，鋁棒發出獵獵風聲，刑玉陽側身閃過當頭一擊，順手抓住對方手腕一扭，鋁棒脫手，腳刀再一掃，持棒者仰天倒地，刑玉陽撈起鋁棒重重頓在那人頭側，逼出對方滿身冷汗。

這時主將學長過肩摔丟來一具人體，精準地掉在刑玉陽掃倒的人身上，手肘正巧捅到倒地者肚子，下面的人發出一聲乾嘔。

主將學長太貼心了，知道被他摔的人不會受身還特地找了肉墊。

黑道們在桌椅之間手忙腳亂，被翻倒踢開的家具卻不會造成主將學長和刑玉陽的困擾，兩人呼吸、節奏、距離和腳步都算得剛剛好，還有意無意地將複數的攻擊者逼到死黨最有利的出手角度。

短短二十秒，不算老大就已經陣亡了六個小弟，剩下的也面露懼色，攻擊變得有氣無力。打群架的重點就是分化對手，創造一對一的機會，盡可能快速KO以免被纏死，刑玉陽和主將學長很好地利用四散桌椅絆住對手的活動空間，對手近身後更是倒楣的開始。

「主將學長還沒用眞正的實力，不然在硬地板被他摔一下是會死人的。」我對錢朵朵說，她被眼前兩個男人的兇殘嚇得說不出話來。

刑玉陽鋁棒在手，專挑肉多的部位打，等對方露出空隙後再踢給主將學長；主將學長則把癱軟的流氓一個個疊起來，最上面那個稍有站立跡象就壓下去。

兩分鐘，扣掉想偷跑被我壓在地上的老大，堆成小山的五個，刑玉陽手上關節打結的兩個，一個坐在死角出不了擂台區瑟瑟發抖，被揍得較輕還能站著的剩下五個。

「看什麼看？救我！」混混老大叫道。

餘下那個拿鋁棒的痘疤青年竟衝向我，一道小影子發揮貓科動物的攀爬天賦，從他背後爬上肩背，亮出爪子朝頭皮猛抓一把，登時鮮血直流。

那慘叫聲勝過今天主將學長和刑玉陽打敗的任何一個不良分子。

小花果斷脫離蹲地抱頭顫抖的目標，跳到我身邊。

刑玉陽這時才撿起長棍在手心輕敲：「我用杖的話很容易讓人骨折。」語氣充滿遺憾。

打完架後流氓們撂狠話狼狽逃跑——這樣的經典畫面並未發生，主將學長聯絡正在進行掃黑專案的市警局過來把人帶走，想爬起來偷跑的全部都被打下去乖乖坐著等。既然神海集團誇口壓得下來，那就壓看看，沒理由便宜那群拿錢行使暴力的黑道。

學長們清理桌椅靠牆擺放，空出一塊地擺放戰俘，一邊檢討著若不是要把傷勢控制在合理的範圍，一人分七個也不用花到兩分鐘。

那群黑道的眼神像是在說：活見鬼了。

社團大亂鬥時，主將學長可是一個人對過八個黑帶，爲了撐住社長面子不得不全力以赴，那才叫作鬼神般的殺氣，和他打成平手的刑玉陽如果在主場拿武器，說不定不需要主將學長幫忙。

警察到來時主將學長解釋幫派持械前來鬧事，現場有刑玉陽未成年的妹妹，以及來他店裡打工的我，爲避免流氓傷害無辜幼小，他們不得不出手重了點。警方在混混老大身上搜出摺疊刀，誇獎主將學長放假也不忘充當警界之光，主將學長客套了一番，說晚點會配合筆錄，他要先和朋友休息一下整理店面壓壓驚。

我忽然明白主將學長說前輩教過他特殊撇步是什麼意思，警察被叫作有牌流氓還眞有點道理。

尾刀被玫瑰公主撿走了，我也有點遺憾，她現在還在外替我們警戒，饒是刑玉陽也不能不褒獎她了，所有工作裡，許洛薇就屬哨兵做得最好。

「詳細賠償等我清點好損失再說。」刑玉陽冷冷地說。

「久別重逢的血親之間，性吸引力不是會特別強烈嗎？你不可能對我一點感覺都沒有！」少女戀戀不捨。

刑玉陽的妹妹到底怎麼認識男人的？她的發言讓人好想吐槽。

「我說過了，喜歡的是——」

我立馬躲到主將學長背後，害他手指到主將學長眞是不好意思。

「我不要聽！我不要聽！啦啦啦啦～」錢朵朵逃避現實。

「那個叫王子易的，幫我把他約過來，我要當面和他談談。」刑玉陽換了個話題，錢朵朵這才收手，眨了眨大眼睛。

「爲什麼？」

「妳剛剛說，我從小到大的監視資料被那個人交給親信處理，那個親信如果不是王子易，王子易也一定看過那些資料，否則不會清楚我有能力。」

「那是……」

刑玉陽眼神變得淩厲。「妳也看過？妳和王子易有特殊交情，還是特殊交易？爲了搶到這個向我私下說項的資格，錢朵朵，妳應該額外有些動作。」

錢朵朵被逼得無話可說，喪氣地點點頭，反正她已經做好心理準備向異母哥哥投誠。在我看來她只是不想一次被榨光所有情報，不然親愛的哥哥就懶得理她了。

「成爲楊家的宗祠管理人，不可能由我隨心所欲發號施令，倘若宗祠管理人眞的那麼重要，按照我對那個男人的了解，他可沒那麼多時間放在家務事上，應該會找代理來限制，考慮到提倡祭祖的始作俑者和個人交情，這個人有很高的機率會是王子易，是不是？」刑玉陽逼近錢朵朵。「說得直白一點，要是我不服管教，這兩個人一開始就打算綁架我然後用武力使我服從。」

少女臉上泛起兩片紅暈，細聲答道：「玉陽哥哥好厲害，都被你猜中了，所以我才擔心你。」

我在一旁也爲刑玉陽捏把冷汗，連一個多年未曾謀面的異母妹妹都能看出他剛強易折的本性，才提前來勸說，他的性格弱點竟那麼明顯。

「我也知道，神海集團派剛剛那群混混來只是打聲招呼，既然如此，直接和提倡整個計畫的主使人親自聊聊不是更好？放心，我不會對老年人動手，叫他選個時間到『虛幻燈螢』，我掃榻以待。」刑玉陽說。

錢朵朵離開後，主將學長提出意見，認爲刑玉陽應該要主動約時間，他才方便提前請假或換班，卻被刑玉陽一口回絕。

「你還想請幾次假？就算不想當警察我也請不起服務生，去去！」刑玉陽起身時用力按了下主將學長的肩膀，去拿昨天做好的餅乾請我們吃。我決定等等幫他拖個地，將店裡徹底恢復原狀，還好玻璃沒破——這該不會是刑玉陽不用棍子的眞相？

我在一旁吃餅乾喝咖啡順便看刑玉陽假裝嫌棄好友，其實是不想耽誤到主將學長的正職。目前爲止，爲了各種危難事件已經麻煩他很多次了，說實話，每次主將學長現身我都好有罪惡感，因爲我們的事害他無法好好休息或陪伴家人。

「沒關係，學長還有我，情況不對我會撂柔道社的人來……」我舉手。

「妳給我滾開，那天我一個人就夠了。」刑玉陽冷血地否定。

我和主將學長努力想勸退刑玉陽的一意孤行，卻是徒勞無功。

「下次那個王子易來就是代表神海集團，多餘小動作沒有意義，而且你們在旁邊只會讓他們方便拿來當威脅我的籌碼。」

他都這樣說了，我只好壓下緊張不安的情緒，回頭再和許洛薇商量辦法。

回到老房子，我對許洛薇詳述來龍去脈，她趴在茶几上吸咖啡香，連電視都不開了，據她說，刑玉陽這次倒楣的狀況比韓劇還精彩。

精彩歸精彩，許洛薇倒也沒落井下石笑出聲，她嚴肅地抱胸思考；另一方面，我千頭萬緒卻開不了口。雖然我認識一些「巴庫」，但嚴格說來，那些「巴庫」卻不是我真正能依靠的。

只是打聽一下情報應該還好吧？

「薇薇，妳知道神海集團有啥網路上查不到的八卦嗎？」一般新聞我待會上網查就好了，先問問高級千金小姐出身的許洛薇。

雖然她死後有將近三年沒更新資料了，但餓死的駱駝比馬大，要打聽上流社會的事，問同階層的人還是比較有用。

「就刑玉陽和他那票私生子兄弟姊妹囉！神海集團總裁在財經雜誌上可是號稱言小範本

的人物，二十歲就結婚但是依舊一堆緋聞的花花公子，現在很少上影劇版是因爲楊鷹海已經六十三歲了。」許洛薇歪著頭說。

「靠！錢朵朵都可以叫他爺爺了！」我飛快心算，那個色狼總裁大約是在三十六歲左右引誘還在讀大學的刑媽媽，導致她未婚懷孕，最後也沒完成學業，爲了養活兒子四處打工，一生過得辛苦憔悴。

「這種事我常聽富二代說，那些老色鬼會玩小模和二、三線影星，還有高級交際花，而且很忌諱留私生子，像楊鷹海那種找一般人當小五六七八還生一票私生子養在世界各地的情況算滿稀有的。不過我爸媽那種從不外遇還天天一起吃飯睡覺才是不可思議。」許洛薇歪著頭說。

所以才生得出玫瑰公主這種外星異種啊！我默默補充。

「那你們家和神海集團關係怎樣？」我只有個模糊印象，許家在台灣不有名，除了許爸許媽喜歡低調，沒成立一個××集團的稱號，主要原因是許家大型投資和主力企業都在海外。

聽說許爸許媽的祖先清朝時都還住在台灣，上上代已經是海外華僑，發跡在英美，許媽媽懷孕後夫妻決定搬回台灣，沒和世界名流積極接軌，也像某種宅，只能說遺傳都是有跡可循。

「欸……」

我這個問題難倒許洛薇，理論上，身爲許家獨生女，她理應是龐大家業的繼承人，可惜許洛薇實在太不成材，以她的個性也不可能花天酒地，當初才會有許家父母只要女兒大學畢業就滿足的情況。透過和許家母女閒聊帶給我的印象，許爸爸似乎是打算做到想退休時就放手交給屬下營運。

命運弄人，愛女驟逝，許爸爸將工作當成重要寄託，事業版圖反而又擴大了，不過有錢人的世界對我來說就像神話故事，反而妖魔鬼怪還比較生活化。

「沒聽爸媽特別提過，應該是沒啥關係吧？不過我剛上大學時爸爸好像收購過一間他們倒閉的公司，後來還有兩個高階管理人從神海集團那邊跳槽過來，被老爸派到寮國管飯店團隊和木材業投資的樣子。」紅衣女鬼抓抓腦袋說。

「妳居然記得那麼細的事情。」我被嚇到了。

「人家以前有特別查過神海集團咩！因爲神海總裁年輕時帥到很扯的程度，現在還是打爆一群中年影星，沒想到是白目的親生老爸。」許洛薇沉思片刻。「不過我認爲妳堂伯有實力和他尬一下臉，論氣質度絕對是蘇家贏。」

「這是重點嗎？」我額頭暴了幾條青筋。「妳怎麼查的？」

「問媽媽，她會說很多，但我大部分都不記得了，反正很無聊，色色的八卦她又不讓我聽。喔，對了，大一時，有個神海集團的公子來追我，還說想跟我以結婚爲前提交往，但他的腹肌實在不及格，臉蛋還沒有他老爸帥，智商看起來也不高，好像就是那次聽見神海啥米東東我才去查這個集團在幹什麼。」

我一直覺得許洛薇的母親不是普通貴婦人，再次得證那位阿姨深藏不露的一面。

「從妳的話聽來，我覺得神海集團應該不喜歡妳家吧？」

「嘿啊！」許洛薇對我發出不正經的贊同調。

「那麼一定要比的話，哪邊比較強呢？」我問。

「當然是我這邊啦！我剛遇到神海富二代時，就聽老媽說他們發展得不太好，反正都是些用人唯親、空殼公司開太多的鳥事，裁員時好像有人自殺。妳也聽到錢多多妹妹的話啦，私生子人人有份；在我家，我想接公司，我爸還不讓我接咧，說我再廢也餓不死，弄倒一間公司會害他的員工餓死。」許洛薇聳聳肩。

「不過我倒覺得那個神海總裁有點意思，他這樣分產好像不在乎旗下企業被玩倒一樣。」她躺回沙發說。

「也許是那個總裁有隨時收回來或破壞掉威脅的能力吧！」我隨口補上這一句。

「這樣的話，刑玉陽這次要倒大楣了。」

這裡還有依靠「虛幻燈螢」生存的一人一鬼，許洛薇回神後和我一樣想到刑玉陽事業垮台的附加傷害，不禁露出恐慌的表情。

「我的罐頭！」紅衣女鬼叫道。

「是小花的罐頭吧！」我糾正她，雖然自己也同時在心裡哀號了一聲「過期餅乾」。

「都一樣啦！小艾，妳幫我聯絡我媽，叫她情況不對就先收購『虛幻燈螢』好了。」

許洛薇剛說完就被我搧了一下頭。「那妳要不要順便跟妳媽一起回去？」

她緊閉嘴巴。其實許洛薇若能這麼做我反而鬆了口氣，畢竟我不會也不敢和她父母爭，但如果許洛薇不想回家，她就是我無法捨棄的責任。許家雖然有本錢找一打高人來超渡她，我的室友本人卻不想糊里糊塗地投胎，我也很怕那些高人看到怪獸變身後會替天行道圍毆許洛薇。

我們實在太煩惱刑玉陽的事，以致於再也沒想過消失的烏鴉和白色喜美車。

□

刑玉陽禁止我和許洛薇在神海集團的恐嚇拉攏有新進展前接近「虛幻燈螢」。

我不是沒想過派許洛薇偷偷監視，卻在那股衝動逼我開口前忍住了。

主將學長和刑玉陽說要監視我，都是光明正大開視訊和打電話來查勤，就算刑玉陽跟蹤過我，事實證明他的判斷精準，及時阻止我被不明術士下符綁架，而且我從頭到尾都沒發現，本領不如人我認了，刑玉陽先講先贏的禁止令更害我沒膽放手去做。

設身處地，如果他們因爲擔心就用某種我無法防範的手法偷窺，我一定會覺得深受冒犯，喪失信任感。最大的差別是，我不像學長們有能力動手，更有可能是變成拖後腿的累贅。

許洛薇倒是想偷偷潛入，被我攔住三申五令告誡聽學長的話，要是被刑玉陽逮到不軌舉動，可能眞的連朋友都當不成，再說許洛薇自己的問題也不小，我更害怕她被白眼以外的大眼睛盯上，名爲「神海集團」的眼睛。

有錢有權的人總是喜歡信仰神鬼，希望借助超凡力量保住人上人的地位，或企求死後能享有更殊勝的待遇，因此上流社會往往有許多宗教法術門道。刑玉陽這次遭遇的危機更證明了一點：能威脅白眼的人也能威脅許洛薇。

袖手旁觀是不可能的，所以我鑽漏洞請柔道社學弟學妹們有空去「虛幻燈螢」喝咖啡，至少確認刑玉陽這個禮拜還是好端端地開店營業，心下鬆了口氣。

這表示他和神海集團的王子易還沒見面？或者約在非營業時段，不是深夜就是清晨？

好不容易再度等到主將學長的休假時間，刑玉陽說事情解決了可以當面談談，順道解除我和玫瑰公主的禁止接觸令。

就這樣？打雷閃電和驚濤駭浪呢？我和許洛薇面面相覷，想破頭也想不出刑玉陽怎麼解決，感覺很神奇。

騎著我的光陽一百來到「虛幻燈螢」，大老遠的就看到圍牆外有道人影徘徊，我放慢車速，發現是個短髮劉海挑染金色的運動服男子，從體格看來經常運動，不像是神海集團那邊派來的監視者，不過也有可能是刻意變裝成路人。

以監視手法來說很差勁，怎會挑在一大清早都沒人時杵在大門外探頭探腦？

「請問有事嗎？」我把車停在路邊，更仔細地端詳對方。

陌生人有雙丹鳳眼，方正的下巴和薄薄的嘴唇，不挺也不扁的鼻子，典型的東方臉，與其說好看，形容為英氣更適當，最讓我印象深刻的是，他的站姿顯示下盤非常穩，這是長年受過訓練的人才有的習慣。

高大的運動服男子顯然不認識我，我卻微妙地覺得他有點眼熟，但我對自己的認人能力不抱希望，只是排除了對方是神海集團走狗的猜想。許洛薇沒反應，還在估算對方有腹肌的機率。

「沒事，我下次再來。」他轉身作勢離開，一副舉棋不定的樣子。

「真的有事的話我可以幫你問問店長。」我叫住他。

「不，我想找的是丁鎮邦，聽說他放假常來這間學弟開的咖啡館。」氣勢凌厲的運動服男子說。

「請問你是哪位？」朋友或同袍應該不至於沒有主將學長的手機號碼，來者若是閒雜人等，我也不好隨便告知主將學長的消息。

「算是以前一起練過柔道的人，想去丁鎮邦學校社團看看他以前練柔道的環境。」

他這麼一說我恍然大悟，主將學長過去在全國比賽和社團交流活動征服無數少男心，就連目前我們的社內王牌殺手學弟也是慕名而來，近年則在警界累積了一批新粉絲。

「我們的社課在一三五晚上，今天剛好沒活動，你可以留個名字和聯絡方式，我幫你轉達給主將學長。」

他欲言又止，最後還是沒告訴我名字就走了。

「應該是以前輸太慘不好意思直接約吧？我覺得他一定有六塊肌。」許洛薇握拳道。

「我只想要海底雞配稀飯，還沒吃早餐。」我賞許洛薇一個白眼，結束了這段小插曲。

不知為何，最近只要是在「虛幻燈螢」裡用餐，就算是吃自己帶過去的餅乾罐頭我也甘之如飴，尤其被禁止接觸一星期後，我就是想吃裡面的東西！

按了門鈴，卻是主將學長穿著睡衣出來幫我開門，他看起來不太有精神，鬍子也沒刮，如非剛結束徹夜長談，就是爲刑玉陽的事煩惱得沒睡好，果然刑玉陽每次都偷跑只和主將學長商量重要情報。

「早安，小艾。吃飽了嗎？」

「還沒。學長你前一天晚上就來了嗎？」

主將學長點點頭，打開庭院大門放我和小花進來，很順手地將花貓與許洛薇抱在懷中，我則再次爲室友的無恥感到汗顏。

我將方才遇見的柔道人告訴主將學長，簡單形容一下對方特徵，主將學長表示他知道我說的是誰，既然那人所言屬實，我便把這件小事徹底放下了。眼下更重要的，是聽刑玉陽說他如何解決新興宗教巴上富豪生父大腿，還拖他下水的麻煩。

「三天前我約王子易見面，確定他是個神棍和變態，剛好店裡本來就有監視器就順便錄了一份證據叫錢朵朵送去神海集團。」刑玉陽一句話說完過程。

我稀飯都還沒扒兩口，這也太快了，起承轉合在哪裡！

「就這樣？」許洛薇不能接受。

代表許洛薇發聲的我趕緊嚥下嘴裡的豆豉紅燒鰻肉問：「你怎麼和王子易見個面就能斷定他是神棍變態？」

「他看店裡沒人就當著我的面打手槍，不是變態是什麼？」刑玉陽不爽地說。

「……刑學長你是不是說錯了，拿手槍和打手槍意思差很多。」我拍拍耳朵，好像有點幻聽。

主將學長也被這團詭譎情色迷霧籠罩，聲音有些僵硬：「王子易靠著和阿刑生父私交良好，把握著阿刑從小到大的監視資料，是個資深的跟蹤狂。」

一說到「跟蹤狂」這個名詞我們全都懂了。先前費了九牛二虎之力才抓到跟蹤戴姊姊的變態，對方還忽然開槍，再再顯示跟蹤狂是種陰險執拗還無法用常理判斷的危險存在。

「那他豈不是遠端迷戀刑學長超過二十年了！」我光想就起雞皮疙瘩。

「再怎麼說，當面打手槍鐵定精神不正常，還是個色情狂。」許洛薇抱著我的手臂笑不出來。

「他以前有在現實中接近過你和刑阿姨嗎？」主將學長問。

「沒有，我很確定是第一次見到王子易。」刑玉陽從小就相當注意周遭人群動向，避免被非人接近，當然也兼防變態。

但刑玉陽再怎麼防也沒想到會有個陌生人就躲在權勢腳邊巧妙地覬覦著獵物，更別提小時候的刑玉陽實在太誘人犯罪。

「那麼就是長達二十年只能在遠端間接接觸的執念，終於碰到眞人，太興奮失控也不奇怪了？」雖然肚子還餓著，但我完全沒食慾了。

主將學長代替刑玉陽回答：「我看過錄影內容，那老頭收好褲襠，把手擦乾淨以後，表現得好像一切都沒發生過似的，彷彿阿刑早就是他的囊中物。」

「所以這個祖先崇拜計畫，根本就是王子易爲了把刑玉陽綁在身邊，不惜花好幾年養一批信徒壯大起來的騙局？」

「他能騙楊鷹海蓋一片三十公頃的陵園，只靠口才似乎不太可能，錢朵朵說過信徒反映這個自成一派的祖先崇拜團體效果靈驗，應該有動到一些養鬼術法，但我當面試他卻不像靈能力者，身邊也沒有小鬼。」

主將學長在場，我不方便直言，但刑玉陽要是一開始就找許洛薇在旁邊，不就能更好地鑑定這個王子易的斤兩了嗎？

刑玉陽捏捏眉心，倒了一杯柳橙汁自己喝。

「那他還有說哪些奇怪的話？我可以也看看影片嗎？」我問。

「不行！」兩個學長異口同聲強力拒絕。

「都說是神棍了，那老頭一輩子不務正業，生活幾乎都是靠楊鷹海接濟，講好聽點是清客，難聽一點就是廢物，還敢大言不慚說他和我一樣也能看到『神』。」

「刑學長那你看過哪些神明？有媽祖娘娘嗎？」我立刻跳過他被性騷擾的部分。刑玉陽向來對他的白眼諱莫如深，我得把握機會打聽清楚。

「這裡說的不是有名字的正神，而是『人類當作神來崇拜的強大異類』，有些也具有神性。王子易說他見過眞正的山神，如果能將這類自然精靈迎回家中祭祀獨佔，就會是無與倫比的守護神，這就是神海集團的終極目的，不問蒼生問鬼神，愚昧的妄想而已。」刑玉陽冷哼。

我忽然想起來，刑玉陽不只見過神明，他每個月都要義務奉獻幾次，我稱爲「九點半客人」，意思是有時候「虛幻燈螢」晚上九點開始無人光顧，九點半後出現的第一個客人往往不是人類，而且只會有那麼一個客人，刑玉陽雖然能拿到眞正的新台幣費用，卻得乖乖營業到送走那位客人才能打烊，根本不划算。

溫千歲親口認證民間神明版本的國民旅遊卡商店——這大概是我們所在的這間咖啡館最靈幻的地方，連有隻專騙罐頭的妖貓都輸了。

「不過王子易親自上門來提供炒掉他自己的證據，這實在笨得有找。」我嘲笑道。

「變態根本不會去考慮到被害者的想法或後果，而且一般男性的確對這種騷擾侵犯難以啓齒。」主將學長說。

刑玉陽可不是一般人，他是會在令人匪夷所思的死角裝監視器，確保休息外出時沒有人類和非人類潛入的偏執生存狂，兇殘的兵器技能據說有一半是打低等級非人練起來的，畢竟在台灣拿兵器的實戰機會不多。

「眞是峰迴路轉，還好只是虛驚一場。」我開了包洋芋片，稀飯還是中午再熱來吃。

刑玉陽皺眉想說些什麼，最後依舊沒出聲，似乎也認爲解決得太容易了，其中可能有詐。王子易的自信從何而來，單純只是他過度膨脹自我嗎？但我相信刑玉陽這個人完全有本錢吸引到最極端的跟蹤狂，何況這個跟蹤狂並非笨拙地蒐集有限情報，王子易幾乎偷窺了刑玉陽至今的整個人生，這會讓他的妄想爆炸到何種境界實在很難說。

「總之，神海集團可能需要一點時間消化他們被騙的事實，剩下的我不奉陪了。」刑玉陽說這句話時，語氣少見地有些不確定。

需要頭痛的麻煩事太多，主將學長那邊也還在處理陳碧雯事件的後續調查，包括數量眾多的受害者與撿屍犯粽子串，當初怕出租房變凶宅，將心臟病發的房客棄屍的房東李永義，爲了贖罪，迄今還經常在酒吧巡邏，毆打壞人阻止撿屍；另一方面，我和刑玉陽的跟蹤狂一號戴佳琬做了個約定，她開始抓撿屍犯還我人情，直接增加了主將學長那間派出所的工作量。

儘管現在警察們對業績求之不得，相關作業累積起來也是很夠嗆。

至於我，還在擔心逃走的譚照瑛和行跡不明的冤親債主捲土重來，除此之外那個想對我下咒擄人的神祕術士，想提防也不知從何提防起，最大的煩惱還是缺錢。

我們一致不想和神海集團再有瓜葛，可惜命運從來都不由小人物決定。

白天時刑玉陽的前女友藍憶欣又來了，見主將學長也在，她愣了愣，請刑玉陽到後院說話，堅持希望刑玉陽能參加婚禮。刑玉陽直接問她眞想結這個婚嗎？藍憶欣答不上來，怔怔落了兩滴淚。

整個過程我透過廚房窗戶看得一清二楚。

刑玉陽說她的事他管不了，要藍憶欣好自爲之。

「媽媽說他是好對象，他也說愛我，婚後會疼我不讓我辛苦，但我不愛他。陽陽……」

「在我身邊的人不但會很辛苦，而且有危險。」刑玉陽冷酷地說。「我們的交集沒有深到讓妳愛上我的程度，妳只是不甘心。」

「不是這樣的！我只是希望你能帶給我勇氣。」她急急分辯。

「我不爲他人的人生背書。就算妳跟了妳愛的人，也可能由愛生恨，遇人不淑窮困潦倒，好壞只能靠妳自己做決定。」刑玉陽的話雖然現實，但我能聽出那是他的肺腑之言。

「你是不是還沒原諒我？」藍憶欣可憐兮兮地問。

「我認爲妳當初的決定很正確，妳跟我的確不適合，分了也好。」

藍憶欣哭著奔開，途中越過主將學長，和偶像劇不同，沒有人追出去。

我從玫瑰公主身上學到的現實生態是，像藍憶欣這種嬌柔美女絕對不乏旁人同情關愛，不用替她窮緊張。

基於某種盤桓不去的不安，當天晚上我接替回去的主將學長，硬是在「虛幻燈螢」留宿補功課，就是不想讓刑玉陽落單。

神海集團出現後，刑玉陽一下子離我們很遙遠。

並非說他貴公子血統覺醒了高高在上，而是我害怕他會被神海集團綁架隔離，或一個人逃到我們找不到的地方。

送主將學長回去時，我拉住他的衣角，對最尊敬的前輩說出我的擔憂。

「以前刑阿姨還在時，我從來不擔心阿刑會離開，但阿姨去世後，他下定決心一個人也要活下來，雖說搬到我們大學附近開店，但我畢業後他等於在原地獨自生活。阿刑只留在他認爲安全的地方，目前除了『虛幻燈螢』以外哪裡都不是，從小照顧他的『老師』也因爲這一點只好關閉道館出國研修武道。」

透過主將學長的說明，我得知在刑玉陽的過去中，有兩個白眼知情者守護著他，其中一個是刑玉陽最愛的母親這點無庸置疑，另外一個人就是教他合氣道的老師。

刑玉陽經營虛幻燈螢的態度很明顯只想獨善其身，實際和他認識後我更覺得他本性孤僻，沒有外力介入或工作還款等責任時可以整天沉浸在自己的世界看書練武研究咖啡，矛盾的是，他卻會見義勇為，甚至因此付出過重的代價，會不會是學習合氣道的過程中耳濡目染了俠義精神呢？無論如何他因此活得更辛苦了。

聽起來那位合氣道老師和刑玉陽情同父子，對他的人生觀影響巨大，刑玉陽為了求生還是毅然獨立，倘若哪天他的處境再度受到威脅，甚至波及朋友，恐怕主將學長也攔不住想走的刑玉陽。

「刑學長堅持一個人對上神海集團。」我輕聲對主將學長說。

「小艾，替我用力絆住他，就算成為他的負擔、拖他後腿也無所謂，我不想失去這個朋友，拜託了！」主將學長握著我的手說。

主將學長和我一樣不安。意識到這個事實的我用力地點頭。

得到我的承諾後，主將學長鬆了口氣。

此外有一點是我親身經歷後的沉痛體悟，小說漫畫裡捨棄羈絆獨自逃亡固然很帥，但現實中落單只會提高危險程度，出現更多漏洞。從前我總是以爲自己是一個人活著，可是仔細想想，無論多麼沮喪低落，身邊還是有人幫忙，我才沒有一路直墮進泥巴裡；高中導師收留我度過父母喪禮到畢業離校的嚴酷時期，薇薇和柔道社陪伴我大學四年，這份緣分延續到了現在，主將學長更一直是我的精神支柱，「虛幻燈螢」則是補血練功兩相宜的夢幻綠洲。

「對不起，小艾，這樣麻煩妳。」

「這是應該的啊！學長，我也不希望刑學長出事，而且關於對抗冤親債主的訓練，我還有好多要向他學的地方。」我發自內心道。

他望著我笑了笑，我則因爲接到主將學長的委託鬥志高昂。

「妳呢？有想問我的事嗎？」

主將學長天外飛來一筆的發言令我滿頭霧水。「沒有啊！爲什麼這樣問？」

「眞的沒有？」

我努力想了想。好吧其實有些問題卡在心裡很久了，只是不好意思問，久而久之也就慜習慣了。

「學長你到底有沒有好好休息？我知道警察很忙但我不清楚具體到底有多忙，你經常來陪我們眞的可以嗎？太累還運動對心臟不好，你這樣我很擔心。」話一出口就像機關槍一樣停不下來。

「沒事沒事，我應付得來。」

主將學長這時的微笑高深莫測，有點被說中了也死都不會承認的味道。我早就知道咱家柔道社長很重面子，絕對不容許有人騎到頭上去，才會是我們永遠的主將。刑玉陽也說過他是一旦遇到挑戰就會積極追求勝利的類型，不像我輸了也無所謂。

無論如何還是要有人唸唸他，否則他和刑玉陽這種一天當兩、三天用的傾向絕對會過勞死。

「學長你要多回老家看看啦！刑學長有我幫你顧。」我拍著胸脯保證。

「妳想問的就這些？」

「不然呢？」我一下子接不上主將學長的電波。

「算了，現在這樣就好。」

主將學長抓抓頭髮放棄了，我還是搞不懂他到底想說什麼。

Chapter 06 / 江湖術士

翌日，刑玉陽的咖啡館正要開張，不速之客出現了。

中年男子一身西裝筆挺，挾著名牌公事包，渾身環繞著超級菁英氣質。刑玉陽抿著唇不悅地將他迎入店內。我正穿著服務生圍裙抹桌子，之後才知道那就是神海集團總裁楊鷹海的貼身祕書，刑玉陽十五歲喪母聯絡神海集團時第一個接觸的人，之後也是這位祕書負責和他斡旋代替養育費的房地產選址事宜。

「宋先生，今天到敝店有何要事？」刑玉陽吩咐我去倒杯果汁招呼客人。

我端著果汁小心翼翼地放在宋祕書面前，正要自覺迴避時，刑玉陽卻叫我留在旁邊，神海集團祕書居然無意見，想必是早就從探子回報中知道我是刑玉陽的共犯固定班底。

「總裁想請刑先生到神海集團內擔任某個特殊職位，詳細情況你應該已經從錢朵朵小姐口中聽說了。」宋祕書開門見山道。

「這件事不是已經證明是一場騙局了？那麼貴集團應該能充分明白我拒絕的原因吧。還是你要跟我說，像王子易那樣的東西也可以爬上神海集團頭頂耀武揚威？」刑玉陽冷冷地說。

「神海集團爲王子易的冒犯行爲向刑先生致歉，目前已將其限制行動並另選代表與刑先生進行相關合作，是一位有眞功夫的能人異士，希望刑先生能抽空與對方一敘。」

原本錢朵朵提到生父想把刑玉陽綁回去當家族祭司的計畫時，聽起來還有幾分像惡作劇，現在刑玉陽認識十年的菁英祕書口中吐出同樣的邀約，整件事頓時冒出沉重壓迫感。

「若我說沒空呢？」

「上頭吩咐過，你見了那位代表便會改變心意，總裁特別要我重述這句話給你聽：『世界上特別的不是只有你一個人而已。』若刑先生堅持沒空，他會讓你和你朋友接下來的時間都非常有空。」宋祕書說出這段赤裸裸的威脅時，依舊面無表情。

「那個混蛋！」

「請勿那樣稱呼你的生身父親，那樣太不禮貌。刑先生，總裁深知以你的個性不會乖乖聽話，他願意給你談判空間，但詳細情況必須請你親自和那名代表對話。」

「在哪裡？」

「我們可以派人送你過去。」

「那你等著看某個人報警吧！哦，應該這麼說，他本人就是警察。」刑玉陽單手撐著臉頰說。

「刑先生，你似乎是誤會了，我們不打算拘禁你，也不會妨礙你與朋友通訊，只不過要去的那處別館位置比較偏遠，沒人帶路不方便而已。總裁說，如果你願意，也可以找朋友同行，不過僅限一位。」

宋祕書說這句話時視線轉到我身上，我立即就明白他是在說我和主將學長，只有我們是從頭到尾參與其中的友人，以刑玉陽的個性的確不會再把其他不知情的朋友拖下水。話說回來他朋友眞夠少的，除了主將學長和我常常來找他，剩下被刑玉陽承認是朋友的人大概就像他一樣獨立孤僻吧？

神海集團總裁言下之意是刑玉陽可以選一個帶在身邊直接保護，同時擔心另一個朋友會被神海集團作爲挾持籌碼，保留餘地的做法的確比鬧個魚死網破更容易逼刑玉陽就範。

「我要去！」我考慮不到三秒就下定決心。

「蘇小艾妳發什麼神經！我誰都不帶！」

「我一定會跟上去！你確定讓我一個人在後頭追有比較好？我會不擇手段哦！眞的！會遇到什麼危險我也不知道！」我湊近刑玉陽亮出堅定的眼神。

「不關妳的事！」

「要說神明的話我也看得到！怎樣？」溫千歲雖然是瘟神，不過也算是神明的一種嘛。我挑釁地看向宋祕書。

「此話當眞？」宋祕書不是問我，卻是向刑玉陽求證。

「不過是三腳貓功夫！」刑玉陽雖然萬般不爽，還是無法昧著良心說謊，畢竟他曾靠我同步口譯才能和溫千歲、許洛薇，甚至是老符仔仙溝通。

「那麼神海集團很歡迎妳同行，蘇小姐。」宋祕書改變態度的速度比翻書還自然。

「什麼時候出發？去和那位代表談話大概要花多久？我得準備一下。」

「希望兩位可以即刻隨我起行，神海集團會提供途中一切所需。」

「為何這麼趕？起碼讓我把貓咪帶回家安置。」此行太危險了，我一開始就準備將小花留下來，讓許洛薇附我的身體就好，要是對方那個高人有意見就說我自備守護靈。

「雖說我方同意刑先生和朋友聯絡，但希望你們遵守基本保密原則，勿將此事透露給無關人士，此外也是時間緊迫，計畫有變，需要刑先生盡快配合。」宋祕書仍舊一臉鎮定，我看不出他口中的計畫到底有多緊急，祖先不是什麼時候拜都好嗎？

難道神海集團總裁他家也有瀕臨暴走的冤親債主？我不懷好意地想著。不對，現在不是幸災樂禍的時候，對方可是找刑玉陽去填坑，弄個不好我也會有池魚之殃。

「蘇小艾，妳上樓去收拾行李，我還有些話要和宋祕書說。」刑玉陽不由分說下指令。

「喔，好。」我抱起小花，留下許洛薇蹲在桌子下旁聽。

普通地站著聽就行了，許洛薇偏偏要趁有外人在場刑玉陽不方便發作時鬧他，難怪他們關係一直不好。

不確定刑玉陽支開我是眞的打算和宋祕書密談，還是要我見機行事，但我可不願兩手空空出發。

此事和「祖先」有關，換句話說，不就是和鬼有關嗎？不管三七二十一家私先帶著再說。神海集團那邊怎麼看都不像是一天就能搞定的麻煩，主將學長和我都有放換洗衣物在「虛幻燈螢」的客房，我考慮過幫他打包一套，旋即放棄這個想法，背包有空位還不如拿來塞戰鬥道具，反正人家都說要替我們打點所需了，但我可不想到時候被迫穿裙子，還是預先防範來得妥當。

我環顧二樓客廳，刑玉陽擺了一張抄經兼讀書用的長書桌，寫大字書法也不成問題，有時候我乾脆就一邊看書一邊製造淨鹽水，總覺得生水不適合久放，萬一急用還要喝下去，我其實滿常更新備用品，淘汰庫存就拿去老房子外牆寫經或繞圈灑加強防禦，還好平常未雨綢繆，現在手邊就有幾罐可以帶。

關於淨化點的事情，我曾詢問過刑玉陽，還好奇讓他的白眼去看是否能發現特殊線索，但他考慮後拒絕了。他說我和許洛薇能使用那處淨水必定有某種機緣，「那一邊」才沒有阻止，淨水實在不是凡人能隨意汲取的資源，若我呷好道相報洩露天機任意分享，或許這項福利會被取消，正如刑玉陽曾發現過的神明窗口一樣，那座觀音亭後來馬上就發生火災燒掉了。

我被他這麼一說也嚇住了，還好告知對象是刑玉陽，換了個沒那麼嚴謹的對象恐怕後患無窮。另外刑玉陽的警告也讓我想到更深一層，許洛薇那赤紅異獸型態若再被業障污染惡化，釀成的災難恐怕會很糟，所以「那一邊」才偷偷放水讓我們使用淨化點，水量說實在也很小，萬一每個道士法師都抓鬼來洗早就髒掉了。

我將裝滿淨鹽水的礦泉水瓶塞進背包，一邊回想刑玉陽受傷住院那時拜託我帶過去的防身道具，還好放置位置沒變，也幫他收成一袋姑且裝在我的背包裡。

我將小仙人掌盆栽放進打洞塑膠盒，裝在外層口袋，給許洛薇暫時棲身用，準備妥當，我望了一眼時鐘，沒花太多時間。接著是聯絡主將學長，再怎樣我也沒蠢到不報備去向，他的手機打不通，我只好將重點透過簡訊傳給他，說我和刑玉陽去神海集團談判了。

想了想，我補上最後一段留言，要是事情眞的走到最壞的程度，我們變成失蹤人口，他無計可施，請主將學長去找我的堂伯蘇靜池或許洛薇的父母報告神海集團的事，也順便去我老家的王爺廟向溫千歲擲個筊問消息，這些可都是高海拔的靠山。這樣想過後我便不怎麼怕了。

神海集團雖同意刑玉陽聯絡朋友，可沒說不會把車子開到手機沒訊號的地方，或者想方設法弄走我們的通訊工具，等到半途才傳訊太不安全。

其實心裡萬般不願，但眞要行動時我也不想被神海集團認為蘇晴艾怕了他們，我拿起刑玉陽的木刀揮動兩下，感覺勇氣有提升後才放下木刀帶著行李回到樓下。

我故意在宋祕書面前聯絡戴姊姊來帶貓，刑玉陽則將備用鑰匙放在吧檯杯子下要我順便告知戴姊姊過來時替他鎖上店門，然後連關店都省了，虛掩上庭院大門翻了「休息中」，很乾脆地走出「虛幻燈螢」。

宋祕書叫來另一輛豪華轎車載我們前往神祕別館，司機就是帶路者。冷不防享受了國賓待遇的我看著車內舒適寬敞的擺設，至少長途旅行夠舒服了。

許洛薇坐在我旁邊，刑玉陽則坐在對面。

「你剛剛和宋祕書說什麼？」我覺得氣氛太沉重，想找個話題打破僵凝，這時候有外人在場說不定還被監聽中，我無法和許洛薇對話。

「問了一下錢朵朵的事。」

「他怎麼回答？」

「宋祕書叫我多擔待。」

我萬分同情刑玉陽，被親生妹妹迷戀上可不是普通的麻煩。

正如宋祕書所言，我們要去一處非常偏遠的地方，加上中間休息的時間，抵達目的地時已經天黑了。

轎車一駛出台九線，隨即進入沒完沒了的產業道路和山路，最後我只知道目的地大約在台東縣很下面的地方，除了本地居民和林務局員工以外沒什麼觀光客會出入的山區，旅遊和一般產業都不怎麼發達。

經過整排樣式統一的水泥房，甚至還有鐵皮屋，這時已經看不到海了，住宅大多靠近溪谷，司機繼續往山上駛去，後來就只是純粹的山路。我們進入掛有私人道路警告牌的鐵閘門後，又在彎彎繞繞的小路上行駛將近四十分鐘才抵達一間簇新的歐風別墅。

我下車時打量了一下四周，除了載我們來的車輛外，沒有其他交通工具停在附近，這表示不管有誰住在別墅，他都無法任意離開，要是這司機在我和刑玉陽進入屋子後駛走轎車……好吧！其實沒啥可怕，大不了靠雙腳邊走邊求救。

「樹這麼高，草也不除乾淨，又偏僻得要死，眞是適合發生命案的地點啊！」許洛薇讚歎道。她從仙人掌小盆栽中冒出來，抱著我的脖子以背後靈標準姿勢登場。

要是被玫瑰公主的烏鴉嘴說中，我就把她賴以維生的腹肌照片全刪了！

「你不下車嗎？」我問坐在駕駛座上年約四十的司機。

「我在車上等就好，老闆請你們自己進去。」

雖然司機一路上口風很緊，我卻微妙地感覺出他寧可待在車上，也不想進入這間灰白洋館的抗拒感。

「刑學長，手機還有訊號。」雖然只剩一格。我在別墅入口將手機拿給刑玉陽看，之前進入山區時手機幾度無訊號嚇得我冷汗直冒，還好抵達這間像是管理員宿舍的別墅後，訊號堪堪有了點反應。

還是沒有主將學長的來電記錄或簡訊通知，我們都出發一天了，覺得有點奇怪，但主將學長如果在支援重要任務時不會事先對我們報備，這年頭刑警大缺，普通員警也得幫忙出幾分力，反正他發現我和刑玉陽先斬後奏後一定會打來數落我們。

仔細想想，神海集團如此看重家族陵園的祭祖計畫，不可能沒在管理處裝網路方便聯繫。

「妳們小心點。」刑玉陽皺眉說。

神海集團有求於刑玉陽，理論上我們應該安全無虞，對方更拿著大把好處利誘，何況這次宋祕書還說計畫有變時間緊湊，這對我方來說增加了談判優勢，畢竟著急的不是我們。

「鬥法的話，我有信心——物理方面。」我對刑玉陽比了個大拇指。赤手空拳就是人類兇器，身邊所有棒狀物還可以變成高攻擊武器，跟這樣的人物出門真是太安心了。

刑玉陽瞪我。

他沒有周旋的餘地，就算神海集團不拿我和主將學長威脅，以他的個性也會走這一趟，奇怪的陵園與傳說中貨眞價實的奇人異士都與刑玉陽切身相關，他不會無視問題在腳邊愈滾愈大，與其盲目猜測不如親眼見識。

牽涉到靈異之事，消極逃避往往更加致命。這個觀念就是刑玉陽灌輸給我的眞理，當初多虧他當頭棒喝，我才趕緊前往老家調查冤親債主的起源。

以神海集團的排場規模，我還以爲會有管家女僕前來開門，豈料玄關大門沒鎖，一片靜悄悄。

「薇薇，有結界或法術嗎？」我問。

許洛薇搖搖頭。「好像空房子一樣。」

「可是按照宋祕書和司機先生的態度，這個祖先計畫的新代表就在裡面等我們。」我小聲對刑玉陽說。

「要不我先進入逛一圈幫你們看看？」許洛薇很熱心，這時候更顯出她天不怕地不怕的惹禍性格。

「別，小心有詐。」我拉住她。

許洛薇的異形變身不僅是我的底牌，更是機密，我不懷疑她可以打跑很多鬼怪，但現在我們身邊有白眼在。刑玉陽不知道許洛薇會變身，只當她是顏色看起來還算乾淨的厲鬼，腦殘卻對友方沒威脅性，更具備守護功能，勉強在接受範圍內，一旦發現許洛薇另一個不穩定的謎樣化身，鐵定會馬上想方設法驅逐她。

建築物明明很新，像是這兩、三年內才蓋好，門階上卻已經長出一層青苔，四周不僅濕氣極重，更表示之前無人出入，環境荒涼缺乏居住起居需要定期打掃的「人氣」，有如這棟別墅一直深鎖閒置直到今天的會面。

嗯，電燈開關已經打開了，屋內亮晃晃，對方還算有點人性。

一樓客廳無人，我試著扭動經過的每一扇房門握把，門都上了鎖。

該不會那名代表還沒回來？或者人在陵園。這都天黑了，還是對那人來說天黑好辦事？

「往二樓找看看？」

刑玉陽點頭，我們於是走上樓，他早就開啓白眼，許洛薇也不停東張西望，一人一鬼表情正常，表示目前別墅裡沒有其他無形存在，倒是刑玉陽渾身上下隨時可能將對手擂上牆的氣勢讓人害怕。

走廊盡頭的書房門口打開一條縫，透出溫暖的光線，刑玉陽一馬當先推開門，大書桌後坐著一名正拿著毛筆寫字的男子，見了我們出現不疾不徐地抬起頭。

烏鴉小哥？我莫名其妙想起在楊亦凱告別式上見到的青年，第一眼的錯覺消失後才發現根本是不同的人，一臉書生貌，氣質的確很飄逸的男人已經四十出頭，我特別在意的烏鴉小哥猜到頂也就三十歲左右，裝扮奢華講究，眼前這位高人卻是穿著簡單的唐裝盤釦上衣和棉布長褲，材質一般耐用，腳上居然還是室內拖鞋，明明臉蛋輪廓完全不一樣，體格也比烏鴉小哥壯實，大概都是喜歡一身黑才讓我聯想在一起。

奇怪，臉盲資深患者的我怎麼老是忘不了烏鴉小哥，還將他和會使用法術的人聯想在一起？許洛薇說我有時候腦電波亂接，搞不好是眞的。

「我們來了。」刑玉陽說。

「歡迎，刑先生與蘇小姐，我是聞元槐。」神海集團代表起身走過來與刑玉陽握手。

刑玉陽不閃不避，甚至沒有收掉白眼，既然連錢朵朵都知道白眼的事，已經沒必要在這個據說很行的特別人士面前遮遮掩掩。

聞元槐神色如常，未無禮地盯著刑玉陽的白眼不放，我看不出他眼力如何，接著他又想來與我握手。許洛薇故意將一隻手變形成開山刀放在我的手掌上方，刑玉陽正要喝住他的動作，男子自行收回碰觸的動作。

「眞了不起啊！蘇小姐，年紀輕輕就有一位如此強大的守護者，看來妳說能觀神不是虛言。」聞元槐笑道。

他是明明看得見還故意伸手來測試我的反應嗎？讓人有點不爽。我盯著他的衣襟和長袖，眞是對柔道愛好者友善的穿著，一看就很好抓，還好對方不是七老八十的老爺子，正值壯年我摔起來沒有心理負擔。

「謝謝，我們能直接進入主題嗎？我可不想在這裡過夜。」我說。

其實我早就連換洗衣物都帶了，就是想垂死掙扎一下。

「很抱歉，二位恐怕得留宿了，此事一言難盡，再說神海集團也希望刑先生能愼重考慮。我先去泡茶，紅茶可以嗎？」聞元槐彬彬有禮地說完，不等我們的回答往門外走，忽然想到什麼似地轉頭補充：「若不放心的話，歡迎讓那位紅衣小姐過來監督，將來若能合作，咱們就會像家人一樣生活在這裡，不必拘束，我等等會有問必答。」

「好，那我跟去看了，要是他敢動手腳，本小姐就用筷子戳他菊花。」許洛薇對目測沒有腹肌的男性向來毫不留情，朝聞元槐的屁股方向做了個示意動作。

我將薇薇的打算轉告刑玉陽。

刑玉陽：「……」

陰陽眼檢查是通過了，但他到底聽不聽得見鬼說話？那聽見了也好似沒聽見的淡定表情，彷彿不存在般的隱匿氣息功夫，感覺有點棘手。我這麼思考著。

聞元槐一離開視線，刑玉陽立刻走到書桌旁看他先前書寫的內容，我也跟過去好奇探頭，發現都是些三橫或六橫一組的長短橫畫，密密麻麻布滿整張紙。

「這是易經八卦嗎？」我只看得出好像是六爻的槓槓，若要考每個是什麼卦我就不行了。

「沒有按照六十四卦的規律。」刑玉陽說。

當然，聞元槐好像塗鴉一樣信手寫了幾百個爻或卦，筆畫大小也不一樣，像是在設定什麼的草稿一樣。

刑玉陽唰地拉開抽屜，裡面擺了些文具，除此之外乏善可陳，對方會放任我們留在書房裡，就是有把握不會輕易被抓到老鼠尾巴。

他和我想到同樣的事，不抱期待地翻了幾下就放棄了。

「刑學長，你看得出聞元槐是何種門道嗎？」

「他藏得很好，其實幹這一行的本來就該這樣，只有粗通皮毛的業餘人士和神棍才會打廣告招搖。既然神海集團請他來當祖先計畫代表，這個聞元槐至少對鬼魂與堪輿有一套。」

「那用白眼看他本人呢？」這是最直接的掃描了，什麼顏色大小火力都可以照出來。

「一盞心燈，有點普通，還算亮，是最常見的燭火色。」非常時期，刑玉陽難得沒藏私，大方分享他直觀的結果。

「那表示他身邊沒有我們看不見的鬼囉？」鬼魂會作弊縮小或附在物體和生物上降低能見度，最保險的方法就是直接計算心燈數量，這一點只有刑玉陽辦得到，許洛薇雖然也看得到心燈，不過根據她的說法比較像看到心燈散發的光熱特效，所以會有好幾把火的感覺；刑玉陽的白眼雖然看輪廓很模糊，但更深入的魂魄核心特質反而比陰陽眼都要清楚。

「也有可能他爲了取信我們，暫時將使役小鬼派到看不見的距離。」刑玉陽說。

須臾，許洛薇穿門而入，然後聞元槐端著一套茶具回到書房。

「他泡茶時看起來沒問題，你們可以喝，也給我倒一杯。」玫瑰公主說。

這些靈異麻煩沒有許洛薇該如何是好，她簡直就是我的千里眼兼順風耳。

我搶在聞元槐之前拿起茶壺替自己人都倒了一杯紅茶，是有點沒禮貌，但這麼做令我安心，這個飄逸唐裝男也不以爲忤，最後才幫自己也倒上一杯。

殷紅茶水在骨瓷茶杯內閃著水光，我喝了一口，滿嘴溫暖又香甜的口感，整天舟車勞頓的疲憊頓時散去。

「有神海集團的調查資料，你想必對我們非常熟悉，可是我們對聞先生你卻是初次見面。

既然神海集團總裁自信滿滿地說我會在這場會面中改變主意，那麼就請你拿出足以說服我的內容，不如就從自我介紹能力和你為何能得到這個位子開始？」刑玉陽開始咄咄逼人。

「區區來歷不足掛齒，能力是家學淵源，不過粗通五術，外加與鬼神溝通還算拿手，祖上代代單傳都在雲南深山老林隱居，我初出茅廬時是替王子易先生工作，因緣際會才得到神海集團聘用。」言下之意本人就是不怎麼有名，你不信也沒辦法。

五術指的是山、醫、命、卜、相，如果聞元槐的粗通指的是能被神海集團選為代表的程度，那就跟「略懂」一樣，是我們無從提防的高手了。

「雲南的哪裡？」刑玉陽追問。

「瀾滄江一帶，沒有固定位置。」

「那你算是道士嗎？」專業知識很貧弱的我問。

聞元槐立刻回答：「道士談不上，道教有道教的規矩和專門等級稱呼，我只是個江湖術士。」

也就是說，聞元槐自認是跑單幫的實力派。我默默打上這個註解。

「你和王子易如何認識？」

「那時普洱茶市剛崩盤不久，香港那邊老茶泡沫化，他和一群想改炒作新茶的台商千里迢迢到古茶山隱密老寨子買毛茶，碰巧我到寨子裡幫村民驅鬼，受他之邀來台灣發展，一待也快十年了。」聞元槐如他說的坦承不諱。

聞元槐說，王子易的確沒有靈能力，但此人可不是門外漢，若非王子易父親是和聞元槐祖輩同等級的高手，他也不會甘心幫這個顯然就是混混神棍的老文棍做事，王子易繼承珍貴的法器書籍，可惜這些寶物在他手中無法發揮眞正用處，對聞元槐這樣的人物卻是如虎添翼的道具，替他工作十年能換到一件都是絕對划算。

「既然你有能力，何不索性將他的寶物搶過來，如你所說，王子易只是普通人。」

「換成你會這麼做嗎？」聞元槐微笑反問。

刑玉陽不語，聞元槐又答：「第一，當時我的能力不足以駕馭那些法器，替王子易辦事也可以順便磨練本事、累積人脈；二來，法器之間易主是有規矩的，老前輩自然也在遺物上做了避免被強搶的設置，要得到那些遺物不外乎是繼承者心甘情願奉上，以及保護他的後代之類，我還不想那麼快被綁死。」

「所以就是你暗中替王子易解決信徒委託，傳達精準的祖先訊息了？」我問。

聞元槐頷首。

「你們也算是誤打誤撞幫了我，如今我並不打算照王子易的舊計畫囚禁你，刑先生，我對你的天賦與個性很感興趣，若你能跟著我學習，我保證傾囊相授，如你所見，我這年紀差不多該找個傳人培養了。不過這邊不是現在要談的重點，可以先跳過。」

「我無意替楊家人管理宗祠，要怎樣你們才肯放棄？」刑玉陽說。

「考慮過刑先生目前的確非常有可能抗拒到底，我也替你向神海集團協商了不必當宗祠管理人的特殊條件。」

「代價是？」

「只要你能協助我完成整個計畫中最困難也是目前迫在眉睫的部分，神海集團總裁就允許你自己決定自己的命運——雖然總裁相信你過幾年會反悔，那時候再加入也行。」聞元槐道。

「那個最困難的部分是什麼意思？」不一次說完肯定有鬼，整件事終於要進入正題了。我握緊杯耳，力持鎮定地喝了一口紅茶。

「——迎家神。」

我和刑玉陽都被這簡單的三個字震懾得說不出話來。

數秒過後，聞元槐舉起遙控器按了按，天花板降下一塊大螢幕。「王子易爲了不被送進監獄，用一個他深藏多年的祕密交換神海集團的軟禁保護，那個祕密就是『家神』的實際位置。」

「偷或搶別人家的家神嗎？」我這時忽然湧起吃餅乾看電影的衝動，背包裡面有，要不要拿出來呢？

「我還以爲神海集團打算自己去野外抓一個。」刑玉陽諷刺地說。

「那麼做難度太高了，就算準備幾十年都不見得能如願。」聞元槐的表情彷彿看著兩個不懂事的孩子。

我留意到聞元槐不是說不可能，也就是說硬生生捕獲一個足以作爲家神的強大之物，對他來說屬於可實踐範圍，無論是吹牛或眞心的想法都讓我發現這個術士危險的一面。

「來，專心看吧！關係人物的自白應該比我轉告重點更能取信你們。」聞元槐道。

果然不是我的錯覺，聞元槐此人相當了解刑玉陽的性格，或者說他是擅長掌握他人弱點與博取好感的類型，我的堂伯蘇靜池也有這種技能，而我一向認爲堂伯是狠角色，當下立刻將對聞元槐的警戒度調到最高。

螢幕上出現王子易的自白影像，今天終於目睹這位見面不如聞名的變態老頭，非但長期監視刑玉陽，一見面就對他打手槍射白果醬，還企圖將他祕密拘禁在神海集團的祖先陵園裡與世隔絕爲所欲爲，沒遇到之前我也沒想過世界上有這樣的神經病，還是在有錢有勢有關係的無恥之徒眼中，爲所欲爲反而理所當然？

王子易神色頹喪駝背坐在一張靠背椅上，表情有些茫然，他的視線不時看向前方，應該是鏡頭旁有面螢幕在發問或指示他回答的內容，畢竟這份自白可以說專門錄來說服刑玉陽。

「我的父親王灝出生在清朝末年，師承不明卻會很多強大的法術，他和一個不知名女人生下我時歲數已經很大了，在那之後他便準備退休養老，最後一件工作是接受×家族的委託，在動員戡亂初期動用密術，好確保依附黨國權貴的家族安穩無慮，萬一共產黨打贏也有退路可走。」

×家族的關鍵字被消音了，我不滿地看向聞元槐。

王子易繼續說下去：「這個密術就是供奉一尊家神，不是木雕泥塑的偶像，必須是真正有力量的神靈，但要神靈願意傾聽人言，進到一戶人家裡被獨佔並非易事，父親不得不耗費數年和×家族協力尋找捕獲適宜的神靈。當時全島戒嚴，反而方便有軍方背景的×家族派遣特務與王灝走遍台灣杳無人跡的山川祕谷，更利用搜索匪諜的藉口或砍伐杉檜開闢林道等作業路線進入深山狩獵……強大的神靈。」

「王灝使出美人計，讓×家族裡的一位美女與神靈訂下婚契，趁祂離開地盤到約定地點打算成親時，用事先準備好的陣法與禁制材料將神靈封印在某座深山的地下祠堂中。」

我聽到這裡剛好喝完杯裡的紅茶，同時出現強烈想吐槽的衝動，旁觀刑玉陽也是一副放空的眼神，王灝的手段雖然低級卻很實用，成功不是沒道理。

「被封印的神靈為何甘心庇佑×家族？最初是祂的人類未婚妻懇求幫忙，後來神靈不願配合，王灝不得不動用禁忌法術對家神施刑，強迫神靈幫忙，他在死前告知當時家族大老，此術過於缺德，若不在一甲子內處理掉化為妖孽的墮落家神，整個家族必遭反噬。×家族相信有六十年時間不愁找不到解決方法，直到十年前家族後代開始出現頭部潰爛的神祕惡疾。」

先是長出帶狀皮疹，接著迅速發紅腫脹，表皮透明油亮，微風吹到就劇烈疼痛，然後腫脹破裂開始化膿變色，一路爛進氣管食道與血管，宛若被一條看不見的繩子束緊脖子，出現一圈不斷朝深處潰爛挖鑿的血紅傷口。

病患藥石罔效，哭號不止，被綁在床上強制敷藥灌食，只能靠點滴和營養針續命，最後死於各種感染與器官衰竭等併發症，最可怕的是掙扎導致傷口動脈破裂的大噴血，這些都是來找王灝後代救命的某個×家族後代親口描述的駭人事實。

典型因詛咒而起的因果病，報應來了，誰也不曉得下一個得病的人是哪個家族裡的倒楣鬼，但家族上頭把家神祕密壓得更緊了，寧可賭一把是別人先出事，再不然能多享福一刻是一刻。

然而大家族也不是人人都有肉吃，那些掌權老人再活也沒幾年，不怕死就算了，有些僥倖得知祕密的青壯年二、三代想自救，於是不同派系開始傾軋爭奪，也讓被封印的家神遭遇變得更加乖舛。

「當年神靈第一次被封印時，家父也將我帶到現場，因爲施術必須用到童子血，我親眼看到一陣白霧變成活靈活現的大蛇，然後被封進一塊等身大的漢白玉裡。我以前看得見，我是眞的有能力啊……」王子易說到這裡，聲音變得似哭似笑，能力消失這件事似乎是他的心魔。

中間一段錄影被剪掉了，跳到王子易恢復冷靜的畫面。

「十年前，T先生找上我，希望王灝獨生子能出馬解決開始作祟的家神，他可以說是×家族的背叛者，整個家族的敵意都落到他身上，因爲他是當年被用來誘拐家神的美女和其他男人生下的孩子，T先生沒受用到任何家神的好處，反而飽受同族欺凌，詛咒還出現在他女兒的身上。他想中止詛咒，最好還能把×家族一起毀掉。」

「T先生經商有成，知曉許多門道，我雖然不會法術，但家父爲防當年的委託家族來找麻煩，也傳了一些法寶和處理辦法給我，從我懂事以來就一直研究著這方面知識。再者，家父也是始作俑者，我怕詛咒會來到自己身上，就和T先生一起到地下祠堂，按照家父的指示更動了封印，將神體偷了出來另外藏在他處。」王子易說。「我們和神靈約定一定會替祂打破封印，請祂暫緩詛咒，好讓我們培養解救祂的力量，神靈答應了，於是T先生與我之後開始研究解決辦法，但被玷污的神靈已經無法回歸山林，只能依靠人類的祭祀保持穩定以免墮爲妖孽。」

然而這尊家神無論是力量和怨念都已膨脹到難以收尾的程度，即使家財萬貫的T先生也無法靠一己之力安撫神靈，王子易只能一邊發展崇拜祖先理論，一邊等待轉機。

所幸他的故交裡就有個重量級的大人物，神海集團的繼承人楊鷹海，因此這個更加精緻專業化的特殊祭祖儀軌與不斷實踐相關理念的祖先信仰團體，可以說是王子易拋給神海集團的珍貴誘餌。

千載難逢的機會，解救一個被弱化的神靈，祂不但不會詛咒你，還會心甘情願讓你有求必應，你要做的只是提供祂寬敞寧靜的安養處所，保持畢恭畢敬的態度供養。

一旦祖先計畫成功，非但不怕性命被詛咒威脅，還能得到更多好處，王子易要做的，就是找到足以接下狂暴家神並成功安撫的龐大勢力，並且成爲主導局勢發展的關鍵人物，爲此，他必須先獲得神海集團的信任與期待。

聞元槐便是應此目的被拉攏的專業人士，一直以來低調地以法術與通靈能力替王子易解決信徒疑難，幸運地在王子易臨門一腳時收割了他辛苦布局的成果，成爲那個各方面都更說得過去的迎神行動總指揮。

講白了，整個計畫不歡迎沒靈能力或者沒血緣的人，連楊家遷進新陵園的祖先群都是爲了要好好服務這個未來的家神，讓這條倒楣遭到婚約詐欺與暴力拘禁的白霧蛇靈體會到被禮遇簇擁的新福利，同時作為溝通橋梁的活人代表至關重要，王子易唯一的利用價值是情報，為了逃過牢獄之災與在詛咒下保命，如今他只能主動配合了。

「原本想從神海集團撈好處的投機分子，沒想到反而被榨乾，難道他以為有錢人很好耍嗎？」許洛薇打了個呵欠。

被腹肌照片和罐頭迷惑的某超級千金女鬼似乎沒資格說這句話，我這麼想。當年勒索神海集團總裁一份房地產當扶養費來蓋咖啡館的刑玉陽，看似爽快地斷尾求生，現在不都還被神海集團找上門來利用嗎？

「家神封印的新位置在……」自白影片到這裡戛然而止。

「你們也刪節掉太多資訊了。」我向聞元槐抗議。

「畢竟兩位還未答應幫忙，光是我接下來要告訴二位的事就是極度機密了，不妨將這些看作神海集團與我本人的善意，明日丑時我將帶二位前往『翠園』，觀看成功迎回後，家神棲宿的新神體。在這之前兩位可先在這裡挑選房間休息。」聞元槐說。

我看了一下手機，現在還不到晚上七點，丑時是凌晨一到三點，如果能稍事休整睡一下恢復精神更好，還不知接下來有哪些考驗等著。

「晚餐呢？還有這裡房間門都上鎖要怎麼挑？」我不客氣地問。

「冰箱裡有食材，如果你們不想料理也可以吩咐司機，他會請人將二位想吃的東西帶上山。至於房間上鎖，是因爲我對這棟別館的房間暫時施了法術，封藏一些要移入『翠園』的物品。請你們挑選好想住的地方，我再爲你們打開。」

所以那異常安靜寂寥的空屋感，原來是障眼法，連刑玉陽和許洛薇都看不出來，果然受過專業訓練有差。

「我等下去廚房看看。」刑玉陽臭著臉說，他身爲廚師的自尊不容許叫外賣，我本來想既然神海集團出錢乾脆叫大飯店做好料送來的野望只好熄滅。

「對了，我們用一間房就好了，等下就去挑。」我順口對聞元槐表示。

刑玉陽用力瞪我，我一臉無辜，許洛薇含著指尖笑容詭異。

遲遲沒人說話，我才反應過來那句發言容易產生誤會，不過實際需求比較重要，我才懶得管聞元槐怎麼想。「刑學長，快點，去挑房間，別不好意思了，我們『三個』住一起才方便。」

「小艾，妳愈說愈糟糕耶！」許洛薇抱著我的手臂發出奇怪的呼呼聲。

糟糕的是妳的腦袋！

我硬是把刑玉陽拽出去，到走廊上才對他解釋：「學長你要是洗澡時被鬼偷襲怎麼辦？我們住同一間想睡覺可以輪流守夜，再說討論事情就沒必要跑來跑去了，也不用一直開白眼浪費體力。你快點挑一間風水好的房間。」

刑玉陽抬頭看了看天花板，我覺得他正努力忍住仰天狂嘯的衝動，都是神海集團害的！

Chapter 07 / 深處等待之物

刑玉陽選定面向東南方開窗的一間套房，聞元槐很乾脆地替我們打開房門鎖，並把鑰匙借給刑玉陽暫時保管，方便出入。

窗戶是很夢幻的外凸式窗台，適合躺在上面看書，雙人大床也沒什麼，我和刑玉陽不可能同時睡覺。聞元槐開完門後就回書房去了，也沒看到他從房間裡帶走特殊物品，鎖門的說法愈發可疑了。

刑玉陽一等聞元槐離開就向我借手機，關門關燈打開相機功能上上下下一陣掃描，據說可以靠手機紅外線捕捉功能掃描出針孔攝影機。

「你怎麼不用自己的手機就好？」我問。

「有些新款手機已經內建調校功能，偵測不到紅外線補光器，不過妳的手機應該還沒換新的吧？」刑玉陽一句無心解釋又在我乾癟破洞的荷包射上一箭。

我們也只能就手邊現有裝備，用手電筒和手機簡單檢查房間裡是否有可疑的紅點和閃光，結果還真的讓刑玉陽在檯燈底座發現一組針孔攝影機，他很乾脆地拆掉了。

「神海集團幹嘛在沒人住的地方裝監視器，還是不確定你會住哪間所以都錄？」我問。

一個可疑的中國邊疆術士忽然站上家族核心位置，插手許多祕密，我不覺得聞元槐的處境比刑玉陽安全到哪裡去，刑玉陽至少還能確定是神海集團總裁的種。錢朵朵提到的新宗祠管理人影響力若爲眞，還沒成事前就會有許多眼紅的敵人準備放冷箭了。

「可能是爲了監控聞元槐？這棟建築似乎只有他一個人使用。」刑玉陽也不認爲聞元槐已取得神海集團的信任，會想拉攏刑玉陽就是這名術士根基不穩最好的證據。

刑玉陽到廚房準備晚餐時，我趁機翻找據說就藏在房間裡的施法物品，是陶瓷擺設飾品嗎？還是牆上油畫？許洛薇同樣查不出個所以然，開始碎碎唸那個江湖術士只是故弄玄虛。

這時候我深刻地感受到業餘與職業的落差，以及刑玉陽說他還是普通人，寧可把白眼藏起來的意思，我們這邊不是讀經就是泡鹽水的野路子，這種三腳貓功夫要和不斷升級經驗裝備的術士鬥法毫無勝算，果然只能依靠近戰了！

刑玉陽端著兩盤什錦炒麵進來，我彷彿看見他背後散發著佛祖菩薩的光芒。

「吃飽了就快點睡！」

他剛把炒麵放在桌上，許洛薇立刻趴在盤子邊聞香。

「刑學長，主將學長到現在還沒打電話來罵我們，會不會是出事了？」一想到還沒確定主將學長的情況我就食不下嚥。倒是接到戴姊姊已經把小花接回老房子，也幫刑玉陽關好店的回報簡訊，讓我安心不少，回了一封目前安好請她不用擔心的訊息。我想了想，把給主將學長的留言略作編輯留下幾個推薦求救名單寄給戴姊姊，以防那些黑道再來找麻煩卻被戴姊姊遇到。

「他有傳簡訊給我說這兩天走不開，叫我自己看著辦，反正別讓妳遇到危險。」

「主將學長眞偏心。」忽然想起上次分開前主將學長才拜託我拖後腿也要纏住刑玉陽，大概是默許我跟著刑玉陽到處跑了。

看來我是領到免死金牌了！Lucky!

刑玉陽鄙夷地看著我，「鎮邦是他那間派出所的王牌專案，今晚要去逮一個藥頭，正是最忙的時候。」

「我知道主將學長是王牌啊！專案是什麼意思？」

「指『專辦刑案』，但只有賺破案績效，沒薪水加給，雖然職稱上不是刑警，卻在幹刑警的事情，妳帶給他的陳碧雯事件扯出的連環撿屍案目前也還在偵辦中，結果從中又扯出迷姦藥物的問題。」刑玉陽果然連主將學長今天穿什麼顏色的襪子都一清二楚。

主將學長好像也說過要是考上警官薪水就更豐厚了，但他爲了幫我們應該沒多少時間讀書了吧？我又是一陣愧疚。

「反正我本來就有事要問聞元槐，正好可以順便幫主將學長問，也算有幫到他。」我挾起一團炒麵大快朵頤，口齒不清地說。

「妳要替鎮邦問什麼？」

「上次果園雙屍案，譚照瑛的父母使用邪術，最後獻祭失敗法術逆風回身上，那對夫婦被鳥活活啄死，有個老刑警不是私下拜託主將學長調查這個邪術嗎？正好可以拿這件事來測試一下聞元槐的實力，聽聽專家怎麼說。」

「他未必會坦承相告。」

「問問也好嘛！他有求於你，說不定比較好說話。另外，我和許洛薇從李心玲那時就被不明術士盯上，那個對我下咒擄人的術士一定還會找機會動手，我也希望補充一點法術知識。」我想知道，那個能中斷見鬼能力的法術是怎麼回事？我在老符仔仙那邊中過一次類似符術，遭人操控的李嘉賢餵我加料咖啡那次更徹底，我完全看不見許洛薇也無法被她附身。

這種驅鬼法術不能說有錯，對我和許洛薇來說卻是糟到極點，要是能打聽到破解方法就好了，逆向思考，應該要多問幾種見鬼的方法。

刑玉陽大口吃麵，表情陰沉。

「刑學長，如果你要答應幫他們迎家神，乾脆順便幫我和主將學長要個法術解答當優惠，我也會幫你的。」

「我還沒決定，先看看再說。」刑玉陽道。

「學長你先洗澡吧！不能讓神海集團瞧扁了，我們要保持平常心！」我握著筷子替他打氣。

白天途中經過休息站時，有專人送來兩個銀白名牌行李箱，裡面裝著換洗衣物和一些日用品，雖然我推辭稱自己有準備了，司機先生還是把行李箱都裝進後車箱，害我進屋時多拎了一件重物。

許洛薇剛剛就迫不及待地指揮我打開行李箱將內容物陳列在床上，果然是裙裝，睡衣也是長袍式，連化妝品和衛生棉都有，雖然我不需要，但事後帶回去網拍看樣子值不少錢，我就當作是車馬費笑納了。玫瑰公主倒是興致勃勃要我等等就換上神海集團提供的衣服，不用白不用。她也不想想現在又不是拍電影還灰姑娘變身咧！

我拿出和女鬼室友一起旅行必備的手搖磨豆機和簡易沖泡工具，包括摩卡壺和登山爐，現在才是玫瑰公主的正餐，她的主食是咖啡香，手工現磨最佳，磨好的咖啡粉當然不能浪費，所以接著就輪到我泡來喝。

刑玉陽去樓下廚房洗盤子，我問他冰箱裡有無鮮奶，他說有，我便請他把砂糖和鮮奶順便拿上來，反正我是咖啡牛奶派。

這段時間我把贈送的豪華行李重新打包好，從自己的背包裡拿出一套舊運動服，不管當睡衣或外出探險都很好用。刑玉陽去洗澡時我就磨咖啡豆給許洛薇聞香。他走進浴室前的表情有點複雜，大概介於鬆了口氣和適應困難的惱怒之間——刑玉陽以前大概都是獨自處理靈異問題和白眼帶來的麻煩，光是有個人交替守望讓他能有片刻喘息大概都是很難得的待遇。

我也是這樣依靠著許洛薇，充分明白幫忙注意背後這些不起眼的小事對草木皆兵的人來說有多重要。

出浴後的刑玉陽讓人眼前一亮，許洛薇更是直接吹起口哨，他穿著銀灰色絲質襯衫與黑色窄版休閒長褲，簡單俐落的修身設計完全展現他腰細腿長等身材優點，同時彷彿變了個人似的，現在的他完全就是傳說中的貴公子。

「學長，你不換睡衣喔？」

「不換。我打個盹就好。」

我手上拿著舊運動服偷笑，被刑玉陽看見了，立刻露出不爽的表情，誰教他當時要耍酷不打包行李，現在中招必須穿人家提供的名牌服飾只能怪自己。

「眞可惜，要是白目不是私生子，就能傳承他生父言情小說總裁眞人版的傳說了。」許洛薇發出毫無營養的惋惜。

我快速洗完戰鬥澡就出來了，和刑玉陽約好睡到凌晨十二點就起來交換守夜，許洛薇也說她會幫忙放哨，讓刑玉陽中間放鬆點無妨，我開著冷氣鑽進溫暖的被窩，不禁滿足地歎息一聲。

亂糟糟的腦海裡塞滿聞元槐的自述，王子易的自白影片，以及我與刑玉陽接下來將要被託付的重大任務，我祈禱著主將學長抓捕犯人行動順利，漸漸放鬆陷入淺眠。

寅時還沒到，我和刑玉陽整裝待發，我另外拿出一個空帆布背包將淨鹽水以及刑玉陽的防身寶貝裝進去，刑玉陽說既然我雞婆幫他帶了那就繼續帶在身上，我從善如流應了。

正想去書房找聞元槐時，他已搶先敲響房門，事前卻完全沒聽見他的腳步聲，這種令人發毛的細節正不斷堆積。

聞元槐解釋要進入新宗祠所在的翠園只能步行，神海集團修了一條石磚小徑上山，走出小別墅前院時，我看了一眼神海集團配置的轎車，司機似乎放平座椅正在補眠。

石磚小徑兩旁被濃密竹林包夾，還不是倉促移植的造景，而是至少生長了二、三十年的老竹林，從石磚被竹根頂開的舊痕就能感受到這座陵園存在的漫長歲月。

聞元槐提著一盞白燈籠，簡直不留餘力地營造恐怖氣氛，半夜三點走在黑暗幽森不見出路的竹林，心臟還真的必須長得大顆一點。

「聞先生，翠園是何時開始建的？」我和刑玉陽都有隨身攜帶小手電筒的習慣，但術士請我們不要開手電筒，我們只好靠他指路，還好石磚路有工人定期維修，相當好走不致於凹凸不平摔跤。

「爲了迎接家神，十年間做了許多改建，已經看不出最初面貌了，最早整地建設應該是在將近半世紀前，神海集團陸續買下山腳下許多建築物，遷居了一些老員工和日後專門爲翠園服務的技師進來。」聞元槐道。

表示就算我們逃出去向沿路居民求救，還是會有很大的機率問到神海集團的人？我搔搔頭，那樣萬一要逃跑，乾脆請刑玉陽搶車比較快。

「拿紙燈籠是某種習俗嗎？」

「讓這裡的先人知道是自己人，可以避免無謂的侵擾，算是約定俗成的做法。這條竹林道多走幾次就習慣了。」

摸黑走完五公里的竹林道得花點時間，照明只靠燈籠，聞元槐的腳程又慢，估計得花一個多小時才能進入陵園，我趁機問起困擾已久的兩種法術：防止惡鬼附身的法術與殺死大量動物祭品讓死人復活的養鬼術。

聞元槐聽我描述完兩種法術，沉思片刻，說出了令我非常意外的回答。

「妳預算多少？」

「……要花錢買嗎？」我淩亂了。

「當然，法術這種知識向來機密不外傳，妳我既非師徒又非夫妻，自然是不能隨意傳述，驅鬼術較普及，大約這樣就有了。」術士回頭站定比了個六。

「六萬？」我不抱希望地猜測。

「不，是六位數，看妳找上什麼人以及版本威力不同有差。想想，一般人拜師求藝花成千上百萬當叩門磚都不寡見，何況是學一門稀奇法術？現在專業論文和資料庫不也要花錢購買才能看嗎？我會來神海集團也是因爲靠自己學法術實在不容易。」聞元槐諄諄善誘，似乎有點說給刑玉陽聽的味道。

「那養鬼術呢？」

「妳描述的那種生祭法相當特殊，風險也很大，照理說不該是一般人能想得到的問題，所以，是遇到操作失敗的實例？」

「算是吧！」果園雙屍案太邪門了，就算新聞沒報得很詳細，神海集團調查我時順路發現這件案子與我有關也不奇怪。

「妳問起的邪術特徵是大量血牲，目標是讓死人復活，還有必須親力親爲，這種代價與難度都相當高又缺德的危險法術，徒弟在修習時通常都會被迫發下毒誓絕不外傳，會拿去賣錢一定是走投無路了。傳說在二十年前，這個生祭法的內容被賣了兩千萬，實在無法不印象深刻。」聞元槐露出嚮往的表情，我懂。

「才兩千萬，我爸隨便賣掉台北一間公寓豪宅就有了，這個法術不紅一定是不好用貶值了，哪天我要託夢回家再請爸媽幫我買情報。」許洛薇不敢和家裡聯絡的原因是怕被家裡找道士超渡趕去投胎成阿貓阿狗。

印象中譚照瑛父母家境普通，到底付出何種慘痛代價才得知邪術內容？無論如何，這個邪術都讓他們只能背水一戰，不擇手段，恐怕得連精神狀態都極端扭曲才能將邪術實踐到最後。

「以神海集團的能力，說不定能在施術者家中找到法術記載呢？」術士笑嘻嘻地看著我。

我本來就不是非得從聞元槐口中問出邪術內容，當下只是聳聳肩。

「晴艾妹妹有沒有興趣在神海集團工作呢？其實對方委託我評估妳的能力，妳想要什麼待遇我基本上都可以幫妳爭取，如果有熟人在，刑先生說不定會更有意願認眞考慮長待下來。」

聞元槐這次換了對象勸誘。

爲何除了神職人員就沒有其他職缺可選？偏偏許洛薇的老房子附近沒有麥當勞，便利商店也不缺人，能按時回家存點錢的普通工作我就滿足了。

「她沒興趣。」刑玉陽想也不想直接回絕。

「眞可惜。」

術士聽了刑玉陽的話後乾脆地放棄了，我都還沒開口發表意見，雖然沒興趣也是眞的。

「小艾，這傢伙懂點門道，他要是有一點點不對勁，別給他出手機會，直接過肩摔。」許洛薇貼在我耳朵旁邊叮嚀。玫瑰公主目前對鬼障啦法術或廟宇神力等等阻礙都是靠基礎耐力硬扛，要說專業應對方法還眞的沒有。

「我本來就這麼想。」我同樣小聲地回應許洛薇。

希望聞元槐眞的只是想依附「神海集團」這棵大樹好乘涼的術士，但我總覺得此人不簡單，他在祭祖計畫出現變卦的緊急時刻輕而易舉取代王子易，話說回來，王子易失態被刑玉陽抓到把柄的事，不知有無這位術士的功勞？

換人的眞相到底如何已經不重要了，此時此地我們正走進這局棋，面對態度友善有商有量的術士，起碼比和覬覦刑玉陽的變態相處要好多了。

接下來的步行顯得沉默，我和刑玉陽一樣在意整件事的發展，既然無法阻止，就該站在最有利的位置上，也就是成爲催發情況變化的人，即使那意味著有生命危險，但不入虎穴焉得虎子。

凌晨四點半，我們三人一鬼正式進入神海集團新宗祠所在的「翠園」內，傳說中將要匯集一批楊家祖先並供養墮落蛇靈的地方。

四周還是濃濃夜色與樹林土堆，我沒看到任何建築物燈光，日後我才知道，翠園的建造風格並非爲了服務人類，而是異類的審美與方便，因此反而改建成原始的土堆密林，各式各樣的孔洞與蓄水池。

聞元槐在伸手不見五指中嫻熟地帶領我們走入通往地下的石階，眼前一亮，燭火在兩側牆面的燈洞裡日夜燃燒，這粗陋的設計意味著我們正走進的地方沒有引入電力。

牆壁觸感冰涼滑溜，在燭光映照下呈現淡淡金綠色，像是某種玉石，整體氛圍看起來彷彿隨時可能觸動機關似的。

「這裡是新宗祠嗎？」我問。

「沒錯。」聞元槐答道。「再前進就是大廳，總共有地下四層，其實很寬敞又方便，嚴格說來宿舍是我們步行出發處的別墅，這裡只是工作場所，不需要整天都住在裡面。」

「雖然是像古人一樣生活，但是會安排最好的享受給你？」

「妳的直覺很好，眞的不重新考慮嗎？平靜單純收入豐厚的工作不好找，要是擔心與世隔絕，也可以排長假給妳，老闆不會對妳的朋友有意見，反而將她視爲妳的能力優勢。」聞元槐不說我養的鬼或守護神，而是一針見血指出是朋友，可見眞正看懂了我和許洛薇之間的互動關係。

不知他若有機會參觀許洛薇變身還會不會說這句話？不是我臭美，許洛薇的異形狀態愈長愈大隻，攻擊力爆強，只要不失控都還很聽我的話，因此搞不好可以和那條蛇靈鬥上一鬥，這是我目前唯一沒拉著刑玉陽逃跑的信心來源。

聞元槐所言不假，雖然我不知道古代大戶人家長什麼樣子，但這處地下建築的家具擺設讓我想到小時候去過的故宮，每間別室都放置著一些感覺很貴的瓷器和木製家具，此外還有石雕和各種山水花鳥掛軸，我看到署名于右任的書法，另外還有兩幅風格很像齊白石的蝦蟹寫意水墨畫，搞不好仔細逛逛還能找到張大千的圖。這裡完全沒設守衛，意思是小偷就算得手也跑不出神海集團的手掌心嗎？

每下一層樓都要打開好幾道鎖，鑰匙還是放在樓層中各種不起眼的地方，出入口也是，就像玩密室逃脫遊戲，意味著要是你被鎖在其中一層又找不到道具就死定了。

「很有趣的地方吧？」聞元槐說。

一想到神海集團會不擇手段讓現在正通過的地下建築成爲囚禁刑玉陽的華麗牢籠，我就渾身冒出冷汗。

「是很有趣啦！偶爾來打工行嗎？」許洛薇心動了。「他會不會說只要妳答應來幫神海做事，裡面的寶貝隨便拿？如果我要請人幫我做事就會這樣說。」

我這個時候忽然非常不想理會許洛薇，她簡直哪壺不開提哪壺？

「快點進入正題。」刑玉陽頭上烏雲愈來愈多。

從走入竹林道後他就一直開著白眼，沒有路燈的山林中，不靠白眼眞的啥也別想看見，但若看見了奇怪之物也什麼都不能做，總之我們目前的處境就是這麼尷尬。有一點不會改變，只要開啓白眼，刑玉陽就是處於ＨＰ和ＭＰ持續減少的耗損狀態，偏偏聞元槐一副公司福利多好多棒的閒逛態度，刑玉陽應該很想揍他。

「我以爲刑先生對如何接待家神的規格多少有點研究興趣，畢竟主要交涉者是你，若你不能順利邀請那位神靈進到新神體來，那會造成很多困擾。」聞元槐道。

「我似乎還沒答應幫你們。」

「看了這陣仗，還以爲神海集團由得你不答應嗎？只不過我建議上頭，逼迫你會適得其反，刑先生是聰明人，與其無謂地對抗，不如各退一步，找到對大家都有利的平衡。」聞元槐一邊引導我們往宗祠最深層處走，一邊軟性施壓。

術士繼續勸誘道：「就算不考慮神海集團的利弊，這也是阻止那位神靈不繼續咒殺某個家族的唯一辦法，可謂轉禍爲福。一般人家或宮廟容納不下這樣危險的存在，反而該感激神海集團建了處隔離空間。」

這句話大概是目前聽起來最順耳的理由了，這人還眞懂得先抑後揚的道理。

「雖說禍福相倚，兩者終究是不同之物。」刑玉陽道。

「令尊打算冒這個風險，也盡可能做好吸收衝擊的準備，你就是他的準備之一，他終究生下了有能力接引家神的後代，將風險降到最低。其實這個交易對你來說相當有利，證明自己的價值，就能減少日後不自由的程度。」聞元槐停在青銅大門前，轉頭對刑玉陽說。

許洛薇忽然停下腳步，擋在我身前，對著青銅門面露怒色作護衛狀。

「門後面，不對，門裡面有什麼？」我和許洛薇在一起這麼久，她一緊張我就知道危險程度不容小覷。

「地下建築眞正重要的關卡只有這道門，上面可是我的心血結晶。」聞元槐說完，門上雕刻獸紋伸出爪子，那隻爪子又黑又長，像是猿猴的手，是一般人掌的兩倍大。「目前家神尚未進駐，也缺乏管理者，我才出借守護神看守神體，但我也不想讓自己的寶貝一直被卡在這裡。」

「神海集團在上面三層放那麼多寶物，竊賊肯定會想，最底層的寶貝才是稀世奇珍，等對方一來到門前，守護神正等著肅清入侵者。」刑玉陽馬上就看懂宗祠設計奢華的目的。

術士帶著笑意說：「因爲是簡單粗暴的力量，只能當籌備階段的替用品，若刑先生願意親自管理，當然就不需要傷到人命了。」

「開門，還是說要我們自己動手？」

「關鍵時刻，我可不希望雙方出現意外損傷，請放心，會邀請二位來就是相信你們的能力。」聞元槐對獸紋做了個手勢，兩人高的沉重青銅門自動開啓，裡頭的空氣約比地面低了十度，涼爽無比。

空氣很乾淨，可能是利用對流通風原理和隔熱材料建造的天然冷藏庫，沿途經過的地下水道看似某種循環系統的一部分。我不是專家，只能這樣猜測。

「好像在拍電影。」許洛薇說。

「妳的奇幻等級已經是好萊塢了。」我對她說。

刑玉陽果斷走在我和許洛薇前面，我則攔住許洛薇想超車的衝動，非常時期，這事又是因他而起，就讓刑玉陽展現紳士風度吧！再說我一向更害怕背後偷襲的敵人，許洛薇殿後我才有安全感。

入口完全開啓後仍然一片漆黑，然後牆上無數燭火同時亮起，明暗交替的瞬間，似乎有條淡淡的、不規則的巨大動物影子在牆上游動，須臾潛入陰影中。

許洛薇一臉淡定，我猜她不怕和聞元槐的守護神掐架，溫千歲卻可以讓我家玫瑰公主乖得像小雞，只能說幽冥世界的實力差總是一言難盡。

我相信法術和術士的存在，這卻是我第一次看到法術的神奇效果，難怪神海集團願意聘用聞元槐當計畫代表，即使外行人無法理解能對陰陽眼和鬼眼隱藏氣息又無法目視的守護神可怕之處，光靠這招氣勢十足的隔空點蠟燭就夠炫了。

約有兩座網球場大小的密室呈正方形，用許多粗壯石柱支撐天花板，地板用異色花崗岩鑲嵌出一條盤起的巨蛇，中央擺著一座墨綠石雕刻神龕，我後來查過才知道是台灣蛇紋岩。平台處鋪一層白緞，放置了一座金光閃閃的臥像，臥像呈現胎兒的屈縮姿勢，卻是個骨瘦如柴的老人。

我眨眨眼睛，用力觀察那尊雕塑，臥像披著一件用玉片縫製的被子，猶如蛇鱗般極之華美，裸露在外的筋骨皮肉細節栩栩如生。

「……那是眞人吧？」我喉嚨發乾。

「神海集團總裁的父親，新神體的志願者，製作成金身的過程使用最高規格，內臟處理乾淨，風乾防腐到位，肉體用瓦灰和生漆沾繃帶加固塑型，反覆髹漆、雕漆、塗金液、貼金箔，基本上已經是非常乾淨的容器。」聞元槐冷不防開始了令人發毛的遺體處理說明。

「你要我們扛著這具遺體去某個不見天日的地方請蛇靈鑽進去，再運回這裡？」刑玉陽毫不修飾地質問。

從錢朵朵口中起頭的「祖先庇佑大作戰」，神祕兮兮的計畫核心「迎家神」，現在忽然被刑玉陽簡化成一句簡單粗暴的重點。

「沒錯，我也會一起同行爲兩位帶路。」聞元槐說。

「錯過時機會怎樣？」刑玉陽又問。

「家神徹底墮落爲無法協商的狂暴妖怪，神海集團多年心血付諸東流。和神靈合而爲一，這是上任神海當家的夙願，因此整件事除了利益得失外，還有某個男人對死後成神的追求。」

「我可沒看到這裡有任何魂魄。」

「當然，要是容器不乾淨，神靈可不願進駐，只有肉身不滅也好，以神明的姿態留在神龕上被子孫祭拜，異類神明會使用他的名字取得人類身分與楊家先祖資格，家神將名爲『楊思柏』，立約時你要用這個名字去呼喚蛇靈。」聞元槐從口袋裡拿出一張摺起的紙遞給刑玉陽。

「這樣到底哪裡好玩？」許洛薇問，我和她都覺得整件事很荒謬。

「蘇小姐看起來不以爲然？」術士轉身面向我。

「我只是搞不懂這位老人家到底在想什麼？入土爲安不好嗎？」我坦白說出目睹金身後跳

出腦海的疑問。

「這就不是我能揣測的了，若日後他的魂魄回到翠園，蘇小姐不妨當面問問本人。」

「會不會是極度自戀啊？」許洛薇貼著我的耳朵議論。

雖然我也猜是這樣，可惜目前踩在人家地盤上還是不要大剌剌說出來比較好。

「刑學長！你決定吧！反正我會盡力幫你。」現在我只想要大夥都能平安度過這一關，如果拿刑玉陽祖父的金殼木乃伊去裝一條蛇靈回來能換取神海集團停止干涉他的生活，過程再噁心詭異我也認了！

刑玉陽站在神龕前，燭火令他的影子在地面晃動，我和許洛薇屏氣凝神等待著他的答案。

「好，我答應替神海集團迎家神，但是，這件事和其他人無關，如果這個笨蛋臨時想要退出，你們不可以對她有任何干涉行為。」刑玉陽指著我說。

「可以。」

「何時出發？」

聞元槐轉身帶領我們走出墓室，這回卻是任燭火繼續燃著，手動關上大門，接著說道：

「放心，時間雖然緊迫，還是有兩天時間讓二位養精蓄力，迎家神必須在端午當日午時前完成，那一天對人類而言最安全。因此我們將在端午節前一日出發到封印所在地。」

回到地面後天已經亮了，站在晨光燦爛的森林中，空氣清新，鳥聲啁啾，實在很難相信眼前如繪本般的美麗風景是昨晚經過的黑暗世界。

「好美喔！如果在這邊開民宿一定很讚。」許洛薇總算想起除了腹肌以外，她還有經營民宿這個人生夢想來著。

「客人只有神海集團的幽靈妳要嗎？」要我不吐槽太困難了。

閻元槐說，他得留在翠園處理其他工作，如果我們想回去別墅宿舍只要順著竹林道下山就不會迷路，但若想待在翠園裡他也不反對。刑玉陽當然選擇留下探勘，於是閻元槐說了「中午再來接我們吃午餐」云云簡單告別，也沒說哪裡不准進入，拐個彎就消失在一個長滿苔蘚的神木樹頭裂縫裡。

別墅宿舍是最後一處手機收得到訊號的地方，事已至此我只能放寬心跟著刑玉陽，許洛薇則若有所思地說這邊就算白天也不像外面那樣讓鬼難受。

我們在以木頭石材建築、各種土堆隧道和巨樹構成的陵園一路待到夕陽西下，才在天黑前回到別墅，神海別墅的車還停在前院，司機先生卻消失無蹤，難道他抵死不敢進屋，內急難忍找安全地點解決生理需求了嗎？我覺得那個司機爲了養家活口也夠拚命了。

接下來的一天大抵也是這樣度過，刑玉陽沒再通知聞元槐，逕自帶著我闖入地底新宗祠，他和許洛薇居然把所有鑰匙和密門入口都記住了，一路暢通無阻來到青銅門前。

「欸？今天守護神不在喔？」許洛薇將手掌放在眉毛上到處張望。

大門開了一條縫，刑玉陽一股腦兒推開門大步走入，跟在後頭的我還來不及探頭探腦，卻先「噫」了一聲。

「奇怪，空氣感覺不一樣了？」雖然還是冷涼感十足，卻沒有昨天踏入時撲面而來令人寒毛直豎的陰森，因為是白天進來而且墓室現在沒有點蠟燭嗎？還是一回生二回熟已經有心理準備感覺沒有威脅放鬆許多？

大廳裡就有好幾種燈具可以選，刑玉陽拿起瓦斯燈，我選了沒那麼亮的煤油燈，考量若是有隱藏怪物跑出來，還有油加火的備用武器可以壯膽。

刑玉陽走到密室中央舉燈一照，神龕裡空空如也，難怪守護神不用再蹲守地下墓室。

「明天就要出發了，聞元槐大概把金身移出去做些只有他知道怎麼回事的準備吧？」我隨口說。

金身消失的事實讓我無法逃避明天必須扛著刑玉陽爺爺的遺體去找蛇靈的事實，這麼瘋狂的事不但說來就來，所有人還一副非他不可的衝勁，白眼擁有者真是太慘了。

「蘇小艾，妳在想什麼？表情爲何這麼欠揍？」

刑玉陽眞的不會心電感應嗎？爲什麼他每次都能剛好抓到我的小辮子？

「我在想金身不見了，接下來要怎麼辦？」我低頭看著地磚圖案不敢直視他。

「不怎麼辦，回去吃飽睡覺，按照聞元槐的安排，明天應該要熬夜了。」撲了個空的刑玉陽哼了一聲。

處於神海集團陣地之中時，我和刑玉陽都不會同時無防備，就算輪流望風，也必須拉長整體休息時間才能確保我們兩個都能獲得充足睡眠，儘管許洛薇也能幫忙看守，但我認爲派她出去附近偵察更有利，如此一來我自己也得醒著。

昨夜我的手機仍不見主將學長來電記錄，安全監控那時天天互動似乎養成某種慣性，即使後來解除強制監控，我和主將學長還是三不五時在他下班時間線上閒聊。事態較平緩時也曾兩、三天沒聯絡，但我以爲被神海集團強行邀約後，主將學長手上得空一定會打電話來查勤。

何況是他拜託我拖住刑玉陽，難道不會想私下打聽刑玉陽的狀態？

「刑學長，你今天出門前有和主將學長聯絡嗎？」

「回去才要打電話，怎麼了？」

「沒事啦！只是我早上打不通他的手機。有點擔心。」明明現在有危險的是我和刑玉陽，我卻在擔心一如往常上班巡邏抓壞蛋的主將學長，感覺有點好笑。

「別墅那邊訊號的確不太好。」刑玉陽不滿意地說。

等我們回到宿舍，連刑玉陽也聯絡不上主將學長了，他卻不怎麼上心。我有些不滿地質問他為何不在意，刑玉陽反而莫名其妙地看著我。

「我從來都不會主動和鎭邦提自己的靈異遭遇，是牽涉到妳時怕他擔心才會頻繁聯絡，這回和神海集團打交道是人的問題比較大，告訴他也於事無補。」刑玉陽說。

「人的問題？你在開玩笑吧？那隻家神還等著我們去抓呢！」

「那麼要告訴鎭邦嗎？」刑玉陽勾起一邊嘴角邪惡地反問我。

「……算了，跟他說好像沒用。」主將學長如果不知道靈異的部分，自然無從問起。刑玉陽一直都是用這招度過不被無神論好友質問的平靜日子。說來慚愧，我馬上附議刑玉陽了。

「他不是小孩子了，事情輕重緩急自己會分，如果他因故中斷聯絡，妳說些他無法改變也不能插手的事，只是增加他的負擔。讓他知道我們的去向，作為留守人就足夠了。不，應該說最好他只是留守人。」刑玉陽直白的發言立刻讓我渾身沉重。

「我知道你比我更了解主將學長，可是我就是覺得他這樣怪怪的。」

我不是故意要耍任性，也明白主將學長會頻繁聯絡，大概都是為了確認我連番中符術和被惡鬼綁架後神智安好，不是他喜歡才打來找我這個學妹。我太習慣每次關卡出現都有主將學長在，此刻對於主將學長的沉默消失，就是坐立難安。

「嗯……妳的直覺的確是有點變態。」刑玉陽不知想起什麼，露出嫌惡之色，拿起手機撥了一組號碼。

他打去主將學長服務的派出所確認情況，同僚說主將學長今早身體不適請病假了，好像是被同事傳染感冒。

「主將學長/腹肌黑帶生病了？」我和許洛薇同聲驚叫，簡直令人難以置信。

「這有啥好奇怪的？他又不是機器人，每年至少也會得一次感冒。」

「可是大學時期我在社團裡從來沒看過他缺席！」我立刻用力回想，記憶庫裡還是沒有主將學長流鼻水眼睛發紅發燒咳嗽的畫面，要是真的出現這種千載難逢的機會，我們社團裡的黑帶一定趁他病要他命啊！

「不嚴重的話他還是會照常運動，不過會把所有空檔都拿來睡覺，所以也好得很快，以他的個性要是情況不對一定馬上請假看醫生按時吃藥用最快速度復元。」刑玉陽鄙夷地看著前次事件剛結束時罹患重感冒想靠休息自然好結果奄奄一息的我。後來我被刑玉陽抓到鎮上的小兒科診所打針拿藥，還被醫生唸這麼大個人還不懂得照顧自己，完全抬不起頭。

「大概是抓藥頭的任務沒辦法延遲，才讓他的病況累積到不得不請假的程度。」刑玉陽推敲道。

「看來學長還是交個女朋友比較好，不然都沒人在感冒時照顧他。對了，筱眉學姊應該很樂意吧？可是她不知道主將學長住哪，我要不要打電話問她一下……」我話還沒說完，頭頂就被刑玉陽賞了個爆栗，許洛薇還同時在我肚子上打了兩拳，雖然不會痛。

「白痴啊！妳幹嘛通知腹肌黑帶的前女友！」許洛薇完全怒了。

「眞需要人照顧有他爸媽在，不用妳多事！」刑玉陽也跟著罵。

「主將學長老是爲我們赴湯蹈火，這次卻扔下他一個人，對他不好意思。」我愈想愈過意不去。

「蘇小艾，如果眞的這麼擔心，妳明天就直接給我過去鎭邦那裡，我本來就不需要妳跟著。」刑玉陽的語氣怎麼聽都不像賭氣。

明白他是認眞的，我連忙收了三心二意的動搖態度。

「刑學長，我代表主將學長來幫你，你就認命吧！」我舉起三根手指頭發誓。

「對嘛！人家肯幫你是你的榮幸，只有傲沒有嬌要扣分。」許洛薇幫腔。

「旁邊那隻紅色的在說什麼？」刑玉陽雖然聽不見許洛薇的聲音，卻知道玫瑰公主狗嘴裡吐不出象牙。

「學長你知道了也不會開心的。」我好意給他忠告，換來他在我額頭上毫不留情的一彈。以後誰再跟我說彈額頭的動作很俏皮很寵溺，本人蘇晴艾絕對要用三角絞勒死他，眞是痛到讓人想罵髒話的毒招。

刑玉陽回到臥室後直接躺在長沙發上閉目養神。畫面宛若名牌服飾廣告般。我拿出手機，遲疑著要不要偷拍一張當紀念，事後還可以和主將學長分享一下行動記錄。

「小艾妳把他釦子解掉再拍，說不定可以當把柄。賣給那個錢多多小妹妹，應該可以賺一筆。」許洛薇嘿嘿笑。

若說有比醒著的刑玉陽還要可怕的存在，那就是半睡半醒的刑玉陽，我鄙夷地看著玫瑰公主：「有種妳就用念力把他襯衫解開，但我不會替妳隱瞞。」

「嗄？我才不要被白目以爲本小姐稀罕他的腹肌呢！」

許洛薇妳說這句話時表情若別那麼掙扎扭曲，說不定還有點說服力。我不理會她，打算再流點汗才去洗澡，開始練起過肩摔的連攻動作，爲明後天可能會有的戰鬥做準備。

這次行動我唯一有點心虛的是，殺手學弟全然不知情，起因是刑玉陽的血緣私事與白眼祕密，我不可能拿出去和別人商量，結果牽涉進大集團準備超過半個世紀的祕密計畫，最後果然被要求保密不得聲張。

如果我出事了，殺手學弟會傷心，就算安然無恙地回去，事後才告訴他經過，他想必也會因爲被排除在外感到不舒服吧？但我實在無法回應他的心意，事到如今反而不好表現得太親暱。

洗澡時我拿出堂伯託付的老金項鍊，用肥皂洗乾淨後倒了杯淨鹽水泡著，一邊搓著洗髮精泡泡，一邊盯著它煩惱。萬一在行動過程中冤親債主被金項鍊吸引跑來攪局，那可一點都不好笑。

儘管金項鍊散發的存在感讓我三不五時寒毛直豎，基於某種難以言喻的衝動，加上佳茵姊還待在老房子裡，我可不敢將這條鮮血與怨念交纏的古老飾物留下來與她相處，只能隨身攜帶，堂伯希望這條項鍊讓我感應到更多與冤親債主有關的訊息，我只能姑且應下，戴著金項鍊睡覺會不會夢到新情報？想歸想，我還沒那膽子自尋死路，戴佳琬的錄音筆那次已經讓我吃足苦頭了。

考慮到主將學長那樣的鐵人都可能無預警敗在感冒病毒之下，我更加不敢輕忽冒險前的健康管理，替神海集團出發前往迎家神的前夕，就在熱身運動與睡覺中平凡無奇地過去了。

Chapter 08 / 匍匐污穢者

端午節前一天全台被雲帶籠罩，天氣預報偶有陣雨，聞元槐對此很不高興，但他也說了人生無法事事如意。我想又是選端午又希望大太陽，那條蛇靈對我們來說應該不是很安全。

容器金身被裝進特製行李箱裡，看來當初製作金身時選擇胎兒姿勢就有加入容易搬運的考量，我不禁這樣猜測。還以爲要抬棺，結果神海集團的策劃，一舉一動都充滿合理性以及反覆推敲的俐落節奏，現在就憑我一個人也能帶著金身走動而不引人注意。

同一位司機載著迎家神的三人小組前往家神的新封印地點，我能理解避免人多嘴雜不換司機的道理，但那位司機先生堅持與我們保持距離，不管是上層命令還是個人希望，一直待在別墅外撐到出發時間眞是不容易。

我偷偷留意司機，他已經換了不同的衣服，外表整齊沒散發異味，應該是待命過程抽空請當地居民帶他去盥洗用餐過了，間接證明神海集團安插勢力在陵園周遭一事並非虛言。

新封印所在地位於北海岸公路邊一處老舊凌亂的社區，空屋率超過七成，我在網路上查詢「萬平社區」，只查到一筆生存遊戲場地的資料，還有幾筆迴響不怎麼高的普通鬼故事。

「二十年前，聽說政府有意都更萬平社區，一堆建商提前來投資建設，可是都更消息後來被確定是子虛烏有，又因爲地勢低窪年年淹水，道路規劃不良，造成當初一堆新建案無人問津，投資客買的房租不出去，形同鬼城。」聞元槐直到經過宜蘭時才開始解說目的地背景，我和刑玉陽又不會趁等紅燈時跳車逃跑。

不知是否是後車箱載著一具金身（遺體）的心理壓力，大家很自然地不想經過人多車流量大易被攔檢的鬧區，司機選擇走濱海公路。刑玉陽拊耳悄聲對我說，不選高速公路是萬一出意外，中途換車還可以補救。

聽起來很像神海集團也擔心刑玉陽手動製造交通意外臨時陰他們一把，寧可選擇目擊者較少，警察也沒那麼快趕到的安全路線。刑玉陽還貼心地提醒我，萬一別無選擇，我可以考慮用上新聞的方式脫困。

「嗚哇！萬平社區有好幾間很像鬼屋的公寓大廈。」我看著搜尋到的網路圖片，落成伊始就沒成交過，空置二十年，窗戶破碎、磁磚脫落，迎海風又近水，潮氣相當重，外牆長滿爬藤雜草，油漆褪色，還有各種不雅塗鴉，簡直就是拍恐怖片和喪屍電影的最佳場地。

「該社區有『建商墳場』之稱，至少有五名建商加投資客因爲房子賣不出去資金周轉不靈破產自殺，其中一個還選在自己蓋的大樓喝農藥，被發現時屍體已經被野狗和蛆吃掉一半。」

聞元槐講鬼故事的同時，我觀察到司機肩膀僵住了。

要不是有許洛薇和刑玉陽在，此刻我應該會比司機更害怕，那個萬平社區聽起來妥妥會鬧鬼，尖叫也沒人聽見，住在那種惡劣環境的居民恐怕也不愛管閒事，是個求救無門的地方。

「神海集團有在萬平社區置產嗎？」刑玉陽問。

聞元槐意味深長地微笑：「是，總裁得到王子易自述的祕密內容後，一個小時內就將新封印地點周遭的建築買下來並派人看守，只有封印地點無法購入，產權屬於T先生，所以王子易和T先生才會把神體藏在那裡。」

神海集團無所不用其極的態度，實在讓我心驚膽跳，比較起來蛇靈的部分反而感受不大，果然如刑玉陽所說主要是「人」的問題。

完全沒有背景的主將學長要是被捲進這波權勢洪流，恐怕會是最容易被絞碎的對象；有血緣和能力的刑玉陽，多少還有點關係讓人忌憚的我，反而可以冒險賭上一賭尋找反制機會。

「你說過蛇靈被削弱了，應該不是弱到沒有力量，那樣祂對神海集團就沒有利用價值。如果是足以束縛那份力量的封印，要付出何種代價才能打破？需要犧牲你就自己上吧！恕不奉陪。」刑玉陽對術士說。

聞元槐露齒一笑：「放心好了，破除封印是我的工作，刑先生只要做好接迎的部分即可。既然舊神體不在原本的封印地，這個封印便會在神靈的憤怒與力量侵蝕下逐漸衰退，只是新封印地腐蝕效果太好，導致王灝計算好的期限意外提前了。」

「既然封印放著不管也會被破壞，要你何用？」刑玉陽不客氣地問。

「神靈主動衝破封印是災難，那時祂就變成可怕的妖孽，但過早解開封印對我來說過於吃力，也缺乏血緣代表可以談判，只有時機剛好才能迎接家神。最重要的是，若不是由人類打破封印，那就沒有施恩的資本了。」聞元槐現實地說。

「你有到過萬平社區嗎？」我也問。

術士看起來很有把握，但許洛薇考砸期末考也是一副談笑間檣櫓灰飛煙滅的跩樣，不過灰飛煙滅的是她的成績單！我早就學會事情不能只看表象。

「新封印地點是王子易的殺手鐧，就算王子易再依賴我也不會鬆口。我受聘為祭祀計畫新代表後馬上進入萬平社區，發現情況急迫，那兩個外行人根本看不出封印破裂在即，這次行動才會如此倉促，王子易原本以為還有三年，才只想讓你先安頓楊家祖先。」

聽起來很歡樂，我不禁想像神海集團總裁火燒眉毛的錯愕表情，只差幾天他老爸的金身和翠園等等五十年大計畫都得報廢。

等等，在司機面前說這些機密好嗎？還是聞元槐打算事後封口？眞讓人不安，比較正面的想法是這個壯年男子或許從此只能擔任陵園專屬司機，他也的確表現出有耳無嘴的忠心低調貌。

唉，我總是特別容易和雜魚配角起共鳴，畢竟自己條件和他們差不多，處境更倒楣。

轎車沿著彎彎曲曲的海岸線駛到台灣地圖頭頂，萬平社區被兩、三條溪流包圍住，有水又封印著大蛇的無人社區，我已經開始後悔逞英雄了。

司機將時間掐得剛剛好，進入萬平社區時是晚上十點半，最快也要子時才能開始迎家神，還有點餘裕讓我們和早已在停車場等待的T先生對話。

新封印地倒不是高樓大廈，而是一排四樓公寓其中一間地下室。整棟公寓無人居住，大門上鎖，通往地下室的樓梯也設置鐵門鎖死，避免被不良分子闖入，這是我聽T先生的描述重點，封印地點實際上離停車場還有一段距離。

T先生，或者說陶先生，是個五十來歲的禿頭男人，外表看起來比實際年齡起碼老了十歲。第一眼望見他站在路燈下等待的身影，感覺就像公園裡打太極拳下象棋的退休老人，絲毫看不出他想拉整個家族陪葬的狠心，但是任何一個男人的母親被家族大老作爲祭品糟蹋，女兒身中致命詛咒，日夜哭號等死，恐怕都會變得有點瘋狂。

陶先生和刑玉陽一樣，徒有血緣卻不被承認是家族一分子。初次見面，他就直說擔任家族的白手套負責洗錢，多年來也假公濟私轉手投資累積了可觀的私人資產，他與王子易在偷竊神體時和蛇靈立了破除封印的新約定，得到暫緩女兒詛咒的優待，因此若迎家神失敗，他與王子易鐵定會慘死詛咒之下，陶先生當然會盡力協助蛇靈從X家族轉移到神海集團，既能自救又能復仇。

聞元槐說明箇中道理：陶先生若能代表×家族主動放棄那道奴役蛇靈的強迫性契約，對轉移神體儀式大有裨益。他是當初那名新娘的兒子，雖然是外姓，就儀式性質來說反而最接近契約繼承者。

「我還是搞不懂，你說蛇靈被弱化，又說祂強大到難以收拾，這不是矛盾了嗎？」

「好好想一想，晴艾妹妹，最初困住蛇靈的封印是針對『神』，蛇靈墮落後，原本能讓封印起效果的『純度』便減弱了；反之，轉變後的力量，對人類來說，正是所謂的災禍。陶先生和王子易搬運神體時也對蛇靈造成了不小的衝擊，因此與這位家神的溝通不能再用籠統的是非題胡亂揣測，必須依靠刑先生的能力精準判斷，否則禍福難料。」聞元槐說。

「等等，陶先生，我知道你和王子易兩個把蛇靈從原本的深山封印地點偷出來，可是我聽說神體是等身大的石頭，就你們兩個人徒手？」我忽然發現這個環節值得深究。

「我們帶了電鑽和鑿子。」陶先生說。

「呃，分解了嗎？那對蛇靈有什麼影響？」我緊盯聞元槐要他給個說法。

「儼然是將一個黏在地裡的人硬生生挖起來，其傷害程度不亞於折斷手腳、皮肉撕裂。」

聽起來等等要面對的蛇靈情緒狀態超級糟糕的啊！

「我們原本當時就想打破封印，可惜做到這個程度，封印與詛咒依然沒有解除。子易提議帶走神體碎塊研究其他破解辦法，我也只能死馬當活馬醫了。」陶先生氣餒地說。

「要做就快點。」刑玉陽愈是聽下去，眉頭愈是皺得用力。

「差不多可以過去那邊，以免神海集團的監視者們等得不耐煩。」聞元槐帶頭邁開腳步。

我很自然就要跟上，忽然被刑玉陽伸手按住：「妳留在車子這邊等我們回來。」

「你不能這樣！都到這裡了！才隔幾百公尺有差嗎？」我抗議。

「不好意思，晴艾妹妹，妳不適合目睹儀式，畢竟這種事目擊者愈少愈好，我們可不想重複×家族情報外洩的敗筆。」聞元槐說：「重要的是，新家神非常討厭女人，當初祂就是遭新娘欺騙利用，所以這麼多年來，有能力迎神的楊家女子和女性靈媒都被剔除了。」

刑玉陽就是知道女人不能參加關鍵場面才讓我跟，他何時和聞元槐協商好了？

我忿忿望著刑玉陽一行人背影消失在馬路轉角，留下我和許洛薇，還有司機先生。

不是不想追上去，但我卻擔不起惹怒家神導致儀式失敗的罪名，又不能放刑玉陽一個人去進行那麼可疑的儀式。

「薇薇，妳附在小動物身上追，小心別被刑玉陽發現，到達定點後縮小監視。總之，萬一出事立刻告訴我，拜託了。」聞元槐只有說女人不能接近，又沒說女鬼不可以，我決定鑽他發言漏洞。

「我是可以追過去看，但妳怎麼辦？」

「我暫時和司機在這邊等，如果拖太久我會找過去。」我盡力表現得習以爲常，就算是在月黑風高的無人社區，手機忽然喪失訊號，蘇晴艾也絕不動搖！

媽媽，我好想回家。

「這附近沒有野貓。」許洛薇張望後失望道。

「他們要走遠了，非常時期別挑了，能用就用，最好是不引人注目的物種。」蟑螂老鼠蝙蝠之類。

「好啦！我看著辦。妳小心一點，不要亂跑。」許洛薇說。

「妳也是，除了迎家神，萬一遇到其他異常不要多管閒事，如果那地方有危險就先撤退來找我。」實在是情非得已，我眞心不想把許洛薇帶到萬平社區這種陰陽怪氣的陌生地方，還和她分開行動。

我背對著留在車裡的司機，低聲和許洛薇對話。

玫瑰公主向我比出大拇指，順著刑玉陽離開的方向直接沒入水泥牆。

我有點感慨，比起一年前重逢時被黏在地上的廢柴樣，曾幾何時許洛薇也是個擁有十八般武藝的紅衣女鬼了。

雖然人形移動速度還是很慢。

時間一分一秒流逝，每隔十分鐘我就湧出衝過去尋找老公寓地下室的強烈衝動，只能死死盯著沒有訊號的手機畫面。爲何在社區停車場空地也收不到訊號？我決定忽略這個不是很吉祥的問題。

明知徒勞無功，我還是撥打了一次主將學長的號碼，盯著那串已然變得非常熟悉的數字以及「丁鎭邦」三個字，勉強按住性子等待。

只有一盞路燈的昏暗停車場下起毛毛雨，彷彿老天爺還嫌我目前待著的地方不夠恐怖似的，神海集團的司機請我進車裡等，我搖頭拒絕，於是他遞了一把黑雨傘出來。

我撐開黑傘，躲在傘面下，勉強得回了一丁點安全感，左手輕觸著口袋裡的金項鍊，指尖得到冰涼觸感。那裡曾被女鬼戴佳琬拔掉指甲，鮮血淋漓，想起那段經歷我起了一陣惡寒；即使傷勢並不嚴重，但當時的劇痛與恐怖偶爾會讓我從惡夢中驚醒。

要是可以選，我情願留在刑玉陽和許洛薇身邊，停車場對我來說根本不安全，我寧可露天站著保持機動性，留意四面八方風吹草動，至少有鬼接近時還能及時反應；再者，我可不想和一個可被附身的男人一起待在車裡。

金項鍊在身上，我的冤親債主隨時可能就在附近窺伺，挑許洛薇不在的時候對付我。

刑玉陽這回出了這麼大的事，自我虐殺還綁架母親的鬼覺戴佳琬不可能無動於衷，這個如同血肉爛泥的怪物執著於刑玉陽。上回我用抓撿屍犯當代價用掉戴佳琬欠我的人情，兩清後她很可能又想附我身去找刑玉陽說話，誰教我心燈熄滅好下手？她替我打跑譚照瑛的惡靈時，還說以後要專門欺負我。

總之，我、許洛薇和刑玉陽各有各的惡鬼追著，再湊一組就能打兩桌麻將了。

我將帆布包掛在單邊肩膀上，萬一發生狀況可以用最短時間拿出淨鹽水對敵，同時不著痕跡地觀察司機有無出現異常動作。

端午節要到了，迎接海風的開放地形卻讓這個陰雨夜顯得很涼爽，不知是否和蛇靈即將解除封印有關，風聲隱約有種嘯泣的味道。

都半個小時了，還沒辦好嗎？不就是弄掉封印請蛇靈挪個窩，到底要花多少時間？我驚覺聞元槐並未提及迎家神儀式具體耗時，該不會連他也不清楚？

左右腳輪流換著重心，毛毛雨變成綿綿細雨，又被風吹成斜絲，就算有撐傘衣服也漸漸變濕了。我緊盯著四周單調的黑暗，眼睛好累，偏偏又不能閉目養神，一想到某隻鬼可能無聲無息貼到自己背後，我立刻瞪大眼睛。

喀嚓一聲，車門打開，司機也撐了把傘走出車外。

「他們要多久才會回來？」司機驀然問。

「這個答案我也想知道。」

「這附近現在有鬼嗎？」

「目前我沒看見，至少還沒有鬼接近我們。」我說。

「妳眞的看得見鬼？」

「嗯。」我現在眞的沒心思聊天，但一直在雨中安靜站著枯等也很痛苦。

「儀式會不會失敗了？」司機問。

「本來就有失敗的可能，不如說成功率原先就很低，你們神海集團才這麼拚命，難道不是這樣？」

「他說不定會故意搞砸重要儀式，趁機報復神海集團。」

「誰？聞元槐？」沒想到我還能從司機先生口中聽到新八卦。

「我是說刑玉陽。」司機的嗓音帶著一絲惱怒。

「這不關你的事吧？」我覺得有點奇怪，這司機難道是神海集團總裁的粉絲？

「我得去看看，妳來帶路。」數日來沉默寡言的司機忽然對我下命令。

「看來你是負責監視我們的人。」神海集團沒派眼睛來才奇怪，對於司機的態度轉變我倒是不意外。

司機不答，只是平凡的五官此刻卻有些輕蔑。

「話說回來，大集團裡總是有些敵對派系，我怎麼知道你不是來搞破壞？」既然刑玉陽要我在停車場等著，我只能相信他能處理好，畢竟迎家神不是我這個外人能圍觀的場合。

「妳沒有選擇餘地。」司機說完拿出一把手槍。

「你不會爲了這個理由就開槍吧？殺我又沒有好處，還會得罪刑玉陽，聽說神海集團還想找我去陵園工作。」我不覺得他有殺意，猛然被槍指著還是僵住。

「我是不會殺妳，也不喜歡拳打腳踢，但我可以讓妳受點傷，比如說膝蓋……一點小傷口和出血量讓我不會太內疚，頂多是治好以後運動沒那麼靈活，也不會影響日常生活，放心好了，我的興趣是射擊，成績還算不錯，這是一種男女平等的競技運動。」司機冷冷地說出令我毛骨悚然的話。

我不怕受傷，但關節和骨頭卻不行！膝蓋毀掉對所有武術都是致命打擊，我無法忍受不能練柔道的未來！他的語氣是認眞的！我好像誤判了，這個男人眞的只是司機嗎？

「你到底是誰？」冷靜下來，蘇晴艾，這時候我不能拖刑玉陽後腿。他剛才的發言好像透露少許端倪，這個神海集團的司機似乎非常敵視刑玉陽，這是個人恩怨，爲什麼？刑玉陽成爲宗祠管理者礙著他或他背後的主子了嗎？

司機不答，我只能被迫帶他前往迎家神的儀式所在地，雖然我本來也差不多想過去打探情況了。這個人格外緊張的態度似乎是希望儀式成功，既然如此要是看見現場一切順利應該不會搞破壞。

我拿著司機提供的手電筒，尋找聞元槐提過的一整排老公寓，新封印地點就在其中一戶民宅地下室。我無聲呼喚許洛薇，按照術士的說法，這附近應該有安排監視者，居然對我被挾持的情況沒反應嗎？

沒有眞正的性命之憂時，我無法遠端和許洛薇起共鳴，但在一定程度的距離內，我對她的存在活動卻很敏感，就像閉著眼睛也能用手摸到鼻子一樣，我正逐漸接近許洛薇，然後就發現了那排老公寓。

許洛薇站在其中某間公寓一樓大門入口對我招手，我下意識瞟了一眼拿槍指著我的司機，確定他沒陰陽眼，要不然我眞想叫許洛薇臉帶綠光冒幾朵鬼火出來嚇嚇他。

只是確認儀式順利，自己過來就好，他非要帶上我，是想叫我轉播一般人看不見的無形界實況？

大門一進去就是住戶通行的樓梯，地下室入口在樓梯旁，設有鐵門隔離，此刻鐵門已打開，露出一個黑洞，刑玉陽他們下去了。

「妳怎麼被槍指著，要我幫忙嗎？」許洛薇感應到我沒有很緊張，也只是普通地問，如果我情緒激動就不一樣了，她大概會馬上變身撲過去。

「唔，先不用。薇薇，情況怎麼樣？妳怎麼上來了？」事到如今我不掩飾許洛薇的存在了，就讓那個司機聽個夠。

許洛薇這廂同樣雖不緊急但進展迷離，她說看得有點無聊正打算要回去找我聊天。「他們卡在地下室了，聽陶先生說還有一個密室，但密室門意外打不開，他們忙了半個小時還是動彈不得，我想說要不要替他們找個電鑽之類。」

「密室門年久失修故障？」還是蛇靈的力量不打算讓人接近，如果是後者似乎不太妙。

「我也不知道。聽聞元槐說可能是王子易留下來穩定封印石的法器又形成了一層結界空間，他們怕驚動蛇靈不敢硬闖，反正還有時間就打算慢慢嘗試。」許洛薇報告底下的情況。

我把地下室的膠著狀態轉告給司機，他掙扎片刻道：「我必須下去親眼看見。」

我嘆了一口氣，指著許洛薇對司機道：「你就算眼睛沒瞎也看不見，何必去添亂？我的守護神是鮮紅色，這麼明顯的顏色都沒感覺的話，表示你只能我說啥就聽啥，這樣還不如我下去看完再上來告訴你。」

他聽了我的話果然動搖了，我趁勝追擊：「我去問問他們欠缺什麼，如果有需要待會兒就叫神海集團快點備來。」

司機用下巴朝地下室入口比了比表示放行，我合作地邁開步伐踏上通往深處的台階。台階很濕滑，到處可見泥巴落葉痕跡，而且沒人打掃，看來以前有淹水過。到底爲何要把新封印地設在這麼陰濕黑暗的地方？我每一步都邁得很小心，一邊自我安慰刑玉陽就在下面，不需要緊張。

話說回來，既然封印蛇靈，十年間會不會吸引了一堆蛇眷屬過來？我樓梯下到一半險些手刀衝回去叫司機先弄點血清以防萬一，想起許洛薇此刻表情自然陪我一起下探，地下室應該不是蛇窩，她挺怕蛇啦蟑螂蜘蛛之類的小生物，可以當作環境指標。

下樓只是一轉眼的事，卻像踏入另一個世界，陰氣重得讓我彷彿掉進水裡，渾身痠疼無力，微微感到窒息。

地下室沒有燈光——照明可能早就壞了，手電筒強光掃過我的臉，我本能閉眼躲閃，再張眼時刺激的光線已經移開了，刑玉陽等人站在一面牆邊，那裡應該就是密室入口。

「蘇小艾，妳下來做什麼！」刑玉陽果然開罵了。

「刑學長，那個司機用槍抵著我，逼我過來看情況，你們有意見去一樓和他說。」

漏水天花板滴落一滴水，碰巧滴在頭上，我差點就跳起來了，趕緊用手在頭頂一陣亂搓。

「可惡！等等我再去教訓那個混蛋！」

我舉雙手雙腳支持刑玉陽，護短的學長就是帥！

「反正我都下來了，能怎麼幫忙你們說吧！蛇靈現在應該快變妖怪，火燒螞蟻狀態下沒空在意我是女的，應該啦！」我攤手說。

「當前是必須開門，裡面是結界。」聞元槐指著生鏽的鐵門說。

「你的守護神沒辦法打開嗎？」我說完以後許洛薇跟著露出小人得志的燦笑。

「我已經說過，那是簡單粗暴的力量，我不想和蛇靈起衝突，而且可能會破壞珍貴的法器。」術士不厭其煩地解釋。

「我們也只會簡單粗暴的方法哦！我來試試吧！有鑰匙嗎？」如果門鎖生鏽卡住，當務之急應該要快點弄罐潤滑油。

刑玉陽將一把繫著繩子當作項鍊的鑰匙丟過來，我兩手一拍才沒漏接。

我期待地將鑰匙插入鎖孔，很順利，左右轉一轉，喀啦一聲鎖開了。

「……」眾人看著我的眼神很玄幻，陶先生更是瞪大眼睛連舌頭都快要吐出來了。

「你們是不是太用力？對付老鎖有時候要用巧勁……」我話還沒說完，刑玉陽就大步將我揪離門邊。

「夠了，現在馬上給我回去！」

「等等，小妹妹能開門應該是蛇靈希望她參與儀式。」聞元槐道。

「對嘛！我又沒被排斥！」

「蘇小艾用妳的豆腐腦想想！儀式需要妳這個陌生人做什麼？不就是因為妳是處女可以拿來當祭品嗎？」刑玉陽怒吼。

「欸，好像是欸？」刑玉陽的反應眞不是普通的快，我由衷感到佩服。「可是當不當祭品不是那條蛇說了算吧？」許洛薇的爪子很利的。

聞元槐道：「放心好了，神海集團的迎神儀式並不打算犧牲活人，姑且就順著蛇靈的意思如何？這也是爲了救人。再者，別說有危險，光是你們不爽走人，神海集團就會很困擾。」

陶先生先前看我的眼神可有可無，畢竟當時我只是被留在停車場的跟班，現在已升格爲救星二號。

「刑學長，既然神海集團喜歡燙手山芋，我們就做個順水人情吧！這條蛇靈如果變成偏激妖怪到處害人，還不如當家神被供在山上養得肥肥的。」我說。

刑玉陽皺眉，沒再驅逐我，給了大家一點時間做心理準備，然後打開封印鐵門。

一股潮濕腥味撲鼻而來，更讓我意外的是，地下室伸手不見五指，封印舊神體的密室卻一覽無遺、清晰明亮，除了舊神體外空空如也。

七、八塊雕像碎片堆成一堆，上面擺放著一盞老舊銅製蓮花燈，火焰不過半指長，整個房間卻充滿晶瑩祥和的光芒，我頓時明白閨元槐寧願打工十年接近王子易也要弄到手的執著，眼前的蓮花燈法器的確有這個價值。

雖然術士沒解釋寶貝功效，我大致推理得出來，能創造結界又能安撫蛇靈，應該是和鎮魂有關的強大法器，搞不好也能壓制暴走的許洛薇，幫助她維持人性。思及此，我忍不住冒出了劫鏢的念頭。

乍看寧靜的燈光與碎石塊卻透著詭譎難測的張力，這股張力不斷變化，勉強維持著搖搖欲墜的抗衡之勢，我打開門後，蓮花燈火焰也開始搖晃，燈光熄滅後會發生什麼事？不用問也很清楚了。

「怎麼做？」刑玉陽問。

「請你打開白眼看，介紹我們的來歷，並且告知蛇靈我是王子易的代理人，希望我們解除祂和Ｘ家族的契約後，祂能接受神海集團的幫助。然後由小艾妹妹妳引導蛇靈進入新神體。」聞元槐回答完刑玉陽後又轉對我說。

「怎麼引導？」我現實地問。

「從木乃伊身上的洞塞進去嗎？」許洛薇很興奮。

「解除契約時會動用到陶先生和刑先生的血印，如果絕緣書燒起來，表示蛇靈接受談判，儀式成功，那麼請小艾妹妹趁紙未燒盡前放入新神體口中，讓火焰進入神體，再由刑先生呼喚家神的新名字即可。過渡環節的確由處子來做是最妥當的。」聞元槐說。

所以你不是處子了嗎？幹嘛不專心修煉守住最後的防壁？我好想這樣質問聞元槐。這條蛇也是，又不是獨角獸還這麼挑！

「看！我猜對了！」紅衣女鬼靠著我哈哈大笑。

「妳剛剛想的絕對不是塞進嘴巴！」我不敢想像木乃伊金身落在許洛薇手上會發生什麼事？總之是蛇靈和我們都不希望見到的惡劣情況。

「嘿嘿！」

陶先生拿出一張寫了毛筆字的紙與一綹用紅線綁起的女人長髮，刺破手指擠了點血蓋在角落，將紙交給聞元槐，術士端詳無誤後又轉給刑玉陽道：「輪到你了。」

刑玉陽拿出瑞士刀，挑出小刀劃破拇指，也蓋了個血印，那紙文書又回到聞元槐手上。

「這樣就可以了嗎？」我不是不相信聞元槐，只是沒想到這麼簡單，大家說好分手，有證人簽名就算數了？這可是讓蛇靈墮落還咒殺好幾個人的恐怖契約。

「婚約雖然已締結，卻沒有被履行，這一點很關鍵，解除難度相對比較低，封印是×家族連哄帶騙又用法術逼迫蛇靈所致，婚約本身並沒有那麼強的束縛力。」聞元槐說。

石塊跳動得更厲害了，眾人用急迫的眼神催促術士快開始解除舊契約。

「陶呈容女士與白峰主雖已許媒妁之言，終未有夫妻之實，可嘆今生無果。兩心既殊則情意難成，彼此冤家糾葛，血腥塗地造業深重，實乃憾事。陶女士理虧在前，終身愧疚，自言九泉之下已難回頭，來世做牛做馬以消君恨……」聞元槐朗誦到此，地面震動，石堆跟著顫抖，蓮花燈跟著不穩。

地底深處響起一道似嘆息也似怒吼的怪聲，恐怕是蛇靈在呼應那又愛又恨的女人死訊，更多的則是憋不住的飢渴憤怒。

我好怕那盞法寶燈從蛇郎君雕像遺骸上滾下來熄滅，隨時做好飛奔救燈的準備，聞元槐微微前傾，看來和我想的是同一件事。

「繼續。」刑玉陽低聲道。

「今日，陶女士之子代母謝罪，望白峰主大量，冤有頭債有主，勿以血緣譴責子孫，不知君怨、無得君利之無辜者。何不兩忘江湖，隨緣歡喜？陶呈容女士與白峰主緣盡於此，從今爾後海闊天空，願君自由自在，平安康健。」聞元槐讀完絕緣書，刑玉陽凝視著石塊。

「蛇靈點頭了。」

「薇薇，妳看得見嗎？」我問自家的變態好室友。

「好白，好大，好粗。對，祂有點頭，嘴巴還流一些黑黑的東西出來。」

這算公然性騷擾蛇靈嗎？

許洛薇異形變身時嘴巴也會流一些黑黑的東西，我不禁煩惱自己可能眞的得去搶蓮花燈，看來蛇靈和許洛薇的症狀都不是很健康。

「請刑先生用血捻熄蓮花燈火，這樣應該就能解除封印了。接著就是祈禱白峰主夠守信。」聞元槐道。

「刑學長。」我不禁喊了一聲。

這個步驟太危險了，萬一蛇靈趁機攻擊刑玉陽，後果不堪設想，但不這麼做就無法成爲解除封印的救星，此時蛇靈與嗜血妖怪只有毫釐之隔，所謂的恩情不只是替白峰主解開枷鎖，更重要的是，保住祂的靈性才能救今夜在現場附近的所有活人。

刑玉陽非常明白這一點，他沒有遲疑走向蓮花燈。

「蘇小艾，有什麼不對就跑快點，不准管我。」刑玉陽說這句話時眼睛並未看著蓮花燈，而是盯著某個虛空位置，許洛薇也看著同樣的地方，那是我看不見的蛇靈頭部。

「我懂，會跑很快去搬救兵。」我滿心憂慮，但最壞的情況發生時，與其站在原地遭受池魚之殃，立刻撤退求救才是正解，那樣刑玉陽至少還有點希望。

「沒錯，有多遠跑多遠。」刑玉陽說完朝燈芯伸出手。

「薇薇，做好準備，拜託妳盡量幫忙。」我用只有紅衣女鬼能聽見的氣音說。

「那當然。」許洛薇抱胸應道。

「如果我不在妳身邊，也不要狂到變不回來，一定要來找我，剩下的就交給我辦，聽到沒有？不然跟妳絕交。」心裡的難過愈堆愈多，我努力忍住不發出哽咽聲。

許洛薇打不過的，蛇靈可能和溫千歲是同等級甚至更強大的存在，聞元槐剛剛叫祂白峰主，王子易描述蛇靈的強大尊貴時我壓根沒聽進去，直到見識了神海集團人力物力的巨大浪費、承受詛咒者的恐懼、有能術士的親口認證、三代人不擇手段綁住神靈的貪婪，如今我信了，那條蛇……真的是山神啊！

「沒那麼嚴重啦！峰主又怎樣？我公主捏！」許洛薇囂張地說。

應該很怕蛇的許洛薇看見白峰主原形卻沒有動搖，果然是她的心性也受到赤紅異獸影響了嗎？我綳緊全身慢慢喘氣，現在不能哭，更不能示弱，刑玉陽的未來人生就看此一役了！

刑玉陽捻熄蓮花燈瞬間，我驀然想到《天方夜譚》裡漁夫與瓶中魔神的寓言。

有個漁夫撒網沒捕到魚，僅僅撈起一個銅瓶，他失望之餘打開銅瓶，裡頭竟出現了猙獰的魔神，恢復自由的魔神第一件事就是打算殺死漁夫。

漁夫問魔神爲何恩將仇報。魔神答，祂一開始希望給解救祂的人榮華富貴，但一百年過去了，無人回應；於是第二個世紀，祂又發誓將地底寶藏送給救星，使其富可敵國，仍舊沒有人來救祂。被囚禁的第三個世紀，魔神甚至願意實現救星的三個願望，這次祂再度失望；最後，暴怒的魔神決定殺死救出祂的人。

讀到這個故事時，我對這個魔神印象深刻，最近才恍然大悟，這不就是連續殺人狂的心理狀態嗎？

神海集團似乎中了非常可怕的陷阱，沒有任何根據地相信那條墮落蛇靈會知恩圖報，更可怕的是，我們手裡缺乏一個可以將祂騙回去的封印銅瓶。

斗室迅速變暗，我只來得及打開手電筒照向刑玉陽與他身邊那堆碎石塊，石塊冒出大量濃煙開始崩解，刑玉陽的鼻血就像水龍頭打開一樣嘩嘩地流，染紅了下巴與前襟。

「刑玉陽！快離開那邊！」我幾乎是尖叫。

他跌跌撞撞地後退幾步，臉色蒼白，用力在口鼻一抹擦掉血液。

白霧並未飄出密室，反而在我們周遭纏繞流動，我感覺到像海浪般的阻力，雖然沒有實體，但想脫身也很困難。

與霧氣相連的則是某種腐爛體液般的惡臭。

陶先生的×家族承受的詛咒是宛若被無形繩子勒緊脖子，環頸潰爛大出血而死，這種死法會不會和蛇靈墮落的腐爛姿態有關？這條白蛇當初也是被困在地上動彈不得，被迫做壞事，才出現由神明轉墮妖怪的變化。

單純強大的蛇靈長久匍匐於污穢之中，獲得解脫後第一件事，不是填飽肚子就是殺戮洩憤，甚至綜合起來吃幾個人也沒啥好意外。

「聞元槐！你在哪裡！騙子！」我一分神，術士居然就躲進霧裡看不見了。當然，原本放著蓮花燈的位置也空空如也。

這個術士從頭到尾都知道迎家神不可能成功，卻還配合演出這齣戲，根本只是想趁亂偷走法器然後逃之夭夭，就算賠上刑玉陽的命也無所謂！

Chapter 09 / 乾坤一擲

密室明明就那麼丁點大，用手電筒光線亂掃卻照不到聞元槐，我就守在門口準備逃跑，沒有人能從我面前經過卻不被我發現，他絕對還在這裡。

術士聲音在霧中飄忽不定，「妳知道王子易幼年時爲何會在儀式現場見到白峰主，他身爲幫凶王灝的兒子卻沒受到報復的原因嗎？」

「不知道！」我怒回。

「當年用在交杯酒上的液體，就是王子易的血，誤食人血也讓白峰主破了戒，因此陷入混亂讓人類有機可乘，如果不想立刻引發妖化，就必須將食血的代價轉爲契約，給予回報。但王灝無意讓自己的兒子和白峰主交易，因此白峰主得到的是沒有履現的婚約與沒有締造成功的血契，也就是所謂已付款未出貨，祂不得不放過王子易與王灝一命，非常聰明的招數。」聞元槐說。

該死！這只是進一步說明白峰主被芭樂票和無良賣家害得有多慘而已！

「你明明知道墮落的白峰主有多危險，把蓮花燈弄到手又怎樣？你不是說過法器沒有王灝後代的同意無法使用嗎？」我扶著刑玉陽，感覺他隨時都有可能昏倒。捻熄蓮花燈到底對他造成何種傷害？

「我在出發之前已經得到王子易的讓渡書和使役符契了，只要將符契放入蓮花燈中燒燬，寶貝自然屬於我。」

「等等！你把王子易害得那麼慘，他還願意幫你？」我不敢置信地問。

「我只是提醒王子易顯而易見的事實——一旦白峰主變成瘋狂妖怪，對吃過血的對象就不會有任何忌憚心理，第一個找的就是過去沒吃完的祭品，只有我有能力保護他。他立刻就乖乖配合了。」聞元槐笑道。

「白峰主要完全掙脫封印沒那麼快，畢竟祂已經被傷得很嚴重，也已經咒殺不少人，滿身污穢，正在蛻變關頭。妳和刑玉陽只要不與我作對，我也不打算傷害你們，從這裡逃出去時間綽綽有餘。這位青年替我滅了蓮花燈已經很虛弱，妳真打算讓紅衣姑娘來扛這一切？」

「或者我把蓮花燈和符契搶過來，逼你幫忙收尾。」我惡狠狠地說。

「符契不在我身上，還有術士不能違背誓言，若妳奪走蓮花燈，王子易只好去死了。」聞元槐重新現身，手裡抓著陶先生。

「你要對他做什麼？」刑玉陽呼吸沉重地問。

「其實蓮花燈只是附帶彩頭，這位——才是我這次任務的目標。」聞元槐不知對陶先生動了何種手腳，他滿臉恐懼地跪在術士腳邊，明顯想逃卻動彈不得。

「不是蛇靈也不是神海集團，更不是那盞破燈，打從一開始，你的目的就是他嗎？不關我們的事卻被你拖下水，你這混蛋！」刑玉陽發出一連串乾咳，臉色鐵青強忍不適。

「不能說完全無關，尤其是晴艾妹妹，妳可以想成我替妳出了一口氣。」聞元槐揚起一抹與他外表年齡不搭的邪氣微笑。

「我又不認識陶先生，你在說啥鬼話？」我被搞迷糊了。

「妳差點成爲生祭法的最終祭品，若說有個人該爲果園雙屍案負責，就是他了。」聞元槐輕蔑地拍拍陶先生的禿頂。

「關他什麼事？」

「陶爾剛很有錢。」聞元槐答道。

我還沒反應過來，許洛薇指著陶先生的鼻子叫道：「花兩千萬買到死者復活邪術的人就是他！早知道我也要買一些防禦魔法存起來預備了！」

玫瑰公主雖然是千金小姐，還是會對打折精品被其他女生捷足先登產生怨念，女人牽扯到稀有商品就是不一樣，瞧她這次反應比刑玉陽還快。

「不能用的法術花那麼多錢買，傻子嗎？」我搞不懂這些有錢人的喜好。

「他可不傻，世界各地轉賣早就翻倍賺回來了，『配方』本身就是一種珍稀商品，陶爾剛將生祭法每個國家只賣給一個買家，害我們過了十年才發現這回事。陶爾剛違反當初說好絕不外洩給第二個人的約定，說起來也是罪有應得。」聞元槐說。

「要收尾可不容易，我十年的青春都花在善後行動上頭，放心好了，沒殺人，只是抹掉記憶而已，不過，始作俑者另當別論。」

「你是誰？賣他法術的人？」刑玉陽再度質問。

「有事弟子服其勞，你只要知道是私人恩怨就夠了。」聞元槐道。

陶爾剛對各國買家都收取天價，唯獨台灣的一對老夫妻，他只賣了六十萬，甚至還廉售一間鄉下農舍讓他們作爲施行邪術的基地，只因陶爾剛看出那對走投無路的夫婦是眞心打算用生祭法復活女兒。

「陶爾剛購買生祭法，自然是爲了用在自己身上。然而生祭法中最困難的是，他該找誰復活自己？顯然不能是個路人甲。」術士吹了口氣。

得知遭白峰主詛咒必死無疑，陶爾剛尋遍一切求生手法，不得已之下，「復活」也是一種選擇，而且居然是所有怪力亂神選項中唯一通過驗證的出路，見過成功案例的他雖害怕詭祕的生祭法，卻心癢癢地將之納入囊中備用。

「當年法力無邊的王灝？當然好，但老術士拿了報酬走人，明言不管後果，後來也死了，既然如此，只有找他的兒子王子易，同屬白峰主的報復對象，兩人是繫在同一根繩上的螞蚱，必須互相依存，陶爾剛支持王子易祖先崇拜的事業也就不奇怪了。」

「王子易用祖先與家神帶來的利益誘惑神海集團，則一開始就是騙局，不然怎麼轉嫁白峰主這個大禍呢？卻沒想到神海集團那邊也是早就看上×家族玩弄神明的好處，明知有危險還是想硬吞這條蛇靈，主動找上王子易，實在是人心不足，說穿了一個願打一個願挨。」聞元槐則假扮成打工仔，有條不紊利用陶先生與王子易的陰謀趁機上位。

「這和便宜賣邪術給譚照瑛的父母哪裡有關？」我愈聽愈反胃。什麼上流社會，全都是謊言和貪婪！

「蘇小艾，他在做實驗。」刑玉陽咬牙切齒說。

「選在台灣方便追蹤，還提供許多好處，譚女鬼她爸媽一定很依賴陶禿頭，陶禿頭就能從頭觀察他們怎麼復活女兒了，畢竟總不能臨時輪到自己才來練習。」許洛薇抱胸說，不愧是盯著警察幹員們腹肌定時追劇的犯罪刑事推理迷。

「沒錯，陶爾剛也答應萬一王子易先死，會用生祭法復活他，這樣的合作關係顯然很穩固，兩人連白峰主的神體都偷出來了，不過知道這個生祭法的人就可以肯定地告訴你，陶爾剛絕對沒能力復活誰，而王子易顯然不想當實驗動物。」聞元槐捧了捧手裡的蓮花燈，似是炫耀戰利品。

我一直相信反派話多死得早的定律，現實中果然沒這種好康，明知聞元槐在拖時間，我方卻沒來幾個救星，只有一群神海集團的忠犬司機和雜魚，還不知聞元槐準備拿他們當妖怪的餌食，好讓自己趁機脫身。

「家師二十年前因爲某個原因急需一筆現金，只好違背師門誓言將生祭法告知一名毫無法力的凡人，沒想到這個凡人卻把生祭法賣給更多陌生人，這讓違誓一次的有限代價變成了致命反噬。」聞元槐居然眞的說了整件事來龍去脈。

「不得已之下，家師只好按照老規矩，對這個男人復仇，好寬慰祖師爺的怒火，但老人家又覺得這件事很煩丟給我處理，美其名曰試煉，要是我不能處理掉陶爾剛，家師就會因自己發的毒誓逆風而死。」

「眞的有這麼嚴重？」老符仔仙也不敢違背他當初學法術發的毒誓，莫非這類毒誓就像蠱毒一樣違規就發作，註冊綁定生前死後長效持久？我盯著聞元槐，這個術士十分惡質，但陶爾剛也不是個好東西，目前情況擺明是黑吃黑，正如聞元槐所言，我和刑玉陽趁機溜走才是聰明的選擇。

「家師功力深厚，被咒誓折磨雖然一時半刻死不了，但脾氣一上來吃虧的都是我，現在各位明白爲何在下得努力逆境求生了嗎？」術士聳了聳肩，語氣無奈。

現在我懂了，王子易為了自救，陶爾剛為了救女兒，術士則為了救他的老師兼圖利自己，這些人拿神海集團當賭桌彼此博弈，刑玉陽的生父楊鷹海做了莊家，結果術士出千，王子易已經出局，陶爾剛也即將完蛋，我和刑玉陽變成任人翻來翻去的撲克牌。

「不，我覺得你活該。」許洛薇猛然發言道。

聞元槐看向許洛薇笑出白牙，我雞皮疙瘩都蹦出來了。

「紅衣小姐有何見教？」

「你都有辦法對王子易這樣那樣，直接對陶禿頭動手不更乾脆？」許洛薇被錯綜複雜的復仇劇弄煩了。

「這不符合為師父解咒的要件，我派復仇主旨是，目標愈慘愈好，討回的利息愈多愈好，加上陶爾剛和白峰主仍有不完全的契約存在，不宜打草驚蛇，陶爾剛本人也相當警戒，若非今日要迎家神，他平常躲得和下葬沒兩樣，別忘了被偷走神體的×家族比白峰主還想令他死。」

聞元槐說完，陶爾剛發出一聲響亮慘叫，隨即倒地蜷縮，像毒癮發作似地瘋狂顫抖，術士也在這時鬆開箝制禿頂男人的手，任他癱軟出醜。「薇薇，那傢伙對陶爾剛做了什麼？」我連忙問許洛薇。

「看不清楚，好像是從他身體裡拖出糊糊的東西，然後塞進一堆黑色團團裡。」許洛薇費力地形容。

「我聽不懂啦！刑學長，你看見了嗎？」我正要換人問，轉頭卻感到一陣風掠過身側，刑玉陽已經撲向聞元槐。

「你這混蛋！居然把生魂強行拖離人體！」被看不見的力量擋在術士之前的刑玉陽痛罵，感覺上他像是被纏住或抓住了！

「我其實沒要殺他，這就像大腦手術，你可別害我下手出了意外。」聞元槐語帶警告。

「你給我住手，把魂魄放回去！」刑玉陽吼道。

「我派不信奉三魂七魄的數量說法，不過，籠統地說，我取走了相當於二魂的分量，剩下的魂魄要當個『活人』還是沒問題。」

「你是指廢人或瘋子吧！」我跟著叫喊。

「話說在前頭，以前老規矩是滅門不留活口，但家師說時代變了，不需要凌遲火烤，只要在咒誓能容許的最低限度內復仇即可，這個下限因人而異，如同生祭法，能力愈低落的人必須付出愈多的代價，反之，家師與我不需要殺人也能復活死者和對抗咒誓反噬。」聞元槐並未住手。

我從刑玉陽迅速黯淡的表情猜測，聞元槐已經達成目的，陶爾剛完了。

刑玉陽雖然一天到晚要我獨善其身，但他還是有條底線在，就算是惡人也該公平地接受審判，得到贖罪的機會，我們不想看到陶爾剛有這種下場。

聞元槐的守護神似乎是種隱匿性非常高的危險存在，我根本看不見，刑玉陽白眼看得很模糊才會中招，許洛薇沒冒出形容詞，應該也是看不清楚，但它居然可以和實體作戰，而且是擋下刑玉陽！光是這一點就令人發毛。

生魂離體是非常嚴重的事，前陣子我才遇過一個容易離魂的女生，林梓芸和我一起差點都被果園雙屍案的死者當作祭品，當時許洛薇就警告我，魂不附體一旦肉體被搶佔就完蛋了，不是只有惡鬼會附身，我在老家也見識過想弄死活人的邪惡精怪。

「薇薇，妳去幫刑學長，那個術士由我來！」不能再坐以待斃了。

「ＯＫ！」許洛薇朝我比出大拇指。

要是許洛薇和刑玉陽聯手能擋住聞元槐的守護神，那個術士不就是我的俎上肉了嗎？我思及此立刻冷笑衝向聞元槐。

大外刈！新手與老鳥的最愛！我想都沒想就抓向術士衣領。聞元槐見我發動攻擊愣了一愣，但在我指尖碰到布料的同時伸手一撥，同時側開身體。

儘管聞元槐動作有些僵硬導致出力過大，但那不知是太極還是別種中國功夫，明顯是練家子的反應，我心中暗罵，再抓一次，其實是做個假動作，打算攻他下盤用小內刈弄倒再纏住他勒個半死，聞元槐卻沒上當，手掌一翻指間赫然多出一張黃符。

聞元槐挾符揮來，我嚇得一縮，生怕又被他下咒，聞元槐趁機越過我跑出地下室，許洛薇在我身後「啊啊啊」叫得像放鞭炮似的，我不得不先關注那邊。只見紅衣女鬼右手化爲開山刀，對著空氣亂砍，我則在她的刀刃軌跡間隱約看見像是觸手般的滾動黑氣。

針對刑玉陽的束縛鬆動些許，但他臉色已蒼白到了極點，還能站著沒昏倒根本就是奇蹟。

許洛薇忽然停下揮刀往後跳開，不像向來遲鈍的她，更不肖似人類或鬼魂會有的動作，充滿野獸的感覺。許洛薇沒發現自己的敏捷有多麼違和，我卻心下一驚。刑玉陽碰一聲摔在地上，我連忙跑過去扶起他。

他像瀕臨窒息般喉音很重，帶著嘶嘶喘氣聲：「那盞燈……那混蛋的式神會吸人精氣……」刑玉陽用瀕臨窒息般的沙啞喉音警告，我差點聽不清楚那句話的內容，目前他的情況太糟了，該怎麼辦？

「我知道啊！用看的也看得出來，現在該怎麼辦？」刑玉陽距離被吸乾就差那麼一咪咪了。

「小艾，那東西超噁心，忽然長出好多觸手！」許洛薇跟著湊到我旁邊挨著，餘悸猶存。

又迅速在我眼中變淡的黑氣竄向倒在一旁的陶爾剛，我則在黑氣完全隱形前及時捕捉到術士的守護神鑽進禿頂老人那一幕，接著陶爾剛身體站起來也跑了。

我正要追上去，卻被刑玉陽緊緊揪住袖子。

「你在幹什麼？他們要跑了啊！」

「我覺得我們也該跑了，可惜他好像不這麼想。」許洛薇嘟起嘴側頭比了比長髮散亂的青年。刑玉陽阻止我去追術士和被他綁架的陶爾剛後隨即鬆手。

刑玉陽又咳嗽幾聲，我擔心他會把血咳出來。他說：「妳們快走！別追那術士，朝不同方向跑！」

「我的力氣還夠扶你一起撤退，沒必要這樣吧，現在是逞英雄的時候嗎？」我搞不懂刑玉陽，他都這副慘樣了還想斷後。

「白峰主現在看的是我。」他平靜地說。

刑玉陽打開了禁錮魔神的瓶蓋。

「他的意思是，無論我們跑到哪，那條蛇都會追著刑玉陽不放。聞元槐故意用他去刺激大白蛇，好讓白峰主暫時沒空找他們算帳，反正刑玉陽吃起來比較補之類。」紅衣女鬼蹲在白霧中雞婆解說。

大概玫瑰公主也覺得現在不說點什麼，心裡實在太難受了。

連許洛薇都懂的事，我豈會不明白？目前別說冒險丟下他去求救，恐怕我後腳還沒離開地下室，刑玉陽就會遭到毒手。不能讓他離開我的視線，我暗中這樣決定了。

「蘇小艾，妳還愣著不走？不是要去求救嗎？」刑玉陽又硬擠出這句話。

我咬著嘴唇，現在只能看誰更倔強，幸好刑玉陽已經沒力氣把我丟出去了。

忽然有股仰天大笑的衝動。

比起和即將甦醒的墮落蛇妖面對面，我居然更害怕刑玉陽死掉這件事。

「現在不能走，刑學長你如果不能活著清醒地跟我們一起回去，我至今做過的努力就白費了。」我也說不清楚，但刑玉陽的存在很重要，因爲有他在，我相信冤親債主是可以對抗的，許洛薇的古怪變化總是有解決辦法。

他就像一座橋梁，接引不上不下的我在「正常」與「靈異」的兩邊徘徊，哪怕暫時上不了岸，至少我還有立足之地；橋一旦崩塌，我就會摔進深不見底的黑暗。

蘇晴艾不會再向任何活人求助，連擁有特殊能力的刑玉陽都無法倖免妖魔鬼怪的傷害，我沒有勇氣繼續拖人下水，就算心臟會痛到碎成渣渣，也要捨棄一切好不容易建立的羈絆，帶著許洛薇逃亡，直到油盡燈枯或和敵人同歸於盡。

所以刑玉陽必須活下來！

「小艾，我挺妳！」許洛薇感動地說。

刑玉陽氣到說不出話來。我趕緊補充：「當然最好不要留在這裡，到熱鬧的地方把事情鬧大對我們來說更安全。」

「問題是走得出去嗎？」玫瑰公主憂慮地說。

「妳沒自信了？」

「才不是啦！我是怕打起來顧不到你們。」許洛薇盯著碎石堆，霧氣已經濃到在手電筒光線前呈現蛋白色，我、許洛薇和刑玉陽必須挨在一起，只要離開一步就看不到對方了。

我用力抹掉溢出眼眶的淚。「薇薇，妳使勁打就對了，我也要戰鬥。聞元槐說那條蛇靈正在變成妖怪的關鍵時期，不能等祂變完！我先上！妳看情況掩護！」

我用手電筒照向碎石堆，勉強找到位置，和霧中無形的力量碰撞推擠，硬是接近碎石堆，用力一踢——「去死吧！」

一股巨大奇特的彈力害我飛了出去，彷彿踢在碩大無朋的巨蛇鱗片，底下是堅韌的肌肉，密室已經被白峰主沒有實質的身體塞得密不透風，我們兩人一鬼擠在裡面，出口雖不遠，卻是寸步難行。

我沒有飛多高就被刑玉陽攔腰一扯撞上他，多少得了點緩衝，同時腦海深處響起憤怒的蛇類嘶嘶聲，令我頭痛欲裂。

接下來發生的景象，我分不清是幻視或者白峰主當真顯形，前方出現青燈籠般的發光大眼，幾乎整面牆大的蛇頭輪廓若隱若現，雪白蛇信像一條細細發亮的彩帶不停伸縮，好幾次幾乎舔到我的膝蓋，許洛薇長髮蓬飛，發出哈氣聲。

墮落的山神已經是妖怪了嗎？爲何祂的顏色還是如此美麗？許洛薇所變的赤紅異獸也一樣，無論外型多麼可怕，都具備某種扣人心弦的特殊魅力。就算被逼到這步田地，我還是沒拿刑玉陽的驅邪法寶和淨鹽水招呼白峰主，連想都沒想過，就像你不會對土地公神像潑水一樣。

我沐浴在白峰主飢渴眼神下，差點不由自主地尖叫，被蛇盯住的感覺真的會手腳發麻動彈不得，朦朧大蛇的注意力集中在我身後的刑玉陽身上，就算刑玉陽覺得蹲跪在女生後面很沒面子，一心想把我推開，蘇小艾在柔道社對拉那麼久，下盤也沒有白練，站不起來的刑玉陽想晃我可沒那麼容易。

「這個人——不可以。」我鼓起勇氣直視白峰主的一雙冷綠大眼。

蛇靈和我遇過的精怪相比截然不同，儘管都有污穢的部分，甚至王爺廟那些被清算的妖魅污穢程度遠比不上白峰主，這條蛇靈依然給我閃閃發光的感覺。

有如裹在腐臭爛泥裡的雪白玉石。

「白峰主，祢看他的左眼，那不是祢能碰的對象，祢不該吃他也不能附在他身上。」爲了不讓刑玉陽干擾，我往前走了一大步，卻踢到一箱硬物，低頭飛快掃了一眼，是裝著金身的行李箱。

「人類，又再度欺瞞吾輩了嗎？」

強大威壓像是十三級強風襲來，逼得我不得不單膝跪地，手電筒一個沒拿好掉了，周身頓時被寒冷與黑暗淹沒，就連許洛薇的鬼火也比平常黯淡，亮度剩下不到一成。並非她今天特別虛弱，而是白峰主的力量將許洛薇的魂光遮蔽了。

伸出雙手往地面摸索，我知道那不是真正的風，精神仍舊被吹得暈頭轉向，我憋住氣轉頭一看，不明白爲何此刻的刑玉陽看起來還是很清楚，尤其他的左眼簡直就像星星，亮得灼人。

白峰主遲疑了一下，雖然只是微不可見的動搖，處於生死關頭的我怎麼可能沒發現？戰鬥時許多感覺總是特別敏銳，我經常處於劣勢揣摩比自己強的對手，每個人攻擊時都帶有某種「意圖」，雖然比不上主將學長那變態的偵測能力，我還是能感覺出缺乏身體的白峰主想鑽契約漏洞上刑玉陽的身。

就和所有無形存在一樣，白峰主非常忌憚刑玉陽的白眼，彷彿那顆能看見眾生的小小眼珠是核子彈頭；一方面又對稀有靈眼湧起貪念，恨不得據爲己有。

刑玉陽的白眼萬一被妖怪吃了，說不定有增加五百年功力的效果，哪怕以訛傳訛，對刑玉陽來說都是致命的麻煩。

許洛薇環抱著我的腰，我有點擔心她會被這股力量吹跑。

「我可以變身了沒？兩條腿眞的好難站穩。」許洛薇小聲問我。

我心裡也很亂，不知該怎麼回答她。我不想讓刑玉陽看見許洛薇的另一面，更不想讓她和白峰主那樣的對手戰鬥，就算最壞的情況我和刑玉陽都陣亡了，我寧可許洛薇獨自逃走也不要比我還早犧牲。

「放棄吧！」刑玉陽驀然開口。

「爾等無力抵抗，吾輩爲何要放棄眼前的祭物？」白峰主說。

「我是說，放棄成爲妖怪，顯然祢無意爲妖。」

「刑學長，這是什麼意思？」我被刑玉陽天外飛來一筆弄傻了。

刑玉陽虛弱的聲音在黑暗中響起：「這條蛇的心燈快熄了，沒有追求力量的野心，連復仇衝動都很少。」

問題是現場氣氛完全不符合刑玉陽的說法，我很肯定白峰主此刻正在迅速妖化，而且之後準備大開殺戒，我那爆炸的心跳聲在狂叫：快跑！現在的我只是強撐著留在原地，更糟的是，想跑也跑不動。

「彷彿吾輩有選擇餘地似的。」蛇靈回了一句耐人尋味的話。

「祢可以選擇不要殃及無辜。」刑玉陽犀利地說。

「那樣誰來爲吾解脫？」白峰主輕輕回了這句心酸的話。

「這條蛇想要被天譴嗎？」許洛薇在我耳畔呢喃。

「好像是。」某種程度上，我對白峰主的錯愕與絕望感同身受，那分明不合理卻血淋淋的現實。

冤親債主怎麼可以無視比例原則代代害死人？人類怎麼可以綁架山神逼祂爲惡，上天卻保持沉默？白峰主對仇人的殺意、犯下的罪孽都是眞的，但祂依舊被人類囚禁著，咒殺了那麼多人，遲遲不見來自上天的懲罰，人命與鮮血就這樣持續累積。

刑玉陽說過惡鬼會再死一遍，墮落爲魙，自取滅亡，但這個過程對我來說太漫長。山神是不是也必須先墮落爲妖，再拖更多人陪葬，直到把這份瘋狂燃盡，一切才能了結？

「祢想解脫就不要造孽！不知道有大苦因緣這種打結方式嗎？說不定很久以後祢和祢害死

的人會轉生成一個家族愛恨情仇樣樣來啊！因果循環，報應不爽，祢以爲現在就很慘了，錯！凡事都有更糟的可能！」我猛然勘破盲點，白峰主最想要的不是復仇發洩，而是解脫，但祂的作爲簡直就像被搶劫的受害者又跑去搶銀行，本末倒置。

「沒錯！這輩子祢詛咒他的女兒，下輩子搞不好祢會和陶禿頭變成夫婦，還要生個兒子還他！」許洛薇熱心舉例。

「許洛薇妳閉嘴！」我只想挽回白峰主的思考能力，不是來戳爆蛇靈的脾氣。

蛇靈好像真的被許洛薇的話噁心到了，無形蛇身翻滾起來，整間密室空氣變得稀薄，害我跟著呼吸困難，刑玉陽也沒好到哪裡去。

「祢姑且忍忍，相對地，我們想辦法爲祢伸冤討個公道，如果不行祢再崩潰也不遲，只要緩幾天？好不好？」我滿頭大汗面對蛇首祈求。

白峰主終於正視我，這個舉動帶來的壓迫感害我險些變成石頭。「吾輩不相信人類，可以給爾等時間，但我要離開這處地方，這個打破封印的男人可以爲吾所用。」

「不行！」我想也不想拒絕。「我們要靠他的能力向上申訴，刑玉陽可以看見神明的窗口，而且神海集團幫祢準備好容器了！祢不需要相信我們，就當被騙一次，反正祢也不在乎了不是嗎？但是我很在乎他，我希望他不要被異類附身，半次都不行！」

我被冤親債主附身過，那種失去自我與被侵犯的感覺如今回想起來還會反胃，刑玉陽非常保護自己，他用「虛幻燈螢」的存在和許多努力成果強調著「我就是我」，而我則嚮往這份堅持。

「沒錯！雖然我不想上他，但我也不能忍受白目被蛇上的樣子！」許洛薇明明也想保護刑玉陽，但她的眞心話爲何還是這麼欠扁？

「白峰主，祢不也堅持到現在還沒完全變成妖怪嗎？那個同樣利用了祢的術士混蛋說祢撐不了幾天，祢不想證明他錯了？如果還自認是神明的話——」我從剛才在黑暗中打開的行李箱裡，取出刑玉陽祖父金身舉在手上，用力朝白峰主丟過去。

「——就不要讓我們看不起祢！」我含淚吼出這句話。

黑暗中響起一聲巨大嘆息。

密室裡的壅塞感瞬間消失，過了一會兒依然沒有新動靜，我摸索著好不容易撿回的手電筒，雖然一回頭就能看見刑玉陽，我卻沒有勇氣馬上確認他是否還是本人。

「刑學長。」

「我在。」

「你還好嗎？白峰主是不是入到那尊金身裡了？」

「我想是這樣。」

我用手電筒四處照了照，密室裡還有些薄霧，但那股原本呼之欲出的毛骨悚然已不見了。緊緊裹著白綢的金身看似一個繭，拿起來很輕，冷靜下來後我才意識到自己剛剛把刑玉陽祖父的遺體如同甩垃圾袋般扔出去，這真是太糟糕了。

無論如何，我們總算爭取到喘息空間，當務之急是離開地下室，白峰主會加速惡化和這裡的環境脫不了關係，說不定這也是聞元槐的陰謀之一，如今我已經知道王子易和陶爾剛都是法術廢柴，術士要從中作梗想必很容易。

我正要壯著膽子將金身收回特製行李箱，刑玉陽卻搖搖晃晃地站起來，堅持親力親爲，雖說刑玉陽不認楊鷹海這個生父，楊思柏的金身仍是他的血親，這樣想過後我沒有妨礙他。

想斷絕關係是一回事，刑玉陽的感覺應該也是非常複雜吧？

閃過許洛薇變身危機的我大大喘了口氣，接下來怎麼離開又是一場硬仗。

「去追聞元槐，神海集團的人沒那麼容易放他走，何況他還帶著陶爾剛。」刑玉陽說。

「對喔！」剛剛我還擔心拿槍的司機和附近的埋伏者，現在看來他們也發揮了魚網功用。

「坦白說我覺得那些人可能抓不到那術士，頂多拖住他一下子。」許洛薇可能是我們之中最能察覺術士能力高低的成員，畢竟她不是活人了，對「那一邊」的力量更敏感也看得更多。

「好！我們追。」我牽著許洛薇就要衝上樓梯，被刑玉陽揪住後領。

「不准先跑！一起！」臉色雪白的青年怒道。

「刑學長，你和白峰主不先找地方休息？」

「想擺脫神海集團就要趁現在。」刑玉陽的意思是利用逃跑的術士打頭陣，我們也趁機渾水摸魚開溜。

「你不把金身帶回神海集團？」

刑玉陽冷笑一聲。好吧！我明白了。

「不幫這條蛇討公道？」他垂著眼看我。

「要幫要幫！」原來刑玉陽臥薪嘗膽就是爲了挑選最佳時機婊神海集團，他早就知道口頭拒絕沒用，釜底抽薪才是治本辦法。

「接著術士之後我們也背叛神海集團的感覺讚啊！」許洛薇太喜歡這個策略了。

我們上到地面時，公寓入口空無一人，聞元槐帶著俘虜經過後，神海集團司機不可能還留在這裡堵我們。經過上次學長們被跟蹤狂開槍後，我對槍枝還是餘悸猶存，何況那司機威脅我的方式太內行，又有練過射擊，一旦對戰佔有絕對優勢，實在很卑鄙。

趕到停車場時，卻看見屍橫遍野的畫面——這麼說是誇張了點，按照術士的作風他應該沒殺人，但把將近二十個追兵都放倒了，正從司機身上摸出車鑰匙打算駕車逃逸，刑玉陽猜他會利用車輛逃跑果然沒錯。

見我們出現，聞元槐也是一愣。「這麼快就出來了，你們如何說服白峰主？」

「閉嘴，把鑰匙丟過來我就告訴你。」我說。

「那可不行，其實我不在乎你們怎麼脫困。」術士一露出真面目後，連說話方式也極度欠扁起來。

「在你發動車子前，我就會把你拖下車揍成豬頭。」術士或陶爾剛，我至少要留一個下來，我受夠活人被惡鬼或術士帶走恣意玩弄的事了！既然聞元槐是為了陶爾剛而來，至少我要破壞他的計畫！此刻聞元槐的守護神在控制陶爾剛，倘若聞元槐要調動守護神戰鬥，我就讓許洛薇去防守陶爾剛，表面上我們可是完美達成神海集團的委託，就算逃不出去也不會像聞元槐擺明撕破臉被抓到代價慘重，現在誰更趕時間不言而喻！

「若你們再晚一分鐘趕到就完美無缺了，不過，其實有個告別的機會也不賴。」聞元槐以食指勾住鑰匙轉圈，仍往高級轎車走。

「站住！」刑玉陽沙啞一喊。

「不如我拿個人和你們交換，畢竟孤軍作戰很不利，為了確保退路，這次我難得也找了外援。」聞元槐手上多出摺成八卦狀的黑色符片，被他用手指往上一彈，在空中自動燃燒，劃出一條流利火線落在我腳前，迅速化爲灰燼。

「按照談好的條件，現在『你』可以自由活動了。」

轎車後方的黑暗中走出一個高大男人，我發出驚喘，刑玉陽腳步凍結。

「……主將學長？」

Chapter 10 / 英雄亦凡人

主將學長熟悉的五官在停車場燈光照射下毫無血色，惡毒眼神與毒蛇般盤踞在嘴角的獰笑完全破壞原有的帥氣，他用單手抓著臉，發出「嘻嘻嘻」的尖銳笑聲，彷彿我們的驚恐反應大大逗樂了他。

和記憶中一模一樣的腐臭腥氣，讓我不受控制渾身顫抖，上次聞到這陣臭味時我站在樓頂邊緣全身幾乎懸空，正要跳下去。

我全身細胞都在瘋狂尖叫，是他！就是他！不只是氣味，還有一股撕扯我的古老情緒，是代代相傳的血緣帶來的影響嗎？別的鬼我還有可能認錯，唯獨蘇福全，只要他一接近，我絕對認得出來。

「不會錯的！那是我的冤親債主！」我用力挺直背脊，絕不示弱。

刑玉陽沒見過蘇家的瘋狂惡鬼，只聽我描述過相關情報，不過已經夠他充分認識蘇福全的危險性了，此刻他抿唇不語，表情憂慮，和我同樣投鼠忌器。

「爲什麼你可以附在主將學長身上！蘇福全！」

冤親債主不正面回答，炫耀地抬抬腳揮揮手測試控制程度，然後從褲腰帶抽出一把螺絲起子把玩，此舉令我血液逆流，不管冤親債主把螺絲起子插在別人或主將學長身上都會造成嚴重後果，我光想到這隻鬼的惡毒伎倆就快發瘋！

約七個月前冤親債主第一次找上我，許洛薇卯足力氣抓他一下，看上去讓冤親債主受了重傷，最主要是造成震撼效果，讓蘇福全認知到許洛薇在我身邊守護的事實，過去他害人自殺的惡劣手段，對刻意提防且有強力鬼室友和學長護航的我已經沒用了。

然而，這段時間我忙著建立保護網努力變強，蘇福全同樣也在構思新的陰謀詭計與傷害我的方法，雖然不知他怎麼和術士勾搭上，卻是有備而來。

心燈亮到如同燈塔般的主將學長無聲無息淪陷，術士用我的冤親債主挾持主將學長這招，直接鎖死我和刑玉陽的行動。

「有我幫忙呀！晴艾妹妹，妳的學長可真是個棘手人物，幸好他不是毫無空隙，多虧你們了。」術士笑答。

他說「多虧我們」是什麼意思？我隱隱覺得哪個環節出錯了，卻找不出問題所在，只知這個術士布局精細，恐怕我們更早以前就著了他的道。

刑玉陽作勢欲衝上去，被附身的主將學長卻擋在聞元槐前面；術士徐徐然打開車門坐上駕駛座，陶爾剛則爬進後車座蹲坐著，動作依然不像人類。

聞元槐贏了，主將學長被我的冤親債主附身，誰還有空理他逃去哪裡？

「只是被附身的話，打醒就好了。」刑玉陽盯著主將學長說。

我懷疑黑衣人躺滿地這件事也有主將學長的手筆，術士怕萬一法術出差錯無法同時制住這堆保全人員，自然要找個盾牌或自動武器降低施法難度，但我無法忍受他們這樣利用主將學長，眞是要氣瘋了！

引擎發動，我卻莫可奈何，眼睜睜看著聞亓槐帶著人質和戰利品遠颺。

此時我們全副身心都警戒著潛入主將學長身體裡的蘇福全忽然發難，並且對完全變了個人的主將學長興起強烈攻擊衝動，可是……多年累積的畏懼本能讓我只要在柔道場遇上主將學長就做好落地準備，因爲一定會被慘摔，攻擊嘛，通常是主將學長想殺時間我才有機會出手。

「蘇小艾，一起揍他。」刑玉陽難以忍受主將學長繼續被玷污，狠心下達戰鬥指令。

刑玉陽顯然無法打了才會讓我加入，他這句話只是讓我意識到雙方戰力懸殊，蘇晴艾要和大學時代的社團夢魘一對一了嗎？

冤親債主樂於傷害我以及我所珍重的親友，我不想給蘇福全近距離羞辱刑玉陽的機會，只有自己上場這條路。

「刑學長，我沒可能打贏主將學長，但薇薇會幫我揍那老鬼，我爭取點時間換你去求救，拜託不要再死撐了，這樣做對我們都有好處。」我抓著刑玉陽的袖子用力強調。

「緊張什麼？既然鎮邦被附身，妳一定能贏，因爲現在這傢伙只是柔、道、門、外、漢。」刑玉陽拍拍我的肩膀說。

「欸！真的嗎？」怎麼有種中了頭獎的感覺，我頓時信心大增，挽起袖子剛走出兩步又發現不對。

「等等，你能保證神海集團的人都是聞元槐一個人摺倒的嗎？如果不是，就表示主將學長的柔道技能還在，而且聞元槐自己承認有動手幫我的冤親債主，主將學長應該不只被附身這麼簡單，他一定還有中符術之類。」一扯到主將學長，我的警覺性完全回來了。「你用白眼看過後情況到底怎樣？我不相信主將學長會被完全附身，這種荒唐事你信嗎？」

刑玉陽頓了頓，他也一樣不信。

「他的心燈雖然有些陰影，但還是比常人亮，照理說鬼魂應該附不上去，除非有憑依物或媒介。」

「只能先打倒主將學長再搜身了。」我悲觀地說。

我有過被冤親債主附身的經驗，就像變成植物人，身體會自己動起來，我自認還是挺清醒的，就是沒辦法使喚身體，但在那之前有一段意識不明的空窗期，我想知道主將學長目前到底真的陷入昏迷，抑或身不由己？

無論如何，這場戰鬥勢在必行。

「我來動手，妳引開他注意力拖延時間就好。」刑玉陽很堅持。

不，我得自己打倒被附身的主將學長，但這句話我可不能說給刑玉陽聽。

「好！」我深呼吸。

「早知道我應該帶小花來的。」許洛薇懊悔地說，她看出我真的要拚命了。

「如果蘇福全離開主將學長的身體，或者露出可以硬拖出來的部分，薇薇，就拜託妳了，這次再怎麼樣都要剁碎。」我囑咐紅衣女鬼，她無奈地點頭。

對被老符仔仙附身的吳法師我們可以綁起來讓玫瑰公主直接砍鬼，但對象換成主將學長我卻不敢這樣，唯恐留下後遺症，比如鬼汁污染魂魄，或讓主將學長也和冤親債主結下孽緣，必須慎之又慎。

「主將學長，你在聽嗎？」我小心翼翼地接近並呼喚，可惜回應我的還是冤親債主的猙獰表情，我在離他約七步的位置停下來，換了個口氣。「蘇福全，你這樣做有什麼好處？」

「嘻嘻……嘿嘿……」冤親債主貌似無法對話。

無論是主將學長的附身難度讓蘇福全無法控制他發聲，還是如刑玉陽推測過的，惡鬼會因業障退化，導致無法維持意識與形體，總之看不到談判的曙光。

我衝向主將學長，他忽然雙膝微蹲兩手張開，面無表情地盯著我——這是真正的主將學長的備戰動作，但他認不出是我？主將學長可能中了幻覺之類的符術，分不清楚現實夢境，他雖然面向我，目光卻沒有交集，彷彿他在一片黑暗或迷霧中警戒著接近自己的敵人一樣。

「蘇小艾，危險！快回來！」刑玉陽能分出好友意圖攻擊與保持防禦的細微差別。

反正也來不及煞車了！我沒聽刑玉陽的忠告。

主將學長大步向前抓住我後領的同時，我衝進他懷裡揪住前襟，這時只能比誰更快！我得在他掃我腳或大外刈前搶先過肩摔，降低重心對我有利，摔不過也能拖延時間，說不定他被冤親債主影響沒那麼靈活，我就有機會了！

以上是我原本決定的戰術，結果遇上以本能行動的主將學長立刻化為颱風中的衛生紙，我根本來不及破勢轉身，一股強勁沉重的力道已經讓我歪了半邊，拖延時間的打算也成泡影。

「嗷嗚！」我下意識發出了每次被主將學長摔飛時的怪叫。

主將學長一僵，力道忽然鬆開，電光石火的空檔我藉著用力一扯恢復平衡，隨即以手肘抵住他胸部，另一手抓住袖子旋轉彎腰將人往前丟。

奇蹟出現，主將學長居然連重心都放掉，沒有任何抵抗被我摔出去了。

「砰」一聲紮紮實實的背負投，我不敢大意，順勢從後方鎖住主將學長脖子，上次針對神棍色狼進修的寢技幸好有派上用場，這一摔卻把主將學長又摔回了冤親債主。

「刑學長快來幫我！」要是主將學長此刻早就掙脫了，但冤親債主用主將學長的身體胡亂掙扎我也不敢死命勒。

「繩子！繩子！」許洛薇在一旁手忙腳亂叫著。

「繩子沒用，要手銬或束帶啊！」我趕緊補充。

刑玉陽立刻搜索主將學長口袋，他眉頭一皺，正當我以爲悲劇了主將學長沒帶手銬，他迅雷不及掩耳握住主將學長手腕，喀喀兩聲上銬，解除我的燃眉之急。

我雙手一獲得自由，立刻撲過去坐在主將學長膝蓋上壓住他雙腿，十指飛快解開他的鞋帶再綁在一起打了兩個死結。

「這得有多大的怨念啊！」許洛薇在旁邊感慨地評論。

「妳不懂，主將學長很恐怖的！」我用力強調。

「那妳應該要脫他褲子纏住小腿，這比綁鞋帶要穩，一定跑不動。」

「色鬼閉嘴！」

接下來終於能專心對付冤親債主了。

我撿回扔在一旁的背包，拿出淨鹽水往主將學長嘴裡灌，冤親債主發出嘔吐聲，淨鹽水貌似起了效果，但蘇福全仍然沒離開主將學長的身體，甚至連露出一點點鬼身也沒有。

都是那個該死的聞元槐！我抬頭茫然看著同樣束手無策的刑玉陽和許洛薇。

「小艾，別哭啦！」許洛薇跟著揉了揉自己的臉，彷彿她也想哭。

「只剩驅邪，到安全地方再做也可以。我去找看看有沒有可以用的交通工具。」刑玉陽安慰我。

蘇福全忽然瘋狂掙扎，同時向著我大聲吼叫，我正想塞住他的嘴以免他咬爛主將學長的舌頭，身上的金項鍊忽然散發出前所未有的猛烈陰氣，害我雙腳一軟跪在地上，不得不馬上把金項鍊掏出來以免貼身繼續刺激。

蘇福全一看見金項鍊，眼都直了，啊啊叫著好似哭嚎一般，口水眼淚流了滿臉。

那聲音聽起來著實古怪，說怨恨也不像，但也看不出特定原因，我想到小孩子崩潰大哭的樣子。

「你想要這個？」我第一次問，冤親債主置若罔聞，我不得不提高聲音又問了一次。「蘇福全！你想要這條金項鍊？」

冤親債主總算再度關注我，充滿淚水的眼睛重新綻放出惡毒光芒。

我在心底默默對堂伯道歉，他將這條金項鍊託付給我保管，現在顧不了那麼多，只能事後再請罪。「有什麼怨恨只衝著我來！立刻離開主將學長的身體！永遠別找他麻煩，我就把金項鍊給你！我是說，眞的燒給你！」

我把金項鍊掛到主將學長手掌上，寃親債主隨即死命握住，接著兩眼翻白暈倒。

許洛薇忽然哈氣一聲往旁邊暴衝，她還記得要抓住寃親債主拆成碎片，這一點讓我很感動，可惜她沒變身，動作遲緩之下還是讓寃親債主溜了。

金項鍊發揮意外的驅鬼效果，雖然靠賄賂不太好看，畢竟成功脫困了，我驚魂未定，手腳仍微微發抖。

「符術解開前還是就這樣綁著他比較好。」刑玉陽道。

頂著大雨，我們都濕透了，最討厭被雨彈砸的許洛薇爽快地附到我身上躲避，刑玉陽則蹲跪在主將學長身側。

我打開黑傘替他們遮雨，一支傘能庇護的面積雖然杯水車薪，總比沒有要好。

「鎭邦會中符術，的確都是我們的錯。」刑玉陽這時才攤開緊緊護在懷裡避免淋濕的右掌，掌中赫然躺著一枚紙愛心。

「這是怎麼回事？筱眉學姊也是聞元槐派來的？」我瞪著刑玉陽從主將學長口袋裡搜出的紙愛心，極度懊悔我的多事。

主將學長實在不像會把旅館愛心記錄隨身攜帶的類型，唯一的可能是他中了法術無意識這麼做。刑玉陽拆開紙愛心，日曆背面空白果然用黑藍色墨水畫了一道符咒。

「我想唐筱眉應該是被聞元槐騙了，她想挽回前男友的心，找術士在兩個人的紀念物中施加桃花符，閉著眼睛都能猜到是這麼回事。她直接交給鎮邦，他鐵定碰都不碰，但如果透過心軟的妳轉交，鎮邦就算爲了退還紙愛心也會暫時收下，她就能祈禱桃花符發揮效果。換句話說，她一開始就故意利用妳。」刑玉陽語氣陰森，拿出手機對符咒拍照記錄，然後用打火機把符咒燒掉，儘管如此，主將學長還是沒醒來。

「聞元槐連這層關係都查得到嗎？」我對著人事不知的主將學長猛道歉，眞想把術士折成兩半。

「別人還不一定，但奧運跆拳國手沒隱私可言，加上鎮邦在柔道界也算有點名氣，找狗仔記者或圈內人士打聽，要知道陳年往事並不難，何況聞元槐控制王子易，間接得到神海集團的助力。」

「你們晚點再討論，那個司機醒了，在對白目的木乃伊爺爺做奇怪的事！」許洛薇叫著。

回頭一看，那個拿槍指著我的神海集團司機不知何時打開行李箱，拿出金身扳開嘴唇正打算將可疑液體往裡面倒。

我想也不想拿起另一瓶裝滿的淨鹽水丟向司機，託方才腎上腺素爆發之福，超水準發揮命中司機額頭，他悶哼一聲往後倒，我則帶著滿腔無處發洩的憤怒衝過去，直接上袈裟壓制，不讓他有機會掏槍。

儘管被壓倒在地，司機仍死死握著手裡小小的液體容器，我抽空一瞄，長得可真像健康檢查的抽血試管，在昏暗中蕩漾的深色液體，怎麼看都是該死的血液！

「你想給山神餵誰的血？」我一意識到那司機企圖要做的事，寒毛都豎起來了。

蛇靈會被人類虐待得這麼慘，除了中了美人計昏頭以外，另一個主要原因，就是祂誤食處子男孩的鮮血，這對妖怪非人來說似乎是件很嚴重的事，神海集團現在竟想重蹈覆轍？莫非他們嘴上說要敬奉家神，其實也是想操控白峰主？

不是只有我這麼想，金身附近的空氣簡直要燒起來了。

「現在餵血會讓白峰主直接變成吃人妖怪！你這智障！」刑玉陽一把奪過血液試管扔進草叢。

「刑玉陽！你沒有資格管神海集團的宗祠！我不允許！」司機眼看手裡的王牌消失，發出不甘願的吼聲。

「區區一個司機也配說這句話？」

「你果然不認識我……呵呵……我怎不意外？雜種就是雜種。」

「你是誰？」刑玉陽喝問。

「楊念泉。」

「誰？」

「你大哥！」

「……王八蛋！」

我和許洛薇圍觀這場兄弟相會，玫瑰公主很惋惜沒跟上黑蕾絲妹妹那一場，否則集滿兩次經典畫面該有多棒！我則發現刑玉陽這次沒用英文罵髒話。

接著刑玉陽老實不客氣地用合氣道關節技將同父異母的大哥拷問一番，得知神海集團繼承人猥瑣地喬裝司機的大致經過。

楊念泉是元配所出的合法婚生子，今年三十七歲，照理說，楊念泉正值壯年又從小作爲繼承人培育，理所當然由他接掌神海集團。現實中並非如此，正如錢朵朵說的私生子人人有份，楊鷹海又大權在握，處處受限的反而是檯面上身爲長子的楊念泉。

自古以來，帝王最猜忌的永遠是東宮太子。

「你沒實權，就想走歪路控制新家神？」刑玉陽一句話精準道破楊念泉。

「爲何不能這麼做？我是楊家長子，祭祀權和家神庇蔭本來就是我的！聞元槐也說這麼做是唯一的辦法。」楊念泉叫著。

「你是不是得罪過聞元槐，他想弄死你，你還這麼開心配合？」刑玉陽問。目前術士對神海集團似乎是採撈夠就跑的策略，直到楊念泉對金身灌血，我才發現聞元槐對這個繼承人建議的旁門左道蘊含著殺意。

「我只是綁架過他問出取代你的辦法而已，他不敢說謊，違抗我的代價他付不起。」繼承人不安地東張西望。

「事實上他非常敢，而且會讓你死得糊里糊塗。」刑玉陽揪起痛得渾身癱軟的楊念泉甩到一旁，乍看好像恢復正常，但我知道他還在強撐，連拷問手法都用最省力的動作。

「你在找誰？聞元槐嗎？你連發生什麼事都不知道就被放倒了？他剛剛正式背叛神海集團溜走了，根本不想替你們迎家神，就算把蛇靈帶回翠園，你們也沒有術士顧問能處理這個局。」我對楊念泉說。「說不定他還對楊家的宗祠風水動過手腳呢！再說拘禁山神會有報應，你不怕也該爲家人著想，那是你小孩的血吧？」

楊念泉表情頑固，劉海散在額頭前非常狼狽，仍不願放棄他的野心，承認陰謀失敗。

這時黑衣人陸續醒轉，向楊念泉報告神海集團的車胎都被戳破了，他們是被忽然出現的陌生男人攻擊，並面色不善地看著倒在地上的主將學長。

神海集團的人海優勢回歸，局面又一面倒對我們不利。

「你們幹嘛不去抓術士？現在出發還來得及呀。」許洛薇驀然發言。

「可是他已經開車加速逃逸，我們也不知道他往哪個方向走。」我氣得牙癢癢。

「聞元槐剛剛那麼狂，我實在很不爽，就把他那輛賓士機油漏光啦！」

許洛薇趁其不備用念力轉開機油放油塞，估計聞元槐那輛車開不遠就得熄火了，還可以根據漏油痕跡追蹤。

「妳知道怎麼漏機油？」雖然是犯罪行為，但以其人之道還治其人之身剛剛好，還是要讚美許洛薇的敏捷反應。

「我某任男朋友興趣是修車，我們躺在車底下約會過，順便看他換機油。」許洛薇驕傲地回答，她也算學會一項生活技能。

玫瑰公主記住的不是耳鬢廝磨的甜蜜回憶，卻是怎麼漏人家車輛機油？好吧，這是正常狀態的許洛薇。

「去找輛車追上去！」刑玉陽揪起楊念泉衣領道。

「輪不到你命令我！」楊念泉怒道。

「沒有家神了，不對，應該說從來就沒有眞正的家神，上一個拘禁山神的家族後代正承受毒咒死於非命，神海集團註定會失敗，但你事到臨頭企圖對金身搞小手段，恐怕楊鷹海那老頭會認爲敗局全是你的責任，你還不如快點將功贖罪。」刑玉陽皮笑肉不笑地威脅。

過了兩秒，男人臉色迅速灰敗，總算反應過來目前處境最危險的是自己，唯一的出路是把責任推給叛逃術士。

「快！去找車來！」神海集團繼承人一發話，短短數分鐘內黑衣人就向當地居民弄到一輛中古TOYOTA。

楊念泉正要打開駕駛座，被刑玉陽一把揪起推進後座，黑衣人立刻包圍TOYOTA。刑玉陽按著車門探頭對同父異母的大哥道：「那可是個貨眞價實的術士，剛剛那麼多人都沒攔住他，你帶手下去也只是送頭。」

繼承人一聽蔫了，接著我和刑玉陽把金身收好塞進後車箱，合力把昏迷的主將學長也塞進後座。

「爲何我要和他坐一起！」

「他是我們的好朋友，被那術士下符操控，也算是被神海集團牽連的受害者，當然要帶他走！你幫忙看著，有什麼動靜立刻跟我說，他神智不清時可能會扭斷你的脖子。」我恫嚇完楊念泉後坐進副駕駛座。

楊念泉立刻貼著車門離主將學長盡可能遠一點。

雨停了，空氣中仍瀰漫著嗆人的水氣與淡淡海風鹹味，我不知為何非常疲憊，或許是那條金項鍊還在身上，或許是主將學長的遭遇讓我六神無主，此刻還不能確定他脫險了。

刑玉陽發動汽車踩下油門，TOYOTA加快速度，不到兩分鐘就駛出萬平社區，經過路燈下染有油漬反光的轉彎路口，刑玉陽目光一閃，視若無睹繼續往前開車。

神海集團繼承人滿臉焦慮的模樣似乎讓他心情很好。

「小艾，小艾！那條蛇好像有話要說。」許洛薇從車頂彎腰探頭貼著車窗，畫面有點恐怖，如果她不是我室友，刑玉陽又見怪不怪，駕駛不被嚇得出車禍才奇怪。

玫瑰公主現在技術可好了，趴在全速逃離的車頂上也沒問題，不會再出現從機車上掉下去的糗事。

「手機給我。」刑玉陽說。

「你要找援兵嗎？」楊念泉依言照做後問。

刑玉陽將手機往車外一丟。

「好了，楊先生，勸你不要妄想逃跑，其他問題我會處理好。」

「你、你根本沒打算追聞元槐？」繼承人總算明白他上了賊車。

「我們直接去炭底村，雖然路很遠，但鎮邦和白峰主的事都有必要直接向神明求助。」刑玉陽剛說完，我發出一聲歡呼。

「刑玉陽！你這該死的——」

「閉嘴！我眞該放你自食惡果，但留著你對我還有用。在神海集團這件事上，你與我利害關係一致，我只想單純開咖啡館餬口生活，對你們大財團的狗屁不感興趣，你讓那老頭打消使喚我的念頭，只要放棄白峰主的部分，我會想辦法讓你主掌翠園，那麼愛拜祖先就去拜吧！」

刑玉陽雙手放在方向盤上目視前方道。

楊念泉沒想到會聽見這一席話，眼神複雜沒再回話。

這時，我也從許洛薇那邊聽完白峰主的訊息。

我暫時解開安全帶，半鑽過座位中間探向楊念泉。

「妳想做什麼？」他的反應居然像陷阱裡的兔子一樣。

我翻了個白眼。「只是有件事我想你應該要知道。」

「什麼事？」

「白峰主很想殺你，和神海集團無關，純粹想幹掉你這個人，因爲你剛剛不只想灌祂喝人血，還是污穢的髒血，這是對祂的羞辱。你要不要順便委託我們和白峰主談和解條件？」

「污穢的髒血？怎麼可能？就算儀式錯了，但血液絕對是我親生兒子的！」

「但白峰主反應得就像你企圖拿用過的衛生棉往祂臉上貼。」這是許洛薇的形容，而她向來形容得很傳神。

「這是什麼意思？」楊念泉有點手足無措。

「你兒子應該不是處子了，而且可能感染一些疾病，最好帶他去檢查，及早發現，及早治療。」

「我兒子才小學五年級啊！」他看起來快抓狂了。

「大戶人家有很多黑暗面，你有空勾心鬥角，還不如多關心家人。」我拍拍他的肩膀，誠懇地說。

就這樣，我們在神海集團反應過來前搶先一步抵達崁底村，接著高層角力就丟給蘇家族長，堂伯很夠意思地帶走了楊念泉，替我們省了不少心。這回王爺廟總算接到真正的驅邪委託，溫千歲不太情願地檢查過主將學長後，寫張符吩咐我們和石頭柚葉一起讓主將學長泡澡便能清除穢氣，人就留在王爺廟觀察，之後溫千歲拿著那張紙愛心符咒的列印圖片回去研究。

我不放心昏昏沉沉的主將學長，就算有乩童陪著也不行，決定跟主將學長一起留在廟裡，期間抽空跑跑其他點跟進事件處理進度。

元氣大傷的刑玉陽和白峰主附著的金身被葉伯接回家照料，葉伯還急call孫子過來幫忙；殺手學弟一來，我們這次冒險就瞞不住了，他很失望我跟著刑玉陽一走了之，我則對這次又得求助葉伯一家與媽祖娘娘的關係感到不好意思。

沒錯，白峰主問題已經不是溫千歲或石大人等級能處理，必須呈報給夠分量的神明，讓上頭自己去跑公文，我們渺小人類只能靜觀其變。

□

「你們遇到專門役鬼的術士了。」第二天調查紙愛心符咒完畢的溫千歲說。

「有派系嗎？」我問。

「要說有也是算有，但從來就不有名，勉強要說的話，我們稱它爲『耿派鬼術』。」

「google不到東西。」我盯著手機說。

「南唐時，有位叫『耿先生』的女道士，師承不明，法術高強，尤其擅長拘制鬼魅，連皇帝都被她的實力震撼。女人當家，不用期待歷史評價，能留個名字下來就足證是高手了。簡單地說，這一派特別專精和鬼魅魂魄有關的法術，找受害者問情報比較快。」溫千歲指的受害者當然是被使役的鬼魅族群。

「說得也是。」溫千歲讓他那些鬼使鬼兵找阿飄打聽，幽冥門路果然非凡人所及。

「聽說耿派鬼術只收女弟子，畫符不是用硃砂，而是特殊調配的草藥墨水加上動物血。很多流派都會役鬼法術，但要到能讓死者復活的程度，應該只有這一家了。」溫千歲說。

「可是聞元槐是男人。」不知為何我聽到這個情報反而有些失望，心中隱隱約約的猜測猛然撲了個空，聞元槐就不用說了，氣質特殊的烏鴉小哥怎麼看也不是女人，而且萍水相逢後再也沒有其他交集，眞搞不懂爲何我會那麼在意他？或許是比起聞元槐，那個人給我的感覺更像深藏不露的術士。

所以我和主將學長都是因爲刑玉陽的關係才被術士盯上的嗎？

「呵！之後靜池那小子或許會查出有趣的消息，我問過那麼多鬼，沒有一隻鬼知道耿派鬼術傳人眞面目與所在地，顯然她們非常明白比起活人，對鬼怪更要保密的訣竅。」溫千歲照例不把話說完就走了。

媽祖娘娘的回應很快就來了，我還是第一次看到葉伯起乩，老人沒有搖頭晃腦，也沒有打鼓，只是點了三炷香盤腿坐在板凳上，氣氛非常安靜莊嚴，我又感覺到初次到葉伯家時那種柔和的氣息。

許洛薇睜大眼睛還是沒目擊到媽祖娘娘，只說有一陣很香很強的風颳進來。有趣的是溫千歲和他的手下也不在廟裡，不知是否暫避神威，我還以爲他們會列隊迎接，結果卻是許洛薇這隻紅衣女鬼大剌剌杵在正殿等著刷偶像。溫千歲事後和我抱怨，葉伯應該約在石大人廟，讓海邊那尊有點事做。

我始終沒看過擔任新一任石大人的陳鈺爺爺魂靈，不過殺手學弟和我也去石大人廟報備白峰主的麻煩，問到事情會順利解決的聖筊，總算鬆了口氣。

媽祖娘娘的開示很簡單，要我們天亮後立刻帶著金身前往合歡山，不用眞的爬山，登山口附近隨便停一下就好。媽祖娘娘降臨那夜，主將學長睡得特別沉，葉伯說他醒來後就算徹底淨化了。

「所以說，白峰主從哪來的就丟給該地最大尊的山神負責戒毒療養嗎？」許洛薇托腮問。

玫瑰公主和溫千歲之間不對盤，來自溫千歲的情報她只能透過我轉述。「概念上是這樣沒錯，但會來的不是合歡山山神，那邊因爲有公路通過，不用強行過境其他境主地盤，神明妖怪和道士法師滿喜歡約在那裡處理事情，溫千歲說的。」

趁主將學長還沒醒，又是一輛車浩浩蕩蕩出發，這回是殺手學弟代替葉伯跟著我們去歸還白峰主，並和刑玉陽輪流開車，白峰主堅持不想再被丟後車箱，但我也不想把金身拿出來吸引眼球，退而求其次，行李箱就放後座。

「你的山神老大長什麼樣子？帥嗎？hot嗎？單身還是結婚了？」許洛薇沒問有沒有腹肌，她堅信一定有，畢竟是凹凸起伏的山。

這孩子根本沒想過山神不是人形的可能性。

「……」竭盡全力抑制妖化的白峰主沒回答她。

幸好許洛薇也沒忽略正事，選在這段通往暢快結局的路途中履行我們和楊念泉之間的約定，用聊天談笑口吻與白峰主交涉和解條件，最後敲定白峰主在重新贖罪修行後一切可用錢買到的需求都由楊念泉買單，我和刑玉陽認爲很合理便替他答應了。

反正錢能解決的都是小事！

「老大是哪座大山？透露一下嘛！」許洛薇就是不肯死心。

白峰主被煩不過，擠出一句提示：「有緣自會相見。」

這不是廢話嗎？我和許洛薇同時這樣想。

在沒有外力干擾下，我們順利來到石門山登山口的小停車場，打算爬上這座號稱最快登頂的百岳，展現一點人類彌補過錯的誠意也好，畢竟讓大山神降臨停車場感覺有點不夠氣氛。

照理來說超熱門的路線，沿途沒發現任何登山客，但我們一點也不意外。即將與神祕的大山神面對面，我緊張得心臟怦怦直跳，又對這樣的自己感到好笑，按照常理，凡人根本看不到神明，還不如拜託刑玉陽睜大白眼再問他心得感想。

上到三角點後，我鬼鬼祟祟地打量一番，確定沒有登山客尾隨在後，向刑玉陽比出ＯＫ的手勢。金身被裹在白綢裡，儼然一個雪白的繭，白峰主就棲息在這具死去多年的軀殼裡，靜待審判降臨。刑玉陽解開白綢平鋪於地，讓金身袒露在空氣中。周遭陽光開始隱去，雲層聚集，電光閃爍，有如不可言說的龐大存在正醞釀著怒氣。

白峰主的透明影子從金身中舒展，盤踞整個山頭，的確是有資格被尊爲山神的身量，許洛薇和我站在縫隙中，她驚奇地張望，露出比較的表情，很遺憾地發現自己變身後的尺寸還是遠遠比不上人家。

「一山還有一山高，薇薇。」我提醒她見了白峰主的例子，日後更該謙虛謹愼。

「知道啦！」

最詭異的是，山頂強風一瞬靜止，被寂靜環繞時，我忽然意識到，整件事再怎麼樣都不可能是快樂結局。

白峰主咒殺人類，也被人類折磨得慘不忍睹，但祂將受的懲罰不只這些，選擇將自己交回大山神手上，已經是有了覺悟。

「萬一打雷，人在山頂不就完蛋了？」許洛薇很誠實地表達疑慮。

「馬上下撤，跑快一點？」我開始做熱身動作。

不搞笑了，一旦接觸神靈眾生，總會深深感受到，人類是何等貪婪惡劣的生物，總是強求不該有的交集，把非人的心硬是扯在手裡，就連我也不例外。我看著嘴裡說著好害怕實際上根本在觀光的許洛薇，會不會脫離人身解放獸性對許洛薇才是解脫？我也煩惱過這一點。現代環境開發，到處都是污染和人類，野獸哪裡還有自由的天地？不過許洛薇的異形姿態太詭異，最重要的是，我想要她保持人類的狀態。

「白峰主祂不壞，給祂一個機會吧！」我不由自主小聲替蛇靈求情。

長年苦毒生活，瀕臨崩潰的當下，白峰主最後還是克制住瘋狂，只要有一絲輕慢放棄的念頭，蛇靈就會變爲妖怪，當時連我都沒料到白峰主願意讓步，這種忍死以待的毅力實在驚人。

我仰頭望天，不知是高山稀薄空氣還是勞累加暈車，有點暈眩，頭頂雲層看起來好像飄浮的長髮，隱隱約約有個碩大無朋的人影正從半空俯瞰著我們。

「布薩……來。」那虛空中的稀薄人影彷彿這樣說道，又或許只是我的幻聽。

白峰主倏然飛向空中，直到落入那巨大透明雙手中，我的腦海中忽然想到一雙褐色大手捧著小白蛇的畫面，才不過幾下呼吸空檔，山風又獵獵地撲打身軀，山頂恢復正常，白峰主和那龐大存在都消失了。

「白峰主眞名叫布薩嗎？好像是白色的意思，大山神取名眞隨便。」我順口評論完後猛然驚覺，爲何自己會理所當然這樣認爲？

其他人都一副莫名其妙的表情。「小艾學姊，妳剛剛看到或聽到什麼了嗎？」殺手學弟問。

「好像聽到大山神呼喚白峰主，把蛇靈帶回去了。你們都沒聽到嗎？」但我卻想不起來大山神的聲音特質，好像是許多種山裡的聲音混在一起，總之不是人類或動物的聲音。

「我看到比肉眼視野還濃厚許多的雲層，沒聽見任何聲音，像是在大雨裡，很悶。」刑玉陽說。

「風好大，天空好亮，我被弄得眼睛痠痛張不開。」許洛薇到現在還在揉眼睛。

「我什麼都沒看到，不過感覺某種很大的東西從身邊飛走了。」這是殺手學弟的證詞。

刑玉陽看我的眼神讓我渾身發毛，不太意外但又按下不表的態度，讓我聯想到發現學生漏寫一面考卷卻什麼都沒說的監考官。

「啊，小白在飛走前告訴我，祂回去會被關起來以免失控，然後大山神會告訴祂解除詛咒和贖罪的方法，不用再擔心有人類死掉。」玫瑰公主天外飛來一筆。

要傳音給我和刑玉陽似乎很費力，因此比較複雜的意見白峰主總是透過許洛薇翻譯，蛇靈和許洛薇之間似乎不是用中文對答，而是某種心電感應或異類的喃喃細語，許洛薇和其他鬼溝通時也是如此，這時候我會很不情願地意識到她和活人的差距。

總之，白峰主對這樣的處理方式相當滿意，也很樂意被幽禁贖罪。這是許洛薇代傳給我們的重點。若白峰主變成妖怪，就算最後被天誅或修道者出手鎮壓封印，死亡人數起碼超過上百，由前疫鬼的溫千歲估計災難嚴重度聽起來很有說服力。

「白峰主說不定只是想回到最愛的山裡，遠離邪惡又污穢的人類吧？」我望著壯麗的群峰說。

「大山神怎不在小白被關在地下祠堂時就去救祂，真不夠意思！」許洛薇抱怨。

「可能是這樣不符合山的道理，按照這種邏輯，人類砍樹或毒蛇咬人，全部都會馬上被電了。」我抓抓頭說。

回程沒了禮遇白峰主的壓力，金身又被塞回後車箱，殺手學弟擔任刑玉陽的副駕，我則拿出薄毯將自己裹成一條春捲，躺在後座決心睡到家門口。

豈料再度睜開雙眼時，我卻來到一個完全陌生的地方。

「這裡是哪裡？」我看著四周金碧輝煌的寬敞空間，眼睛被刺得好痛，高級家具電器、壁爐地毯、充滿設計感的燈光、挑高的空間和頂級夜景的玻璃帷幕……這也算某種結界吧？

「我家五星級飯店，這間總統套房一晚六十六萬。」許洛薇斜躺在我旁邊，慵懶托腮露出標準紈褲富二代的欠揍嘴臉。

「誰付錢？」我反射性追問敏感話題。

「當然是神海集團啦！」玫瑰公主燦笑。「免費的話妳一定不住，所以本小姐很機智地附身妳建議我爸的第二祕書，說神海集團答應付旅館費，這次被神海集團強迫吃了不少苦，請祕書哥哥不要客氣來點慰勞，他就分配我們住總統套房了。」

我嘴巴開開，過了好半晌才能說話：「我睡著時發生什麼事了？刑玉陽和殺手學弟呢？」

「這要從妳沒接我媽電話說起了……」許洛薇三下五除二交代了萬年窮鬼蘇晴艾身處總統套房此等異次元的原因。

許媽媽三不五時會找我空中聯誼兼緬懷女兒，前陣子甚至吐露眞心話，他們其實拿我當女兒看，想把來不及給予許洛薇的疼愛轉移給我，我能借住在老房子已經是領受超出本分的恩惠了，婉拒其他好處後也努力回報這份情誼。

奈何許家不缺物質，至少我很認眞地呼應許媽媽的精神需求，每次聊天都捨命相陪，因此許媽媽連續三次都打不通我的手機，過了半天也沒見我回撥，懷疑我出事了，立刻打電話到我最常出沒的「虛幻燈螢」。

正巧戴姊姊到「虛幻燈螢」替花草澆水——她自覺要照顧好恩人的店面，接起來電後，發現是我臨危授命的推薦求救對象之一許家打來確認情況，於是老實地說出我和刑玉陽被神海集團綁架，細節她則不清楚。

戴姊姊當時想必很緊張，我爲自己的任性驚嚇到這名溫婉女子再度感到歉疚。「我的留言明明是說和刑玉陽去神海集團作客，會離開一陣子，請她不用擔心。」

「戴姊姊又不知道白目和楊老頭的關係，一個大財團沒事請你們作客，妳還留言萬一回不來請她報警和找許家求救，正常人都會覺得是綁架好嗎？」許洛薇吐槽。

我回想經過，神海集團的確軟硬兼施逼刑玉陽就範，戴姊姊也不算說錯。

綁架這句簡單粗暴的答案讓許媽媽震怒了，她甚至沒找丈夫出頭，親自殺到楊鷹海辦公室，命令他給個說法。

「楊老頭當然說是誤會一場，他找流落在外的親生兒子談談心，小艾妳硬要跟，他就讓兒子朋友上車了。我媽不信，要求和妳通話，楊老頭藉口他們父子倆約在深山度假別墅收訊不良，妳關機不是他的問題，還抱怨如果不是我媽出現，他正要出發去見兒子，總之一直推拖。」許洛薇非常興奮，大概是沒料到自家老媽也能軋上一角，還是碾壓眾生的戲分。

我的手機在萬平社區時就徹底沒電了，之後沒心思充電查看訊息，畢竟大家都在崁底村，說到底我還是一個很討厭使用手機的人，那時驚魂未定有點逃避現實心態，刻意不恢復手機功能。

「偏偏我媽馬上要出國陪我爸參加一場重要慈善晚會，實在沒辦法，只好緊急聯絡親人出面。還好妳堂伯不簡單，妳之前聊天說過蘇靜池是老家親戚裡唯一比較熟的人，我媽聽過他的名字，還說幸虧是他，事情就不難辦了。」

「妳假扮成我和許媽媽通話了？」我見許洛薇對答如流，好奇一問。

「嗯，不行嗎？」許洛薇有點扭捏。

「我覺得妳應該常常這麼做。」我認眞地說。

「不行啦！太頻繁的話一定會被認出來，超過三次就可能被我媽發現了。」許洛薇在大床上滾動。「小艾別離題，總之確認妳沒有危險後，大家說好在我家的飯店談判，蘇家族長也代表許家追究這次神海集團的行爲，金身的事也得有個收尾。媽祖娘娘建議火化金身，白目去把金身還給神海集團代表，順便解釋迎家神失敗的原因。殺手學弟不想待在飯店，就去找朋友玩了。」許洛薇解釋我們此刻在飯店待機的原因。

關於金項鍊的事，我本來想在路上偷偷燒掉，實現和冤親債主的約定再和堂伯請罪，最後還是邁不過良心那關，我更不信冤親債主會遵守諾言。幸虧堂伯思考片刻後同意我如此做，還說少了一個需要保管的遺物省心許多。

雖然可以理解堂伯想舒壓的心情，這麼隨便眞的好嗎？堂伯說那條金項鍊上面有老母親的執念，那個女人的溺愛造成蘇福全人格偏差，若能一點一點減少冤親債主對蘇家的偏執，可怕的大苦因緣就算解不開，說不定能略鬆一鬆，然而割捨遺物也得看機緣，這次適巧就是個例子。

我在頂澳海邊將事先燒熔成一塊的金項鍊扔進海裡，吹了一會兒海風，然後去石大人廟找陳叔喝海燕窩消暑。

Chapter 11 / 撲朔迷離

我才將專屬管家送來的美食吃到一半，堂伯和刑玉陽就出現了，還有始終聞名未見面的神海集團總裁與他的繼承人，原來我的總統套房就是談判場所。

第一個念頭，還是我家堂伯比較帥。

楊鷹海不愧是刑玉陽生父，他穿著對襟銀灰色唐裝，而非經典的西裝，長身玉立，那明顯成就家族美貌遺傳的模特兒骨架，即便是逾越耳順之年的老人，我依稀產生他就站在牡丹花叢中的錯覺。楊鷹海有著精緻漂亮到近乎女性化的輪廓，連皺紋也只是將五官裝飾得更立體，並增添歲月熟成韻味，楊鷹海並未將頭髮染黑，看上去竟也才五十出頭，是那種只會出現在插畫中的老帥哥。

和刑玉陽一樣，楊鷹海也留著與眾不同的長髮，一絲不苟地披在腦後，一頭銀絲爲他增添了貴族氣息，當然更貴族的是神海集團總裁睥睨眾生的眼神，和刑玉陽站在一起沒人懷疑他們不是父子。

光看外表分明也是禁慾系，沒想到是匹好色種馬，只能說，刑玉陽的媽媽當年栽在男色上摔得不冤。

我很自然地將視線拋向一旁的楊念泉做個比較。

「妳看我做什麼？」楊念泉不悅問，僞司機穿著正經高級西裝看起來果然提升了幾分菁英氣勢。

過去我只在偶像劇裡看過集團繼承人這種生物，許洛薇討厭財經雜誌，她說裡面的男人照片傷眼睛，不如看言情小說更實在，我本來也認爲除了變種千金小姐許洛薇外，這輩子大概不可能認識富豪名流，命運就是這麼奇妙。

然而我對楊念泉卻無法產生誠惶誠恐的心態，繼他扮成司機用槍指著我，以及我用礦泉水瓶砸中他的頭，又把他騙回老家強制作客後，我認爲我們已經算是熟人了。

「你應該是像爺爺或外公對吧？」我露出善意的微笑。

「妳！」楊念泉及時意識到不該在總裁面前和一介平民耍猴戲，緊閉嘴巴傲然盯著虛空，倒是蘇家族長不客氣地笑了兩聲。

儘管只能狐假虎威，但我眞的很高興許媽媽爲我出頭，堂伯的馳援更讓我感動萬分，被這些優秀人物照顧的孩子蘇晴艾，此刻我和楊念泉是同等地位，絕不能表現得唯唯諾諾。

一旁的許洛薇已經孔雀開屏表現得萬分囂張，並遺憾她不能顯形叼著金湯匙給他個下馬威。

「關於聞元槐的下落，念泉，查得如何了？」神海集團總裁讓長子做簡報。

「警廣收到民眾留言在濱海公路上發現有人倒地疑似肇事逃逸，救護車和警察趕到時現場空無一人也無車禍跡象，最近的醫院也沒有目擊證言中的父子檔就醫記錄，119和110都沒有報案記錄，因此警方研判是惡作劇。估計是給這廝逃了。」楊念泉語氣露出一絲不甘。

在場眾人心知肚明，聞元槐利用陶爾剛的身體假裝車禍或急病發作，僞裝成父子上了好心駕駛的車擺脫追捕。

「既然這樣，我也查查這個暗算我堂姪女的術士如何？」蘇靜池好似等著說這句話很久了。

「蘇先生願意出手自然是極好。」楊鷹海微微點頭，氣氛一片祥和。

說到談判，我第一個聯想到的字眼是火拚，沒想到他們還眞的是用嘴聊天。

「關於家神來龍去脈，我已透過晴艾和玉陽這些年輕人口中知曉梗概，勸楊先生莫再強人所難才是，這次貴家族也算陰錯陽差逃過一劫。」蘇靜池口氣斯文，遣詞用字卻隱隱流露強硬。

「事關家父一生執著，鷹海不得不全力以赴。」

「閣下都說是執著，何不乾脆放下？」

「家母因此執著家父的遺願，爲人子者當爲父母盡心盡力。」楊鷹海這句話好像是專門說給刑玉陽聽，後者當然馬耳東風。

我在待機那段休息時間，從許洛薇那得知了不少楊鷹海的個人八卦，想來是許洛薇趁我睡著時扮成我向許媽媽報平安時趁機補充資訊。

楊鷹海數年前才眞正得到神海集團的控制權，在那之前幕後掌權者一直是楊老太太，楊鷹海卻從未要求她放權，原因是他事母極孝。媽媽要他娶誰就娶誰，接哪間公司就接哪間公司，說得誇張點，他這輩子唯一放縱自己做的事，恐怕只有那堆女人和私生子；據說，楊老太太認爲男人風流無所謂，不需要明媒正娶，只要確定是自己的種，資質才是重點。

八卦是，楊老太太出身風月場所，自己是小三上位，楊鷹海不用說也是私生子。我則在崁底村休養時，爲了讓堂伯方便和神海集團談判，盡可能將來龍去脈都說了，堂伯則回我一個驚人的祕辛。

楊思柏父親早逝，母親是續弦的年輕妻子，父親生前就不受楊家族長重視，母親守寡後又與其他男人傳出新戀情，總之，楊思柏從童年到青年時期都備受楊家人嘲諷輕視，但他又不得不依靠家族資源，後來縱使上位成功，也留下了深深的心結。保留金身讓楊家子孫跪拜，說不定是這位老人半生執著成爲家神的眞正原因。至於堂伯居然知道這種家族秘聞，我只能說蘇家的水比我想像中要深，簡直深不見底啊！老爸老媽生前嘴巴實在太牢了，完全沒透半點口風。

說來說去，都是爲了報復。

或許神海集團總裁早就明白上一代恩怨才積極履行楊思柏的遺願，除了孝順母親以外也算爲自家出口氣。我忽然發現自己看不透這個滿頭銀絲的老人，他本人似乎對迎家神沒啥得失心，要信不信的樣子，卻耗費這麼多力氣打造翠園，還親自攏絡當年的術士之子王子易。

「這麼說來，只要能安撫令堂的執著，你就滿意了？」

「是的。家母近年重病臥床，清醒時間不多，唯一的心願就是在死前見到家父的金身成爲新家神。」

「既然如此，我請雕刻名家複製一尊絲毫不差的金身可否？原身如今只是空殼，容易被其他異類入侵佔用。既然媽祖娘娘在白峰主一事上幫忙，希望楊先生也能尊重神旨讓令尊歸於塵土。」蘇靜池淡定地提議。

我忽然意識到，堂伯的影響力說不定源自他已經做過許多回這類談判。

「唔，看來只能如此了。」楊鷹海乾脆道。即使要盡孝，他也不想讓如今已無利處的祭祖計畫反過來威脅自己與集團的安穩。

「那你不需要刑玉陽了吧！」我也知道大人講話插嘴不好，但這師老頭剛才曖昧地閃躲話題，看來還想控制刑玉陽。

「做父親的怎會不需要兒子呢？」他這句話的無恥度讓我大開眼界，不愧是搞定元配和無數小三的花花公子。

「我和你斷絕關係了。」刑玉陽嘴角抽搐。

「家母日後要葬在翠園，此外就算祭祖只剩下虛應故事，好歹祖墳都遷了，事到如今也的確需要專人主祭，我期待的人選與待遇依然不變。」楊鷹海說。

「我的回答仍舊是：不。」

「那我只好放你繼續自生自滅了。」楊鷹海走到刑玉陽面前，端詳這個最叛逆的私生子。

「請務必這麼做。」

兩人身高體型相仿，面對面站著時血緣關係如此明顯。

「湛璽的孩子都長這麼大了。」楊鷹海冷不防伸手摸刑玉陽的頭，他話裡那充滿愉快欣慰的語氣連我聽了都陷入呆滯，難怪刑玉陽一時忘記躲閃。

「不想來神海集團的話，你就負責去實現我的夢想，一輩子沒沒無聞，在底層掙扎求生吧！不過可別當個和尚！」

這種讓人莫名不爽的說法是怎麼回事？但楊鷹海出乎意料地放手，反而有種我們都被他玩弄了的錯覺，連杵在旁邊的楊念泉亦是滿臉錯愕，他似乎是初次看見父親露出這一面。

楊鷹海此刻表現得有點小幽默，但我認為他的本性應該相當冷酷無情，否則不可能駕馭如此龐大的集團，相比之下這個男人的子女反而比他有人味，就連那個討厭的黑蕾絲妹妹都更好理解。

「小艾，快問他給我們的賠償是什麼？」許洛薇不停拉扯我的袖子。

這種氣氛讓我怎麼好開口？而且總統套房住一天算撈回本了。

這次談判順利落幕，很多地方雙方事前早有共識，我眨巴著眼睛目送楊鷹海約堂伯到相熟小酒吧喝一杯，堂伯非常有紳士風度地答應了，楊鷹海還說大兒子會負責開車，難怪繼承人對司機業務很熟練的樣子。

楊鷹海打算離開，我起身相送，同時在心中歡呼談判結束送走大咖們後就能專心享受總統套房。

楊鷹海停在我前面低頭打量，我頓時渾身冒雞皮疙瘩。

「沒想到小陽的朋友是靜池堂姪女。」

「你和我堂伯本來就很熟？」居然直呼其名，世界很小嗎？

「不，今天第一次見面。」

原來是有錢人的社交基礎技能。

「然而，家父曾經求見過蘇湘水先生，請他就繼承人方面給予建議，最後家父選了我，臨終時告誡我和這個家族的人打好關係。原則上我對蘇家人很有好感，日後也不會爲難妳和妳的朋友，就當替我的孩子們結個善緣，請妳別將神海集團的唐突放在心上。這房間若還喜歡可多住幾天，一切開銷由我負責。」楊鷹海也摸摸我的頭，毫無預警爆了我高祖父的八卦。

靠祖先庇蔭什麼的……眞是太爽了！我還沒自戀到認爲自己擁有被神海集團總裁賞識的能力，能夠得到他一句放生的保證就夠了。

「既然那老頭都這麼說了，妳就使勁花他的錢，我先走了。」刑玉陽正要邁開腳步，我趕緊扯住他的袖子。

「你要去哪？反正房間很多一起住嘛！明天再回『虛幻燈螢』才不會那麼累。」我以爲刑玉陽打算回家熬夜整理店面，準備明天準時營業。

被刑玉陽捏住手背的皮，我不得不苦著臉鬆手。

「我要去找朋友探探江湖情報，說不定有闖元槐的蛛絲馬跡，晚點再去接妳堂伯，確保他到安全地點。」刑玉陽是有來有往的性格，自然不會任長輩幫忙奔波卻沒有任何表示。

「噢，你有道上朋友，當然要打聽一下。」道上朋友指的是修道的道，好孩子別想歪了。

刑玉陽前腳離開不久，到處亂晃的許洛薇告訴我楊念泉又回來杵在門外，我只好放下快吃完的牛排去關切。

「你們不是走了嗎？」

「總裁和蘇先生想起尚未吃飯，決定先在這裡的餐廳墊墊肚子。我有事找刑玉陽單獨談話。」楊念泉一臉嚴肅。

我卻能從他那張雜誌拍攝用的表皮下看出作賊心虛的不安，歸功於我多次從許洛薇人模人樣的態度中揪出她蹺課約會和忘記寫報告的違規行為。

「刑學長先走了。」

楊念泉震驚。「我沒在電梯前看到他。」原來繼承人已經定點守怪撲了個空才來門口天人交戰，不知該不該敲門時被我逮到。

「學長應該是走樓梯下去了，順便運動。」

他踟躕一會兒，又重新看著我。「算了，我也有事找妳。」

「請說。」我大概知道他的來意。

「開個條件，金身那件事要怎樣妳才肯替我保密？」

「其實撇開保密的部分不提，廣義地說我也算救了你一命，索取多一點代價不算太過分，你說對吧？」我露出人畜無害的微笑。

「可以。」繼承人展現了器量，如果眼神看起來別這麼像抽筋就更有氣勢了。

「假設神海集團再來糾纏刑學長，你要盡力替他解決問題，將來你繼承那個集團以後也別找他麻煩。」

他愣了愣，半晌才問我爲什麼。

「你是他血緣上的大哥，保護照顧他是應該的，如果你覺得彆扭，就想成是我威脅你這麼做。」身爲獨生女的我自從父母去世就是孤家寡人，從小也沒有年紀相近的玩伴，雖然這樣說有些迂腐天眞，但我眞的很羨慕生下來就帶著羈絆的關係。

並非天底下兄弟姊妹都能如手足般親暱互助，這種事我也明白，然而若有機會，我仍會努力和有血緣的親人保持良好互動，如今我也有兩個小堂弟要操心了。

我不是傻白甜，只是人生中總需要一些和朋友不同卻一樣可以信任往來的對象，即使擁有一大票名義上的親戚，過了這麼久，目前眞正談得來的也只有堂伯一家。

刑玉陽不像我這麼軟弱，不代表他不需要被照顧，他能在神海集團裡找到這樣的人嗎？我從來沒想過會與堂伯深交，認識蘇靜池後我最大收穫是改變故步自封的心態，現在的刑玉陽和過去不想與老家扯上關係的我很像，他比我更有理由不理會鬼蜮的神海集團，但我直覺他會因此錯過一些重要的羈絆。

「我是問，爲什麼妳不爲自己謀好處？」楊念泉的眼神像看見怪胎。

「我是爲自己謀好處呀！因爲我沒能力直接解決刑學長的麻煩，但他要是能活得自在一點，我也會比較快樂。雖然很老套，但錢買不到的東西有時候眞的很貴，要花時間生命健康心思之類去交換，我選在能免費入手的時間點討這個好處，當然是賺到了。」我眞的這麼認爲。

「妳喜歡刑玉陽？」

許洛薇噗了聲，亮著一雙賊眼捧著酡紅臉頰停在我前面不停扭動。

「大概有喜歡許洛薇的四分之一。」我認眞地思考後說出這個數字。

「許家已經去世的獨生女？我記得妳是她好朋友，當初要是有留心這條情報就好了。等等，她不是女的嗎？」繼承人有點呆滯。

「廢話！我的意思是，刑學長也是對我有恩的重要朋友，難不成你覺得我會想和那種毒舌暴君談戀愛嗎？」我先左右張望確定口中的暴君沒有忽然折回才敢偷偷損刑玉陽。

「……」

神海集團繼承人張口結舌的反應，就當他被蘇晴艾的情義感動了。

許洛薇趴在地上捶地毯，一副恨鐵不成鋼的挫敗。

「如果不是這回刑玉陽牽扯到楊家內部的事，我本來就沒興趣對他做什麼。」楊念泉嘴上高傲，聽起來卻微微有點自證清白的味道。

「現在是無所謂，等你年老氣衰，被小人進讒言，說不定會擔心一介窮酸咖啡店長來搶你的位子，說話不算話……」我在許洛薇笑到斷聲的背景配樂中說出自己的憂慮。

楊念泉彷彿被那句「年老氣衰」重重擊中膻中穴。「我只大他十歲！」

「那些大財團的複雜事我不懂，總之拜託了！」反正是白白多出的人情，用在刑玉陽身上剛剛好。

「還有事嗎？不然我要進去吃牛排了！」總統套房的牛排果然不同凡響，我小口小口吃著簡直不能更幸福，許洛薇讓我吃不夠就再叫一塊，我卻不想這麼做，除了第一次品嚐人間美味的感動會被沖淡，再者是我還要留著胃吃甜點呢！

「人家好歹也是大公子，比不過妳的半塊牛排會不會太可憐？」許洛薇攤手。

「不會。」我故意對著許洛薇說。沒有陰陽眼的人只會看見我回答一片空氣，楊念泉表情立刻變得有些詭異。

「對了，有句話還沒說，當時用槍指著妳，對不起了。」他聲音有些小。

「我知道你敢開槍，而且槍法很準。既然你沒扣扳機，那就算了，希望你以後不會這樣對別人，堂伯看起來很欣賞你，我想你應該會成為神海集團的下個主人，不要杞人憂天了。」提到不打嘴砲，這一點楊念泉和刑玉陽真的很像，應該說這家人都有類似的辣手特質，當時刑玉陽也很乾脆地把親生大哥給揍了。

「蘇先生欣賞我?」

「幹嘛好像不相信一樣?待在崁底村時你不是住我堂伯家嗎?他家不是隨便讓人進去的地方,他最寶貝的雙胞胎就在那裡,堂伯不可能讓壞人住進去的。」楊念泉被蘇家族長領走後,我以為堂伯會隨便找個地方打發神海集團繼承人,稍後知道居然是睡在竹圍屋,我還抬頭看看天上有沒有飛碟經過。

怎麼看都不覺得楊念泉有哪裡特別令人驚艷,只能歸因堂伯的神祕腦袋不是我等凡人能了解。

「蘇先生和那兩個孩子感情很好。」楊念泉說這句話時下意識流露深受震撼的情緒。

看來他真的被自家兒子年紀小小就花天酒地的真面目嚇得不輕。至於我會知道這個八卦,則是玫瑰公主去蘇靜池家找兩個小鬼頭增進感情時,雙胞胎中的哥哥蘇星潮告訴她的,據說只要小潮一扮可憐,心痛他無法體驗人生的孝子老爸就會用上課方式將大人世界種種知無不言,因此這孩子可說是理論上的巨人,詭異情報資料庫。

「你看到那對雙胞胎啦,我堂伯連命都可以給孩子,而他也的確這麼做了。」我嘆了一聲。「你應該是個好人吧!那就不要再做壞事了,既然是老大,就對弟弟妹妹和家人好一點,大戶人家手足相殘的老梗你不覺得很膩嗎？」

「蘇靜池和妳說了一模一樣的話。」西裝男人若有所思地走了。

之後我和許洛薇招待戴姊姊一起體驗總統套房，其實這種過度奢豪的地方我待著渾身不對勁，還是靠著許洛薇的王八之氣硬撐，叫來戴姊姊除了多個人壯膽，也是爲對她一番擔心受怕的補償。爲了許媽媽的面子以及帶給許家旗下飯店更多營收，許洛薇說起碼要住滿一個禮拜。

我才留三天就受不了了，只想窩回老房子壓驚，正巧這時刑玉陽傳來主將學長再度病倒的消息，戴姊姊更是隨時做好準備溜之大吉，許洛薇則說翠園的樹洞更有味道，總之我們都對總統套房毫無留戀，便說好戴姊姊先回老房子照顧小花，我直接前往主將學長的租屋處探探情況。

□

主將學長身上的符術與穢氣雖然清除，媽祖娘娘卻沒順便治好他的重感冒。

原本就是生了病才讓邪符和冤親債主有機可乘，又是奔波又是淋雨打架，雖說在崁底村驅邪那時主將學長整天昏睡情況看似好轉，實則病勢暫時被壓抑住只剩微燒，等他一回家就凶猛發作，險些變成肺炎。

結果是擔心他逾假未歸又聯絡不上的所長前來探望，發現奄奄一息的主將學長躺在床上很認眞地睡覺，立刻將他緊急送醫。

「我睡飽一點就會好了。」主將學長穿著睡衣，渾身散發睏倦氣息坐在床上，對自己這幾天的遭遇還有點搞不清狀況。

「學長，請問你有醫師職照嗎？」向來英明神武的主將學長會這麼脫線，莫非是跳過收驚儀式的後遺症？

「我記得在崁底村時有看過醫生了，還吃藥打針了。」按照主將學長的邏輯，接著只要睡飽應該就要恢復健康。

「可是你中符還中邪了！蘇醫師也說他只是應急，後續不舒服還是要去醫院檢查。」主將學長的靈異金鐘罩第一次破功，對惡鬼入侵，免疫系統全面發動，就和過敏是一樣的道理，說不定會導致身體特別虛弱，我猜想著。

「哦，我沒有特別不舒服，就是重感冒的感覺。」主將學長咳了兩聲，無辜地看著我。

你的重感冒程度對普通人來說已經去了半條命了，我扶額無力地想。

「對不起，都是我拖累你。」我很想叫主將學長以後別管我的事，卻心知肚明這種話一出口只會顯得自己很蠢，很像討安慰，只能自告奮勇留下來照護，又擔心過度雞婆讓主將學長有負擔。

但我有非留在主將學長身邊不可的理由，爲了守護虛弱的他不被其他孤魂野鬼趁機入侵。連討厭上別人身的許洛薇都受不了誘惑想試看看能否操控得手撩個衣服之類，用遊戲狂學弟的說法就是好不容易發現一個野外BOSS只剩三分之一血，玩家看到當然是不擇手段把BOSS磨到死！

還好主將學長考慮片刻後同意我留下來霸佔他家沙發，該使喚人時他不會客氣。

「原來冤親債主的確存在，還挺危險的。」主將學長用大開眼界的口吻說。

「學長不相信我以前告訴過你的事嗎？」我癟嘴送上熱開水。

「倒不是不信，就像阿刑的白眼一樣，我很難做到具體理解。」主將學長已經第五次無意識盯著許洛薇站著的位置，許洛薇四肢著地搞笑地爬開。

「那個……被附身時，你是什麼感覺？」我掙扎半天還是很好奇。

「像是在作惡夢，筋疲力竭而且身體又冷又痛，有時像走在無邊無際的夜路上，有時被一群面孔模糊的歹徒包圍，一方面覺得這種情況不眞實，但身體受到威脅的緊張感卻不假。」所以主將學長把靠近的黑衣人都撂倒了。

我聽著聽著又內疚了，在總統套房酒池肉林時，主將學長病況日益嚴重，我卻一直認爲他只是需要休息，每次主將學長接電話的聲音聽起來都軟軟的很想睡覺，害我後來只敢用簡訊問候。

「輪到我時，學長怎麼沒把我也丟出去？」

他招手叫我靠近，點了點我的肩膀，雖然只有指尖但力道還是頗沉。「都認識幾年了？腳步節奏角度力道等攻擊習慣我閉著眼睛都認得出來，當下就認定自己可能幻覺發作或精神不正常，但我知道是妳來了，小艾。」

不枉我被主將學長的魔掌幹掉那麼多次，這可是血汗堆積的默契，我莫名感到得意。

「聽說神海集團那邊暫時不會干擾阿刑，你們這次做得好。」主將學長說。

這段時間他只是零零星星聽著我顛三倒四的描述，能有個大概印象已經很厲害了。

「阿刑回家了嗎？」他問。

「刑學長還在打聽消息，今天早上他說神海那邊似乎有聞元槐的重大情報，有待進一步了解。反正他都不主動和我說清楚！」我趁機抱怨。

「妳已經夠辛苦了。」

「我反倒覺得這一趟沒做多少事，都在被聞元槐當成玩具應付神海集團。」我一想起這個術士就氣得牙癢癢。

陪主將學長度過昏昏欲睡的一天後，刑玉陽在晚上十點多帶著宵夜出現，從他臉上的烏雲看來，情況進展得不太順利。

「找到聞元槐這個人了。」

我正打開白粥和小菜包裝，聽見刑玉陽這句話暫停兩秒，卻不是很意外。「找不到才奇怪吧？神海集團和我堂伯都出手了耶！」

刑玉陽語氣木木的：「人找到了才麻煩。」

「又怎麼了？」我裝好一碗粥菜放上湯匙遞給主將學長後，顧不得盛自己那份直接追問。

「聞元槐本名叫趙仁裕，台中人，長期無業，住在父母留下來的公寓，根據鄰居證詞，趙仁裕二十幾歲時就精神不正常無法工作只能待在家裡，雙親去世後更加惡化，有嚴重被害妄想，拒絕與人交談互動，有時行蹤不明，除此之外未曾惹是生非，鄰居久而久之習慣當成沒有這個人。」刑玉陽說。

「但王子易分明說他已經雇用聞元槐十年了，你們確定是聞元槐嗎？」

「找到趙仁裕的人是你堂伯，他說幸好趙仁裕是台灣人，換成其他地區的亞洲臉孔就是大海撈針了。神海集團負責鑑定身分，聲音指紋和ＤＮＡ都符合聞元槐的記錄，是同一個人沒錯。我當面驗證過此人是否裝瘋賣傻。」

「結果呢？」

「心燈也與我在別墅中第一次會面時見到的並無二致。」

「那不就表示是本尊了嗎？」聞元槐還故弄玄虛騙我們他隱居雲南深山。

「還有一種情況，會導致我在前後判若兩人的男子身上看見同一盞心燈，那個人已不是聞元槐了。」刑玉陽死死瞪著我。

「別賣關子了，快說！」我被他看得渾身發毛。

「那副軀殼裡其實有兩盞心燈，其中一盞暗得看不見，或者，亮度微弱且光芒完全重疊。問題在於誰是主人？」

我也是心燈熄滅的稀有案例，心燈變成這樣時不是重病重傷就已經躺在棺材裡了，不會多到讓刑玉陽三天兩頭就在馬路上遇到。後來刑玉陽和我說，如果初次見面時，許洛薇不是附在小花而是附在我身上，他有可能不會察覺紅衣女鬼的存在，因爲只能看見一盞心燈，活人有太多他無法確定的變數，生靈就是其中一種。

「通常死人的心燈較活人暗淡，但明暗是相對概念，附身操控往往會有違和感，除非是一個嫻熟的外來者，對上本來就瘋瘋癲癲的原身，也有可能趙仁裕是聞元槐很久以前弄瘋的受害者。比較麻煩的是，我們都經手過控制鎮邦的符咒，和聞元槐接觸時也可能受到符法影響，更難判斷這個術士的特質。」刑玉陽愈是分析，我愈是感覺到聞元槐布局縝密得可怕，光是金蟬脫殼就計畫了起碼十年。

心燈熄滅的鬼魂對刑玉陽就像透明人，白眼運作方式大致可歸納成，心燈投影出魂魄，肉體則像鉛衣，會遮住魂魄，刑玉陽必須不停切換白眼肉眼，透過綜合判斷，方能評估某盞心燈是活人死人，是人非人。

「巷子裡的女鬼曾經說過，她被法師擋在李家外面，非但看不到那個法師長相，也看不見對方的心燈，甚至連生死狀態都分辨不出。」鬼和刑玉陽的白眼視力當然不一樣，有可能女鬼陳碧雯看不見的心燈對刑玉陽屬於可視範圍，厲鬼的注意力更是有限，不能一概而論，這段證詞依舊讓我寢食難安。

「學長，你們覺得在李家事件中長相模糊的法師、企圖對我下符的術士和聞元槐是同一人嗎？」直接串起來有點大膽，但我可不是先放箭再畫靶，聞元槐要做到全身而退，事前準備工作再怎麼匪夷所思也不奇怪。

聞元槐的成功關鍵在於刑玉陽，他把刑玉陽的人際關係做到最大程度的利用，充分示範了知彼知己的戰術威力。

「靈異的事我只是聽你們轉述，然而計畫犯罪行爲中不會出現太多人事地物的偶然雷同，不是犯人的習慣就是同夥線索。」主將學長說。

「從各種關聯性看來，我認爲是同一個。」刑玉陽拍板定案。

之前一直想不透有術士彷彿想找我鬥法又不乾不脆，後來更企圖綁架我的目的，如果是爲了在對上白峰主時找個能拖延時間的障礙物，好讓聞元槐安心跑路，就有些合理了。白峰主鐵定比神海集團恐怖，更難拿捏情況，提前到今年端午倉促行動就是線索，他必須再多一道保險——就是我，刑玉陽沒辦法直接毆打沒有形體的妖物，許洛薇則正好相反，但她只聽我的話。

聞元槐在測我的程度，可惜那次下符失敗，平常的我本來就在防守冤親債主和不只一隻惡鬼，就算不慎中招也會馬上被許洛薇和刑玉陽打醒，堪稱滴水不漏，他只好改朝主將學長下手，對我則透過神海集團施壓刑玉陽，吃定我會主動跳下水。

知道有耿派鬼術這回事後，說不定聞元槐那句想收傳人的話其實是拐彎說給我聽，畢竟我是女生又展現出非同小可的御鬼能力，細節就不要計較了。

「照你們的說法，那幕後操控者可能是個女人，也可能已經死了，總之就是用魂魄附身在趙仁裕身上，將一個不起眼瘋子變成風度翩翩的術士，混進神海集團？」主將學長很快抓到重點。

「倘若溫千歲沒說錯，我們遇上耿派鬼術傳人，那個術士應該還活著，只是元神出竅操控別人的軀體，而且眞身就在台灣。」刑玉陽大膽推測。

「你如何確定？」

「聞元槐使用的身體是台灣人，他不使用這個身體時，當然是本地人身分最容易安置，而且用台胞證將人弄到雲南糊弄王子易根本輕而易舉，從聞元槐使用這個身體的頻繁程度，眞身不可能離得很遠，畢竟魂魄離體風險很大。」

「聞元槐抓走陶爾剛到底想怎麼折磨他？照他的說法似乎是不愛殺人，但喜歡讓人生不如死似的。」這次我們全被這個術士打臉，簡直嘔死了！

「當成提款卡？他都說要討利息了。」許洛薇說。

「陶爾剛手中還有些×家族也不知道的祕密金流，現在就比是神海集團先破解陶爾剛的財務情報，還是聞元槐先轉移陶爾剛手中的私產，誰更棋高一著。」刑玉陽同時回答。

「但神海集團沒那麼容易查出來吧？畢竟是別人家的白手套。」我就算不問世事也知道神海集團偷走×家族的家神等於結下大梁子。

「當然是靠內鬼了。×家族本來就在抓捕陶爾剛，聞元槐鐵定針對這一點早有防範，想透過陶爾剛順藤摸瓜找到聞元槐不是那麼簡單。術士初期不會輕忽大意留下線索，但假以時日還是有可能露出破綻。陶爾剛就像浮標一樣，還是術士親口認證的眞正目標，倘若不需要對陶爾剛復仇，術士的動向早就石沉大海了。」

「總之我們隔岸觀虎鬥就好，是這個意思嗎？」我喜歡這個選項。

「對。」

「你和楊念泉談妥交換條件了嗎？」那次楊念泉折返總統套房要付我封口費，回頭我就打電話告訴刑玉陽交易內容，讓他別向楊念泉開相同的條件，趁機多撈一點。他罵我怎不討點別的好處，我說太麻煩了懶得想，讓他去煩惱就好。

以我目前的靠山礦產豐盛程度，眞要取不義之財還不用從楊念泉那邊弄，只是我不希望生活變得更複雜了，目前爲止花掉的錢都不會讓我有懸念，就是知道自己其實不清高也不偉大，一日墮落就收不了手，才更不能破戒。

就算只是自嗨也好，我想活得帥氣一點。

「嗯，我要他不擇手段將錢朵朵教育成品學兼優的眞正淑女。」刑玉陽完全只顧自己的幸福（營收），不惜將親生大哥置於水深火熱中。

「你好狠。」見識過黑蕾絲妹妹可怕的我們，再次發現人類的惡意深不可測。

其實我和刑玉陽還眞沒想過訛詐楊念泉，畢竟是無妄之災中糊里糊塗認識的繼承人，但楊念泉堅持小人作風利益交換，我們當然不客氣了。

「之後不管是請高人溝通或是託夢擲筊，楊家列祖列宗會堅持由嫡長子祭祀，一切按傳統來。」刑玉陽仰靠著沙發，揚起充實的微笑。

「你絕對幹壞事去了，快說。」

「只是善用白眼把翠園每個鬼魂都找出來，唱名把該房或該人的陰私醜事朗誦一遍，外加嘲笑楊鷹海是淫蟲。最後警告硬逼我當主祭，這就是我會做的日課。」刑玉陽發洩得很痛快，楊家祖先們心靈受到的打擊超過一萬點。

「你怎會知道楊家的陰私醜事……哦，對不起是我耍笨了，有錢朵朵在，你一天就可以變身楊家通。」別看錢朵朵才十五歲，她能想到並成功買通王子易，箇中著眼點與對楊家派系的認識之深超乎想像。楊鷹海私生子在集團內是被承認的特權階級，從來不會見不得光，從小隨母親在楊家上下交際聯誼，富太太們對各種醜聞笑話知之甚詳，更不在乎被一個小孩子聽去，甚至拿錢朵朵當傳聲工具彼此勾心鬥角。

或許，楊鷹海是有意培養錢朵朵的情報能力，好在將來擔任、不，搞不好現在就是他的耳目了，他放任錢朵朵和王子易私下交易刑玉陽個人情報，並容許她自告奮勇當說客，由此可見一斑。

所有私生子都是楊鷹海的棋子，神海集團不養廢物，總裁每月餐會就是考核，刑玉陽看出錢朵朵的專長，正如自己的白眼一樣，都是神海集團需要的工具，然而，力量往往是一把雙面刃。

在壓倒性的顏值與悖德愛情妄想之前，地位只是浮雲，講的就是錢朵朵。

「以子之矛，攻子之盾。」主將學長讚了一聲。

「話說回來，你大哥好騙到讓人想哭的程度，眞的是哈佛畢業的嗎？」通常我不會對年紀比我大的人這麼不客氣，但楊念泉是個例外，誰教他有嘴巴不好好說話偏偏要用槍威脅。

「我也被這一點嚇到，大概是書讀太多讀傻了。」

少來，你根本耍人耍得很開心吧！刑玉陽。

這時主將學長手機響起，他接起來後一直沒說話，但也沒掛斷，這幅畫面比房間裡有紅衣女鬼更像靈異事件。

末了主將學長請對方等等，他會出去見面。

「誰打來的？」刑玉陽問。

「筱眉正在樓下。」主將學長說。

唐筱眉是主將學長前女友，也是這次主將學長中符術的罪魁禍首，主將學長一回家就依刑玉陽的建議將剩餘三枚紙愛心找出來，拿到十字路口燒了以絕後患。

主將學長不打算向她追究責任，卻有必要探問她將紙愛心拿去畫桃花符的經過，唐筱眉說不定接觸了聞元槐的眞身或其他替身，好歹也是一條線索。

「她怎會知道鎮邦住哪裡？蘇小艾，妳又多嘴？」刑玉陽斜睨。

「不是我！」趕緊搖頭。

我和刑玉陽都很自然地認爲主將學長不是將前女友約到住處的個性，對我很好卻總是讓我備感壓力的跆拳國手學姊到底怎麼找上門就耐人尋味了。

「我大概知道是誰告訴她。」主將學長按著額頭，看來頭疼又犯了。

三人一鬼來到樓下停車場，果然看見一身運動服的筱眉學姊站在那兒，看起來就像出來夜跑的打扮，然而，按照我對筱眉學姊的理解，她有八成是來幹架的。

看見我和刑玉陽陪著主將學長下樓，唐筱眉一驚之後氣勢反而更旺了。

我退到許洛薇旁邊，許洛薇抓抓下巴，一臉興味：「眼前這幕，我怎麼瞧著像修羅場？」

「嘿啊！」我事不關己的回答換來許洛薇有點古怪的眼神。

「算了！妳要這麼想也可以啦！不過唐筱眉怎麼看起來像要狠踹腹肌黑帶一頓，當初不是她看不上人家主動提分手的嗎？」

「嗯哼，所以學姊現在要來挽回學長。」我點頭。

「眞的嗎？妳不要騙我。」許洛薇懷疑道。

她和我還是大一新生時，主將學長已經大三而且和筱眉學姊交往了，關於他們認識的經過，我也是透過柔道社前輩才了解的。

「眞的，聽說她當年就是用這種方法求偶成功。」

「……腹肌黑帶輸了？」

「沒辦法人家不會受身，主將學長當然不能摔，論得分狂輸學姊一條街。除了刑玉陽，這個世界上大概第二個敢對他出手那麼狠的人就是筱眉學姊了。」我好像能理解主將學長接受拳腳告白的原因，筱眉學姊眞的很特別。

「鎭邦，你就是不敢單獨見我嗎？」唐筱眉姣好五官罩著一層怒氣。

「不是不敢，只是不想。」主將學長臉上看不出什麼情緒。

「我想重新跟你在一起，你說過不考慮弱女子，我是你最好的選擇。」筱眉學姊握拳退步擺開架式。

學姊就是這麼霸氣。我用眼神對玫瑰公主說。

比男人更男人。許洛薇猛點頭。

「等等，妳要和鎮邦動手前，得先贏過一個人。」一道冷冷的嗓音響起。

「刑玉陽！你想說那個人是你嗎？」唐筱眉跟著沉下聲音問。

刑玉陽墨鏡下的俊美臉孔露出睥睨蒼生的微笑，然後冷不防將吃瓜群眾蘇晴艾揪進舞台。

「當然是她。」

「關我啥事？」沐浴在跆拳道奧運國手的殺氣下，我立刻起了雞皮疙瘩。

大學時，柔道社一些學長吃飽太閒，好奇跆拳道是否都跳芭蕾舞，乾脆鼓吹我去體驗看看，那次慘痛經驗讓我知道笨重護具的重要，也許別人在跳芭蕾舞，但筱眉學姊絕對是信奉人體可化爲凶器的那一派，比起我們拿地球當武器的柔道也不遑多讓。

學姊的腳勁和速度有多恐怖就不說了，萬一被她的拳頭打到喉嚨，我定是馬上仆街。

刑玉陽彷彿看不見我的震驚與不願意，理所當然道：「妳主將喊假的？遇到挑戰當然是手下先上。再說，是我練柔道還是妳練柔道？」

「可是……」論道義我應該要爲主將學長出戰，理智上又覺得我介入筱眉學姊的求偶行動裡好像挺奇怪，再說我不想吃皮肉痛。

「小艾，別聽刑玉陽胡說，不關妳的事。」筱眉學姊請我讓開。

「我當然不想和妳打，學姊，但妳這樣主將學長很爲難，而且他生病了。」我終究沒退讓。

「似乎不是很嚴重，沒到不能打的地步吧？」筱眉學姊直視默然不語的前男友說。

「是這樣沒錯，現在的主將學長要打倒妳也不難，可是妳很清楚他根本不會傷害妳，就算妳叫他認眞動手，但我們不會把柔道用在這種地方。」我看了一眼主將學長，他看起來好像很贊同這段話，我多了點信心。

「小艾，妳敢說自己沒有私心？」她話鋒一轉指向我。

我縮了縮，還眞有點心虛。「一點點啦！在水泥地上和學姊對打，是我也不敢攻擊，被打就算了，要是讓學姊受傷我會很難過，可以的話我也不想瘀青兩個禮拜好不了，現在又不是以武會友。」誰喜歡沒事被揍！

筱眉學姊眼中冒出疑問，是覺得我回答得不夠誠懇嗎？

「而且主將學長被學姊攻擊就算不至於受傷，也是會累會痛。再說他是警察，體力留著抓壞人更划算，適當的場合和狀態大家說好切磋武術，學長不會因爲是女生就看輕對方，不想打就不打，本來就是這樣吧？」我說出肺腑之言。

「連這個笨蛋都知道的道理，妳當人家學姊的還想對鎮邦撒嬌嗎？」刑玉陽不懷好意地插嘴。

拜託不要再搧風點火了，刑玉陽你這樣說不是正宮沒人信啊！

我知道唐筱眉和刑玉陽互相討厭，刑玉陽討厭得有理，筱眉學姊在武道上有瑕疵，曾經看不起主將學長的夢想；筱眉學姊則認爲刑玉陽獨佔她的男朋友還處處妨礙，這一點我聽她抱怨過了，只是當時還不認識刑玉陽，以爲她指的是主將學長在柔道社或體育系的哥兒們，以戀人角度來看，壞人好事的刑玉陽簡直該死。

主將學長的確是對女朋友不夠盡心，承認兩人走到分手自己也有責任，他本來就不是輕易交女友的人，經此一役又更謹愼了，不能說是誰的錯。主將學長的生活樂趣是打擊犯罪和練武，現代沒有六扇門，否則他一定會致力成爲天下第一名捕，雖然我覺得他更應該當武林盟主。

筱眉學姊偏偏喜歡武林盟主，主將學長不當，她只好自己當。這份魄力讓我討厭不起筱眉學姊，但也自始至終都無法親近。我已經是玫瑰公主的跟班，主將學長的嘍囉，設計系功課也很累——說了這麼多可以簡化爲一個重點：我不可能偏心筱眉學姊，也不喜歡她對主將學長的態度。

玫瑰公主怎麼玩弄她的男友，我都不會也不想有意見，兩個人交往就是願打願挨，當初筱眉學姊要我去監視主將學長，我不覺得有錯，因爲她是柔道社社長的正牌女友。主將學長要是行得正坐得端，多我這雙學妹的眼睛監視他毫無影響；他的確沒讓我失望，我只看到校園偶像虐完又虐的魔鬼行為，仰慕主將學長才入社的女生被操體能操到聞風而逃早不是新鮮事。

只要主將學長明確表態，我就站他那一邊，這件事想都不用想。

原本有望好好談的局面，被刑玉陽一挑釁，筱眉學姊不見血（我的鼻血或嘴唇流血）是不會善罷干休了。

接下來她果然怒極反笑道：「那就當我無理取鬧好了，你要動手我也不介意。」

「心領了，好男不與女鬥。」刑玉陽聳肩。

我抓著刑玉陽的衣服，仰頭看他：「刑學長你怎麼了？這不像你，你被附身了嗎？」

他和藹地摸摸我的頭，看在我眼裡就像「獅子王辛巴」裡的反派刀疤，正打算把掛在懸崖上的我推下去。「練了這麼久，老是逃避怎會進步？多打幾場就有經驗了。」

搞了半天，刑玉陽是看到奧運國手主動送上門，認為機不可失果斷幫我開啓ＰＶＰ。

主將學長怎不強硬阻止？他這樣我很難辦啊？我彷彿猜到主將學長的意思，女生和女生打剛剛好，柔道社的面子和誠意都顧到了。但是但是但是！白帶對奧運國手，我可不可以直接投降？筱眉學姊雖然不會要我的命，但她很清楚我皮厚耐操，就算留手也會讓我瘀青兩個禮拜，而且刑玉陽又故意激怒她。

「學妹，認眞來吧！我不會讓妳有機會害我受傷的。」筱眉學姊對我勾勾手指。

筱眉學姊不懂，就算沒練過武的人，拚起命來也比黑帶要可怕許多，而且是異種格鬥，連共同規則和防守方式都沒有，高手指的是有餘力和技術控制對手的人，我不是沒有殺傷力，但蘇晴艾的確不具備實戰點到爲止純過招的高端技術。

換句話說，當我不得不認眞動手自保時，就會是傷害換傷害的血淋淋結局。

正當我騎虎難下，開始琢磨要挨幾下拳腳才認輸，筱眉學姊身後出現一名高大男子，一伸手就將她拉退一步。

我太緊張了，居然沒發現對方何時出現。仔細一看，是主將學長過去的柔道對手，曾經來「虛幻燈螢」找人，用身體演繹「臨門一腳」又走掉的陌生男子。

「你幹嘛來這裡？」筱眉學姊掙脫不開，看來對方不是泛泛之輩。

「筱眉，別這樣。有話我們好好談，不關丁鎮邦的事。」同樣穿著運動服的男子爲難地望了主將學長一眼。

「是不關你的事才對！放手！」唐筱眉惡狠狠地扭頭瞪那人。

主將學長輕咳兩聲吸引注意。「筱眉，我從以前到現在都不會和有男友的異性單獨相處，這一點妳很清楚。」

她像是看到鬼。「你怎麼知道？是誰告訴你的，什麼時候？本間拓你無聊去當長舌公？」欸，制住筱眉學姊的男子是日本人嗎？柔道與日本人這兩個元素總覺得聽起來有點耳熟，可是人家中文說得超好，完全沒外國口音。我和許洛薇面面相覷。

「現在眞的是修羅場了。」許洛薇鼓掌。

「我有中文名字，叫張拓，是半個台灣人。」亂入的男子這句介紹主要是對我解釋，我剛剛一臉迷惑，筱眉學姊又是用日文發音喊他。

「啊！你比過奧運柔道對不對！差點就得銅牌了，好可惜！」我就知道自己一定有看過他，但是剝了道服又沒使出必殺技的情況下，我沒有懸念地臉盲了。

等等，張拓不就是擠下主將學長國手資格的罪魁禍首嗎？

怒氣累積滿點的筱眉學姊側身使出肘擊，張拓迅速閃躲，身手反應果然是主將學長和刑玉陽那種級別的狠角色。

「筱眉，不是他，分手半年後就有認識的人告訴我你們在一起了，這幾年陸續聽說妳和張拓分分合合，既然離不開，好好溝通解決問題，別像我們當初那樣。」主將學長很認眞地勸告。

許洛薇忽然「嘿」了一聲。「我猜來告密的人一定是女生，搞不好有好幾個。」

玫瑰公主這一說我就懂了，既然護食的筱眉學姊傻到放棄主將學長，其他心儀主將學長的競爭者當然要斷她後路，果不其然唐筱眉沒幾年就後悔了。

「『在一起』？我和他不是那麼正經的關係。」唐筱眉說出這句話時，我發覺她憤怒的表現中隱含一絲疲憊。

主將學長看向昔日對手的眼睛立刻瞇了起來。

張拓立刻被看得有些心虛，卻流露不肯相讓的態度，看得出主將學長帶給他的威脅感超級重。

八卦都傳到主將學長耳朵裡，熟人圈中當然不會只有他知道這些桃色花邊。後來我從柔道社已畢業的前輩口中打聽到，張拓一直很風流，筱眉學姊也不乏曖昧對象，包括她的教練，兩人從來沒正式對外宣告交往，但不少人認爲他們私底下是男女朋友。

「鎮邦，我不是和他嘔氣才來找你。你眞的很好，是我不懂得珍惜。」唐筱眉忽然哭了。

如同鋼彈般的學姊落淚，最受驚嚇並感到心疼的居然是我，在場雄性生物個個面不改色，這樣不太對吧？

「妳既然不懂得珍惜就不要再來糾纏了。」刑玉陽彷彿想起被黑蕾絲妹妹騷擾的心靈創傷，這次說話加倍冷血。

「我一直祝福妳找到適合的男人，如果出現就珍惜他吧！沒有也不要委屈自己。」主將學長這話聽著有點玄，用意像是吐槽張拓居多。

「愛哭鬼，人家都不要妳了，幹嘛巴著不放！」花花公子張拓居然不是哄人而是激將，學姊被他抓著卻像變了個人似的，有如張牙舞爪的小貓。

倘若「愛哭鬼」是張拓對筱眉學姊的暱稱，只能說清官難斷家務事啦！刑玉陽和主將學長當然不是笨蛋，但我忽然不能肯定筱眉學姊是不是了。話說回來，笨蛋也知道選絕對忠實的主將學長更幸福，和風流花心比起來工作狂柔道狂根本還好。

「都會男女加歡喜冤家，稍微不小心就會陰錯陽差。」許洛薇嫻熟地決定分類。

我靈機一動對筱眉學姊道：「妳先打敗這位挑戰者，我就跟妳打。」然後拚命對張拓擠眼睛。

高手果然擅長看風向，混血青年立刻將不停掙扎的筱眉學姊往停車方向拖。他會出現得這麼及時，肯定是暗中跟著學姊，看來又是個口不對心的傲嬌人士。

「謝了，鎮邦，有空再找你聊。」張拓把筱眉學姊用安全帶綁在副駕上，開車經過我們時降下車窗說出這句話，筱眉學姊想趁機逃脫，被他扣住衣領拉來就是一個熱吻，示威意味濃厚。

「注意行車安全。」主將學長煞風景地叮嚀。

「小艾，來賭他們能不能撐到床上才開打，我賭不行。」許洛薇一臉淫笑。

「學長，你看過筱眉學姊的眼淚嗎？」如果剛才張拓沒出現，我應該不會見識到那麼珍貴的東西，好像明白了什麼。

「一次也沒有。」主將學長揉揉我的頭髮。「阿刑說得對，妳應該和筱眉打一場，總是這麼畏縮，等等爬樓梯來回十次。」

主將學長，你的動作和說話內容完全不同溫度啊！

強將手下無弱兵，偏偏我這個卒仔只想後退，主將學長不爽了。

「學長你怎麼和張拓好像很熟的樣子，你們不是敵人嗎？」我不顧三七二十一先轉移話題再說。

「怎麼會是敵人？小艾，妳想太多了。比賽結束大家都是朋友，阿刑沒來找我的時候，我偶爾會當張拓的陪練，畢竟我也希望他替台灣拿塊柔道金牌。張拓就是太自大才會被巴西選手翻盤。」主將學長折了折手指，打算等有空時找某人祭旗。「但張拓不該將我的住處告訴筱眉，我真的不打算再見她了。」

聽聞此言，我赫然發現主將學長的夜生活其實很豐富，附近好像還有個畢業的社團學長待在消防局，也是耐用的沙包一枚。

「張拓幹嘛要把情敵住址告訴筱眉學姊？」我問許洛薇。

「小朋友就是小朋友，當面被拒絕威力更大，那個柔道國手看起來很不安呢！比起自己他更相信腹肌黑帶會讓唐筱眉慘敗死心。」

「他本來就打不贏主將學長嘛！」

「噗噗！猜錯。妳說唐筱眉從來沒用攻擊主將學長的狠勁招待他，他嫉妒的是這個，男人很需要女人的認同，用貨也要能識貨，懂咩？」

「女人也需要男人的認同，所以張拓活該。」我說。

被鬧煩的主將學長用一句魔法話語總算令筱眉學姊放棄，之後過沒幾天電視上冒出一則花邊新聞：歐洲柔道錦標賽冠軍張拓將獎牌綁上紅玫瑰與鑽戒向跆拳界「漂亮草莓」單膝下跪求婚。

「那句魔法話語是什麼？」許洛薇很好奇，順帶一提此女應付無理取鬧的前男友的魔法話語是「我要回家告訴爸爸」，百試百靈。

我抱胸點頭。「主將學長說下個女朋友他要自己追。很有魄力吧？」

「這不是廢話嗎？」

「不是哦！主將學長和刑玉陽一樣從來都是被追的那個。」我認爲許洛薇沒資格批評別人，她和主將學長的情形挺像。「總之筱眉學姊聽完他這句話就死心了，我也覺得很神奇。」

筱眉學姊掀起的風波給我帶來一條有點特殊的新人脈，張拓聽說我是主將學長重點栽培的後輩後，似乎對我很感興趣，還從新出爐未婚妻那邊要到我的電話，打過來對我說以後有柔道問題可以找他，想去日本參觀柔道館也不成問題。

對此主將學長表示，要我內腿學到敏君學姊的火候再去討教，這時候他忽然不反對我繼承敏君學姊的邪惡絕招了，我有些躍躍欲試，可惜和敏君學姊相隔兩地，不能經常見面。

提到敏君學姊，就想起爲了幫主將學長解套，我也暗中使出蘇晴艾的魔法，根據敏君學姊的專業腐女指導，女生對這招魔法很少有抵抗力。

「完全不意外！早該知道是這樣了！」收到我用手機傳去那張兩名男子握手依偎照片後，筱眉學姊悶悶地回我這句話。

「呃，學長他們是有情人終成眷屬。」我盡力讓聲音聽起來不心虛。

半天後，筱眉學姊又打電話過來。「學妹，我其實不相信他們是一對，不過就當我被妳騙到了，明白嗎？」

「不明白。」正遺憾社會人士沒那麼好呼攏的我，對筱眉學姊那聽起來充滿快意的口吻感到疑惑。

「傻孩子，就算是假的也好，想像刑玉陽那跋扈混蛋被我以前的男人壓在身下也挺解氣的。」

「如果是說柔道方面，刑學長當然有被我們主將壓倒過滴，只是次數我不清楚。」

高手過招有輸有贏，連張拓私下找主將學長陪練都只有增強戰敗心理素質的份，我實在無法想像主將學長敗北的樣子。主將學長卻說他和刑玉陽自由對打勝負率差不多，主要是看當天狀態決定誰佔優勢。

神棍事件過後被主將學長抓去特訓的我，完全理解張拓的挫敗感，人家才沒興趣跟你計較半勝有效等等小家子氣的東西，就算被過肩摔，主將學長根本不痛不癢，只要他想動手，接著死的就是我了。

對主將學長來說，柔道就像打火機，帶在身上隨時可以使用的工具，只有開發更多新功能，哪能自我設限？這和張拓追求的競技榮耀截然不同，屬於危險刺激的實戰領域，任何一個帶刀小混混都可能讓黑帶的你陰溝裡翻船。

「小艾，鎮邦那麼疼妳，要好好練柔道，知道嗎？」她忽然恢復過去親切的語氣，只是壓迫感沒以前那麼重。

「會的！」最近我在柔道方面的確較為鬆懈，回社團容易遇到殺手學弟，他看起來還沒退燒，我對可愛又魔性的年下追求者頭痛不已。

主將學長遵守諾言再也不見前女友後，我反而和筱眉學姊保持聯繫，聽她說一些圈內八卦其實很有趣。

後來拿到奧運銅牌退休轉任國家教練的張拓和我聊天時，既驕傲又略感遺憾地承認，柔道場上他敢與丁鎮邦一戰，但若在夜巷遇到主將學長，他會拔腿就跑，一語道盡兩人的差別，這些都是後話了。

尾聲

我舉高手機躺在床上，凝視著刑玉陽和主將學長的合影，一個帥氣一個俊美，剛好光線角度還抓得很不錯，打上藝術字調個色調都可以當電影海報了。

「小艾，妳看了半天決定好要選誰了沒？」許洛薇趴在枕頭旁邊問。

「我是在想，筱眉學姊那邊雖然失敗，但我對這張抓拍照片還是很有信心。」不是我吹牛，主將學長和刑玉陽湊在一起時，兩人表情反應總是特別鮮活，刑玉陽姑且不論，我本來就是先認識他的毒舌本色，對營業用王子模式反而沒感覺，倒是拜刑玉陽之賜，認識主將學長在社團外的各種面貌。

「我們在雞同鴨講嗎？」許洛薇百無聊賴地撐腮。

「妳的問題太沒營養了，直接跳過。」我認真編輯著給刑玉陽的前女友藍憶欣小姐與黑蕾絲妹妹的簡訊，打算分別將她們約出來。

至於我爲何會有藍憶欣的手機號碼，則是神海集團剛放我們回來時，她又來到店裡，刑玉陽卻剛好外出辦事讓我顧店，我對她說下回可以先打店裡電話確認，她表現得有點爲難，最後選擇給我她的名片希望交個朋友。藍憶欣似乎想拉攏我，畢竟主將學長還有柔道社可以當接近的跳板，刑玉陽卻是徹底的孤高之人。

其實我對她和刑玉陽的過去情史是眞不感興趣，但藍憶欣除了是刑玉陽前女友也是主將學長的高中同學，待人客氣又長得美，我也不吝釋放善意，名片上寫著園藝師，倒也符合這位夢幻美女的職業。

我說有關刑玉陽的事要當面告訴她，藍憶欣果然立刻就答應到我的母校見面，我其實很想問她，妳還會在意刑玉陽的身心障礙手冊嗎？

「都要結婚的女生了，聽到白目的名字就跟妳出來，這是豁出去了吧？嘖嘖。」許洛薇不以為然。

「我也就了解一下情況，反正有過錢朵朵的例子，這不算介入人家感情紛爭，他應該不會管我們接觸他的前女友，畢竟早就一刀兩斷……不過也就他單方面這樣想，我倒是有點擔心藍憶欣的部分。上一個纏上他的戴佳琬還只是他的直屬學妹而已。」要是前女友也生無可戀變怨靈那還得了？

「有道理。」許洛薇先是回憶「直屬學妹」的殺傷力，再套入「前女友」，抱著手臂打了個寒噤。

會面地點選在學校內的便利商店，店外有附設桌椅方便我和藍憶欣坐下談話，再次見面仍無法不感歎這位如同洋娃娃般的美女，淡褐色及臀波浪長髮非常夢幻，看上去比我年紀還小，說是大學生也無人質疑。想到手機裡的男男照片，我忽然有點沒信心，不行，我要相信主將學長是無敵的！

沒怎麼寒暄，我們一坐下來就默默相對，我又起來去買飲料，本來想買兩罐伯朗咖啡，後來還是將其中一罐改成現沖卡布奇諾，算是彌補即將欺騙藍憶欣的愧疚。

「妳還好嗎？」我把咖啡遞過去的同時眞心問候。

不知爲何，主將學長以及刑玉陽學妹這個身分，對於被這兩名特別男子吸引的人群來說就像自帶金字招牌保證，藍憶欣居然就對我這個八竿子打不著關係的陌生人訴起苦來，當然，我再笨也不會看不出來，藍憶欣是希望我能將她的情況轉述給刑玉陽，勾起他的同情心。

屆臨適婚年齡，從小溫馴聽話的千金小姐被家裡安排了政治婚姻，是的，雖然等級比不上玫瑰公主，藍憶欣其實是中小企業老闆的掌上明珠，可惜刑玉陽的血統更勁爆。看來她不知道刑玉陽的生父是誰，刑玉陽也不可能說出口。

「爲什麼是刑學長呢？這麼多年了，妳應該認識不少比他條件更好的男生，而且他貸款還剩很多沒還！」我故意這麼說，希望她知難而退。

「他其實很好，是我沒有頂住家中壓力，以前不懂事時還有點害怕他的病……後來才知道，這個社會上有問題卻自以爲正常的人更多，他反而是我遇過最清醒認眞的人，我願意和他一起打拚生意還貸款！」藍憶欣看起來很嚮往鉛華落盡的生活，但她一定沒經驗過爲了二、三十元斤斤計較的日子，就如同我手中的罐裝藍山和她的紙杯卡布奇諾，我會不假思索選擇更便宜的商品，爲有飲料喝感到小確幸，她卻會因爲不是喝手磨現沖精品咖啡覺得委屈或不適應，才禮貌性喝了一口就放下來。

得知她的情況沒什麼特別緊急的部分，我放心之餘決定繼續執行作戰計畫。

「我會特地約妳出來，是想讓妳看一張照片，這事當事人不方便自己說明，而且我也不想讓照片流出，妳當場看看就好。」否則我會被刑玉陽扒皮。她要是拿照片來質問刑玉陽，我不就兩面不是人？

我調出那張抓拍照放在桌上，藍憶欣小心翼翼拿起來看，呆了好久。

最後她說：「我早就懷疑是這樣了。」

這算勸退成功了嗎？

我後來還是有將藍憶欣的現況轉告刑玉陽，他一如我的預測反應平平。不外乎是對方已經是個擁有高學歷和正當職業的成年人，眞不願結婚也能養活自己，人生大事本來就該獨立決定，然後承受後果。

喔對了，還有黑蕾絲妹妹，也就是刑玉陽的同父異母親妹妹錢朵朵，十五歲的耽美偏激少女，情報能力還好得出奇。

事前打聽好刑玉陽出門補貨的時間，我自告奮勇幫他看店，趁機更換店內筆記型電腦的桌布，黑蕾絲妹妹則在我的掩護下潛進「虛幻燈螢」。我當然不會直接拿照片給她看，表面上，我是要和她談談人生以及神海集團，但將開機的筆電放在吧檯上，轉身去泡奶茶，錢朵朵絕對會趁機偷看刑玉陽的筆電。

「玉陽哥哥上班用網路聊天還有想著對方笑的人，眞的是那個警察嗎！」

我確定她有看到桌面以及主將學長房間視訊畫面就立刻闔上筆電，豈料錢朵朵又神速掀開，看得目不轉睛。

「這是學長『們』的隱私！」我義正詞嚴，但手沒用力阻止。

廣義來說，我眞的沒說謊！

「主將學長不是普通警察，他是刑學長最好的朋友和對手，從小一起長大。」

玫瑰公主在旁邊笑得直不起腰。

過往只接觸過視覺系樂團男子彼此搞曖昧，作爲興奮粉絲萌得低調又辛苦的黑蕾絲妹妹，忽然間跌入新世界大門，猛烈掙扎到底是將俊美的哥哥挪爲己用還是享受他和好友的禁忌關係？

「妳怎麼知道黑蕾絲妹妹在想什麼？」我問在一旁精準轉播黑蕾絲妹妹心境變化的許洛

薇。

「妳十幾歲的時候是沒看過這種號稱少女專用的小說漫畫喔？只不過眼下剛好有眞人版而已。」許洛薇一副識途老馬的態度。

「沒看過。請問大師妳要怎麼選呢？」我不恥下問。

「理想狀態是三人行啦！但這種邊緣風格寫得好的作品太少了，只好ＢＧ和ＢＬ分開看了。」許洛薇攤手。

「敏君學姊最喜歡寫這種設定了，她說非典型才有駕馭的價値。不過看別人的作品她還是要ＢＬ。」我順口說。

「眞的假的！爲什麼好東西都不和我分享！」許洛薇開始離題。

「誰教妳對柔道社除了腹肌以外都沒興趣。敏君學姊剛對我出櫃是腐女就順便拿她寫的耽美小說給我看了，還問我能不能幫她畫插畫。」

「妳畫了嗎？」玫瑰公主很興奮。

「只幫畫不是用柔道社當藍本的作品，認識的人我不敢畫啦！」反正學姊怎麼說我就怎麼做，看見自己的畫印在紙上也是很開心。

許洛薇出了個非常陰險的主意，叫我把敏君學姊贈送的全套簽名個人誌賣給黑蕾絲妹妹，我本來不要，卻不敵一家三口經濟壓力，黑蕾絲妹妹也從隨便翻開一本，立刻風雲變色高價收購，情勢所逼下那套學姊賞賜的ＢＬ同人誌最後還是脫手了。雖然我不排斥看ＢＬ，可惜敏君學姊的文風不是我的菜——但我可以很肯定地說，黑蕾絲妹妹鐵定會喜歡，本本都迷幻得讓人頭暈目眩。

敏君學姊不知主將學長有刑玉陽這個好朋友，「虛幻燈螢」主人無形中逃過一劫，但她筆下的男主角（攻）幾乎都是主將學長，我爲了應酬只能匆匆看完了解劇情後便快速封印，否則實在很尷尬，捨不得資源回收，顧及柔道社眾人名節不方便送人，如今脫手也是放下重擔。

諸位看客！蘇晴艾絕非見錢眼開，而是兩害相權取其輕，讓未成年少女沉浸在一對好友相知相惜的愛戀關係，總比動不動就把和哥哥亂倫付諸行動要好，再說我也是懂創作的人，總覺得敏君學姊的心血結晶應該要留在喜愛它的人手中。

總之，黑蕾絲妹妹最後宛若捧著所羅門王寶藏的鑰匙般，帶走了那疊包裝完好品相絕佳的同人小說，連周邊小物都不放過。我則暗忖，刑玉陽之後應可高枕無憂，還不用親自犧牲演戲，多虧他有個機靈善良的學妹，我眞是兵不血刃啊哈哈！

整件事最後演變成一場悲劇，待在「虛幻燈螢」裡太放鬆自在了，說是我的第二個家也不爲過，我完全忘記刑玉陽店裡有裝二十四小時監控，就這樣被他抓了個現行，只好得意地招供，我利用那張尺度極小的曖昧照片安撫了三個麻煩的女人。

「蘇小艾，妳真的討打，我這就成全妳！」憤怒的刑玉陽再度被重感冒痊癒的主將學長按住。

「小艾也是一片好心，又沒影響你的生意，算啦算啦！」主將學長打圓場。

「不能就這樣算了！丁鎮邦你再這樣亂寵她，總有一天被她騎到頭上！」刑玉陽噴出了一片火山灰。

「刑學長你不要隨便抹黑人家，我保證一直尊敬追隨主將學長！Semper fidelis!（永遠忠誠）」我撂了一句美國海軍陸戰隊的格言，跟著許洛薇看美劇也要學外語。

「乖。」主將學長很滿意。

如果刑玉陽知道主將學長當天晚上也和我要那張照片，他一定會爆炸的。

「主將學長，我以為你討厭和刑學長被當成一對。」我拍照當下提過假裝同志戀人的餿主意，主將學長臉黑到我會怕，記憶猶新。

「討厭。但我沒想到妳們女生竟然真的會信，連筱眉也……」視訊中的主將學長連扶額也很有型。「既然如此，說不定我過年被逼婚派得上用場。」

主將不是叫假的，瞧這戰略與戰術並重、未雨先綢繆的決斷！我忽然懷疑，敏君學姊的腐女身分或許早就不是祕密了。主將學長對大家關心入微，只是不點破而已，畢竟BL是男性同胞寧可視而不見的謎之領域。

「學長你不怕被誤會嗎？」這下輪到我冷汗了。

「要讓不熟的親戚閉嘴這樣最快，反正父母會尊重我的選擇。」主將學長的回答讓我始料未及。

那句輕描淡寫的話裡分明充斥著「你不尊重也拿我沒轍」的頑固。

主將學長在柔道社的人緣太好了，又是很負責任的大人，我以爲他面對親戚故舊也會面面俱到，難道這些年我一直活在妄想中？嗯，合理推論，一個經常與朋友聯歡，逢年過節參加家族聚會的人不可能有那麼多時間打造出謎之柔道社，就連畢業後，主將學長的閒暇時間也都是用在練柔道以及和刑玉陽切磋格鬥，連老家都不常回去，反而是父母主動來探望，他對親戚評價毫不在乎的事很可能是眞的！

忽然發現我們社團成員果然不是一家人不入一家門，大家都不怎麼合群。

「妳別學敏君愛寫那些亂七八糟的故事就好。」主將學長用蘊含著耐心與警戒的眼神看著我。

哇靠眞的點名了！

「學長，我好像沒說過敏君學姊筆名，你怎麼知道？」我寒毛直豎，主將學長選在這時候揭敏君學姊老底，頗似防範未然的下馬威。

「首先，小艾妳不可能有閒錢買不便宜的個人出版物，唯一合理解釋是熟人贈送，但妳的好朋友許洛薇不像會寫書的人，而我有暗戀敏君的線民指出她在寫同性戀小說，他向我詢問對策，我讓他尊重敏君的興趣，然後不要問。」主將學長很高興我將敏君學姊的作品集脫手了。

「小艾，問她誰暗戀敏君學姊！」許洛薇插嘴，柔道社是她重點交關對象，她記住的社員不比我少。

平平都是中文系，許洛薇居然毫不介意主將學長在兩個嫌犯之間毫不猶豫選擇敏君學姊的吐槽！果然腹肌魔力就是不一樣。

我如她所願八卦了，主將學長一如既往保護線民隱私，我只好默默在心中懷疑勇者的身分，再次驗證主將學長果然深不可測。

看著主將學長偉岸的身影，忍不住憶起我硬扛殺氣將他過肩摔並鎖在懷裡的經過，從萬平社區回來後我已經在腦海中反覆回味不下數百次，畢竟是全社團公認殺千刀的魔鬼主將耶！那手感、那張力，雖說是主將學長緊急棄戰才被我得逞，不能否認蘇晴艾迎難而上的意志力與把一座大山摔出去的基本功，還是發揮了小小的奇蹟。

武俠小說中以拳交心的默契居然能出現在我和主將學長之間，我就是樂得停不下來，偏偏又不能到處炫耀，唉要是當時有人幫忙錄影就好了。

「小艾妳又在傻笑什麼？」

總不能說我又在腦內慢速重播將主將學長過肩摔的點點滴滴。「只是覺得問題都解決了很開心。」

「的確如此。」主將學長依舊一臉淡定。

話題又乾了。如果沒看過他和刑玉陽互動的樣子，你絕不會相信主將學長其實可以很健談，而且聊的話題瑣碎到沒有規律，連花盆底下有蟋蟀都能來上一段。刑玉陽對我的初始認識就是這樣來的，不只是我，大概柔道社的每一個人，主將學長都鉅細靡遺地說給他聽了，彷彿小孩子在炫耀自己的地下祕密組織同伴一樣。

雖然這個偽裝成大學運動社團的地下組織客觀戰力可以挑掉一個幫派堂口，妥妥的。

聊天無以為繼，通常這時我們就各做各的事，此刻主將學長卻沒有要走開的意思。

「小艾，筱眉這次讓妳困擾了，以後別再答應她的任性要求。」主將學長很嚴肅。

「我是擔心學長你錯過重要訊息嘛！反正筱眉學姊現在也和張拓在一起了。」我也吃了一塹，不想深交的對象還是離遠一點，以策安全。

「我不太看好張拓能一直抓緊唐筱眉，運動員黃金歲月雖短，但我們的人生還很長。」主將學長說。

主將學長你對奧運國手也太沒信心了，在我看來，張拓分明把筱眉學姊吃得死死的。不過……主將學長該不會也經歷過這種時期，最後還是被甩才有感而發？

「他要是拿不到金牌的話，被甩好像也不意外。」主將學長殘酷但精準地側寫了筱眉學姊。

「太困難了，台灣還沒有在奧運男子柔道項目奪牌過。」

「張拓有日本血統、高校柔道經驗和道館資源，一堆外掛。」主將學長認爲得天獨厚的人應該要更努力，都爭取到國手資格當然必須以金牌爲目標。

「其實在日本這樣的人很多吧？」我都分不清楚自己是不是在和主將學長一起黑張拓，不過話題又繞回柔道了，丁鎭邦與蘇晴艾這對學長學妹眞厲害。

「他回台灣發展想要在冷門區上位就要認命。」主將學長說。

「說到還很長的人生，學長你對筱眉學姊說的那句話可以不用卡死，遇到喜歡的對象我們都樂意幫忙呀！」主將學長明確表示下個女朋友要自己追，我只知道他肯定不會追有氣無力或自投羅網的目標，那樣一來單兵戰鬥能否順利就很難說了，畢竟女生是種很神奇的生物。

要臉蛋有臉蛋，要「巴庫」有「巴庫」的許洛薇偏差值比主將學長還高好幾階，不也沒靠這些條件拿下主將學長？甚至連告白都不敢。然而就算她敢告白，也不是主將學長的菜。同理可證，愛情若能來得那麼輕易，主將學長就不會單身快三年了枕邊人還沒著落。

「那好，到時候請妳幫忙，妳可得認眞幫。」主將學長這句話說得又輕又緩。

「當然！赴湯蹈火在所不辭！」我很高興又接到學長的委託。

結果主將學長也收到藍憶欣的婚禮請帖，她巧妙地將來見刑玉陽的事圓成邀請老同學，兩位學長考慮後決定出席觀禮並各出一份紅包，一來盡了故人情面，二來避免被誤會警察和咖啡店店長有不可告人的關係，明明不想列席結果還是各自損失了三千塊，想想實在有點肉痛，所以他們決定把我拎去吃喜酒兼當分隔島，多少回一點本。

夾在兩座高山間，海拔很低的蘇晴艾只能埋頭苦吃，然後在新娘子來敬酒時舉起果汁傻笑。

藍憶欣最後決定踏入婚姻，新郎看起來並沒有我想像中的不配，我誠心希望她能夠幸福。美人眉宇間還是染著淡淡愁緒，卻沒有第一次來找刑玉陽時那樣熱切了，哪怕她曾作過最後一刻刑玉陽牽著她的手跑出宴客廳的美夢，現實中，刑玉陽卻是找好友和學妹極其普通地來喝她的喜酒道賀，完全沒有留戀的意思。

回到老房子時，手裡提著兩份喜餅，渾身洋溢著有吃有拿的幸福，總覺得學長們的前女友給我帶來不少好處，差點希望他們多交幾個了。

錢朵朵成了敏君學姊的瘋狂粉絲，偶像要她乖乖讀書，她二話不說回家用功，以毒攻毒的效果好到連刑玉陽都無法挑剔。但我想，刑玉陽希望錢朵朵成爲端莊淑女的願望可能要落空了，畢竟她膜拜的是那個腐教聖女敏君學姊啊！

一場風暴總算落幕，留下的漩渦暗流卻將我愈扯愈深。

冤親債主和我們毫無招架之力的術士合作了，下一次是否會有更狠毒的招數？

只有待在老房子時，許洛薇才看得到我憂心忡忡的表情。

我將菜園裡的雜草清得很乾淨，卻無來由地冒出恐懼，無論是耿派鬼術的術士，還是蘇福全，完全不清楚這兩個敵人到底如何監視我們，坦白講，我也捕捉不到其他惡鬼如戴佳琬和譚照瑛的活動跡象。

此外，每次經歷事件，總會夢到或接收額外訊息，某些我本來無從得知的情報，卻以歷歷在目的形式映入心靈，彷彿自己和幽冥世界的隔閡瞬間消失，之所以會有這種感應，難道因爲我已經不是完整的活人了嗎？

擦拭咖啡館落地窗時，我彷彿從面前透明晶瑩的玻璃上看見幽森奢華的地下宗祠。

楊鷹海的翠園所蘊涵的意義，應該就像刑玉陽的「虛幻燈螢」，也是一個兒子渴望安置母親魂靈並長久思念的處所，雖然神海集團董事長尚未辭世，卻也久病體衰，楊鷹海已在預做準備。

血緣眞是不可思議，地位天差地別的父子，性格容貌居然相去無幾，卻是品行決定了最關鍵的不同。楊鷹海最後那句放飛刑玉陽的話相當耐人尋味，但無論當年他對刑玉陽的母親是否眞心，楊鷹海的已婚身分和他在神海集團中的地位註定兩人不會有好結果。

論魄力，果然還是刑媽媽和白目學長樂勝。

《玫瑰色鬼室友．血緣重聚》完

玫瑰色鬼室友

My Dear Ghost Roommate

下集預告

因何緣由，小艾竟被倫敦超自然祕密結社認證具有超能力？
三年忌日當天，玫瑰公主毫無預警失蹤，
小艾和主將學長趕往崁底村向王爺搬救兵，
卻發現溫千歲變得有些奇怪……

耿派鬼術傳人浮出水面，果園雙屍案還有後續；
捧著蓮花燈的孩子，獰笑窺伺的冤親債主，
神明因業障而瘋狂——
小艾喊出那令人心碎的名字，大戰一觸即發！

玫瑰色鬼室友

vol.6 眾怨憎會

2019年春季 熱烈登場！

國家圖書館出版品預行編目資料

玫瑰色鬼室友.卷五,血緣重聚 / 林賾流 著.
——初版. ——台北市：魔豆文化出版：蓋亞文化發行，2018.11
面； 公分.（Fresh；FS162）
ISBN 978-986-96626-4-2（平裝）
857.7 107019817

fresh
FS162

玫瑰色鬼室友 vol.5 血緣重聚

作　　者 林賾流
插　　畫 哈尼正太郎
封面設計 莊謹銘
主　　編 黃致雲
責任編輯 盧琬萱
總 編 輯 沈育如
發 行 人 陳常智
出 版 社 魔豆文化有限公司
發　　行 蓋亞文化有限公司
地址：台北市103赤峰街41巷7號1樓
電話：02-2558-5438　傳真：02-2558-5439
電子信箱：gaea@gaeabooks.com.tw
投稿信箱：editor@gaeabooks.com.tw
郵撥帳號 19769541　戶名：蓋亞文化有限公司
法律顧問 宇達經貿法律事務所
總 經 銷 聯合發行股份有限公司
地址：新北市新店區寶橋路二三五巷六弄六號二樓
電話：02-2917-8022　傳真：02-2915-6275
港澳地區 一代匯集
地址：九龍旺角塘尾道64號龍駒企業大廈10樓B&D室
電話：+852-2783-8102　傳真：+852-2396-0050
初版一刷 2018年11月
定　　價 新台幣 250 元
Published and printed in Taiwan

ISBN 978-986-96626-4-2

FS162

玫瑰色鬼室友

vol.5 血緣重聚

魔豆文化　讀者迴響

感謝您在茫茫書海中選擇了魔豆，您的支持是我們最大的動力。
不要缺席喔，讓我們一起乘著夢想的羽翼，穿越時空遨遊天地！

姓名：　　　　　　性別：□男□女　　出生日期：　年　月　日
聯絡電話：　　　　　　手機：
學歷：□小學□國中□高中□大學□研究所　　職業：
E-mail：　　　　　　（請正確填寫）
通訊地址：□□□
本書購自：　　　縣市　　　　書店　□網路書店
何處得知本書消息：□逛書店□親友推薦□DM廣告□網路□雜誌報導
是否購買過魔豆其他書籍：□是，書名：　　　　□否，首次購買
購買本書的動機是：□封面很吸引人□書名取得很讚□喜歡作者□價格便宜□其他
是否參加過魔豆所舉辦的活動： □有，參加過　　場　□無，因爲
喜歡出版社製作什麼樣的贈品： □書卡□文具用品□衣服□作者簽名□海報□無所謂□其他：
您對本書的意見： ◎內容／□滿意□尚可□待改進　◎編輯／□滿意□尚可□待改進 ◎封面設計／□滿意□尚可□待改進　◎定價／□滿意□尚可□待改進
推薦好友，讓他們一起分享出版訊息，享有購書優惠 1.姓名：　　　e-mail： 2.姓名：　　　e-mail：
其他建議：

◎請沿虛線剪開、對摺、裝訂後寄出

◎請沿虛線剪開、對摺、裝訂後寄出

廣告回信郵資免付
台北郵局登記證
台北廣字第675號

魔豆文化有限公司　收
103台北市赤峰街41巷7號1樓

魔豆

魔豆